U0906750

明
室
Lucida

照亮阅读的人

死于罗马

Der Tod in Rom

WOLFGANG KOEPPEN

[德] 沃尔夫冈·克彭 著　赵洪阳 译

北京联合出版公司
Beijing United Publishing Co.,Ltd.

图书在版编目（CIP）数据

死于罗马 / (德) 沃尔夫冈·克彭著；赵洪阳译
. -- 北京：北京联合出版公司，2023.10
ISBN 978-7-5596-7182-0

Ⅰ. ①死… Ⅱ. ①沃… ②赵… Ⅲ. ①长篇小说—德国—现代 Ⅳ. ① I516.45

中国国家版本馆 CIP 数据核字 (2023) 第 156299 号

Der Tod in Rom
First published in 1954 by Scherz & Goverts Verlag, Stuttgart

北京市版权局著作权合同登记号 图字：01-2023-4165 号

死于罗马
作　　者：［德］沃尔夫冈·克彭
译　　者：赵洪阳
出 品 人：赵红仕
策划机构：明　室
策划编辑：赵　磊
特约编辑：孙皖豫
责任编辑：夏应鹏
装帧设计：山川制本 workshop

北京联合出版公司出版
（北京市西城区德外大街 83 号楼 9 层　100088）
北京联合天畅文化传播公司发行
北京市十月印刷有限公司印刷　新华书店经销
字数 181 千字　787 毫米 ×1092 毫米　1/32　10.75 印张
2023 年 10 月第 1 版　2023 年 10 月第 1 次印刷
ISBN 978-7-5596-7182-0
定价：65.00 元

亚当罪孽深重的种子

——但丁，《神曲·地狱篇》

就在同一天

一个对他满怀敬意的世界在震惊中

获悉了他去世的消息。

——托马斯·曼，《死于威尼斯》

1

曾几何时，这座城市中有众神栖居。拉斐尔，阿波罗的幸运之子，如今就安葬在万神殿中。说起来拉斐尔尚是半神，令人唏嘘的是，后来葬其侧伴其眠的又都是些什么东西？一个功绩泯然的红衣主教、几个国王与他们有眼无珠的将军们、跃上了高枝的官员、名字忝列词典的学者、身居学院高位的艺术家。有谁会在乎他们？万神殿的穹隆之上曾覆有青铜瓦，正中开着一个圆形的窗口。在这古代的穹隆之下，立着瞠目结舌的游客们，他们面容呆滞，举头仰望着从这唯一的窗口中投射下的光线，光线如雨水般洒向他们。是金色的雨水吗？达那厄[1]听

1　希腊神话英雄珀尔修斯的母亲。预言称达那厄之子将会杀死她的父亲，所以她的父亲将她关在了只有一个天窗的高塔中。宙斯化作金雨从天窗中降临，令她生下了珀尔修斯。——本书正文脚注均为译者注，评注中未标“译者注”的脚注均为原注

任托马斯·库克[1]和意大利旅游局的导引；不过她了无欲望，兴致欠缺。她不会掀起裙裾，恭迎神的临幸。珀尔修斯因而无从降生，美杜莎就此保住了头颅，隐于市井。朱庇特呢？化身为退休的无名小卒，混迹于我们这样的凡人当中，或许他就是美国运通公司的那位老先生、德欧旅行社的客户？又或者他寄居在城市边缘的城墙后面，被关在疯人院里，接受好奇的精神病医师的分析，抑或被扔进了政府的监狱中？一只母狼被关在了卡比托利欧山下的铁牢中，这只罹病而绝望的野兽远离了罗慕路斯和雷穆斯，令他们再也无缘吮吸奶水。游客们的面容在万神殿的光线中像一块块面团，是谁家的面包师将其揉捏成型，又是哪家的烤炉为其抹上了色彩？

他的音乐声响起，却又似是而非，再也无力拨动他的心弦，这让他心烦意乱。一个人第一次在录音机中听到自己的声音时也是如此，这个人会想，原来这就是我，一个肤浅小人、花花公子、骗子、伪君子、爱慕虚荣的轻浮之徒。更加离谱的是小提琴声，声音过于完美，但不是横扫树林的狂风，不是黑夜中孩子与魔鬼的密语。这不是生存的恐惧，

1　欧洲知名的旅行社，也是世界最早开展旅行业务的公司。

生存的恐惧不会这么节制、这么温和，生存的恐惧应该是内心的折磨。那种原生的恐惧源自森林的幽绿、四野的苍穹、翻动的浮云——这些才是齐格弗里德想要吟唱的主题，他终究无法将其完整地呈现出来，要怪就怪他自己心有余而力不足。此刻，他心情沮丧、虚弱无力、郁闷想哭，然而库伦贝尔格情绪高昂，对他的交响乐赞赏有加。齐格弗里德打心眼里佩服库伦贝尔格，佩服他对乐谱的处理、对指挥棒的驾驭；但是在某一刻，齐格弗里德觉得自己遭到了库伦贝尔格的强暴。他对不知反抗的自己更是心生怨恨。可是他对此无能为力，因为库伦贝尔格拥有渊博的知识，对事物的理解更为深刻，而齐格弗里德所学甚少，在理论方面更是难以比肩库伦贝尔格。库伦贝尔格对齐格弗里德的乐谱做了修整、进行了分段、突出了重点，然而齐格弗里德心中所系的是对某种声音的追寻，是要唤醒关于所有生命诞生之前的那座花园的回忆，是要寻求逼近事物的真理——而真理必然是非人的。可是在库伦贝尔格的指挥棒下，音乐变得明朗而富有人性，变成了给文化人聆听的音乐；对齐格弗里德而言，自己的音乐如今变得陌生起来，令他感到失望，音乐中应有的情感遭到驯服，趋向和谐，这些都让齐格弗里德烦躁不安，但是他所具有的良好的音乐素养，又让他无法不欣赏音乐表达的准确性、乐器的纯粹性，以及这个著名乐团的百名艺术家的倾心演绎。

大厅中刷绿的花桶里种的是月桂树，或者也可能是夹竹桃；不管怎样，殡仪馆中也摆放着同样的植物，这些植物会让人在炎炎夏日中忆及寒冬。齐格弗里德首部重要作品的标题就是《关于死亡与夹竹桃色彩的变奏》，一部没有被演奏过的七重奏。在创作第一稿时，他想到的就是他的祖母，那是他唯一爱过的家人；这么说也许是因为在齐格弗里德父母的家中，人来人往，军靴声不断，而穿过来往人群的祖母又显得那么安静和疏离。最后祖母的火葬仪式如此盛大而悲伤！如果祖母——一个牧师的遗孀——能够看到这一切，必然不会赞成举办这么一场葬礼，不仅技术含量高、舒适度高，而且那么卫生，那么方便，那么厚颜无耻并且顺其自然地把她从这个世界剔除了出去。让她不舒服的肯定还包括妇女协会敬献的花哨的纳粹十字飘带，就算她对此一言不发。在七重奏的第二稿中，齐格弗里德试图用七件乐器构建某种更普遍的、更隐秘的东西，某种秘密的反抗,某种稍纵即逝的、压抑的、浪漫的、脆弱的情感。在反抗的乐章中，他的尝试仿佛是玫瑰包围着的大理石躯干，仿佛是燃烧的军械库中一名年轻战士的躯干，或者一名双性人的躯干：这是齐格弗里德对周围环境的反抗，对战俘营的反抗，对带刺的铁丝网的反抗，对那些言语可憎令他厌烦的同志的反抗，对他归罪于他父母的战争的反抗，对遭到魔鬼附身和占领的整个祖国的反抗。齐格弗里德就是要惹恼所有这些人。有一次，齐格弗里德在一份英国报纸上看到库伦贝尔格——齐格弗里德以前在家乡就听说过的著名指挥家——正在爱丁堡逗留，就写信请他给自己寄一些十二音音乐的范例。齐格弗里德年少时，十二音音乐这种作曲模式并不受欢迎，遭到当权者的唾弃，遭到令人生厌的军事教育家的唾弃，遭到那位有权有势的、令人生畏的犹太扬姨父——犹太扬姨父鄙视他的父亲，可是他父亲的办公桌上方就挂着他的阴沉画像，画像中的他身着令人作呕的制服——的唾弃，所有这些更增加了十二音音乐对齐格弗里德的吸引力。库伦贝尔格给战俘营里的齐格弗里德寄来了勋伯格[1]和韦伯恩[2]的作品，并附上一封非常友好的信。那是环球出版社出版的旧乐谱，库伦贝尔格就这样把它送给了齐格弗里德。这个版本早在德国和奥地利统一之前就在维也纳出版了，但在统一后被禁止出售，以至于齐格弗里德甚至从未听说过这些作品。所以这种音乐对齐格弗里德来说是一个崭新的世界，是让

1 美国作曲家，原籍奥地利。1933年因纳粹指责其音乐颓废、毒害德国青年而被赶出了柏林普鲁士艺术学院，后定居美国。

2 奥地利作曲家。师从勋伯格，与勋伯格、贝尔格组成新维也纳乐派，该乐派后来遭到纳粹的明令禁止。

他走出牢笼的一扇大门，不仅仅是走出战俘营的铁丝网围栏，而且也是走出更令人压抑的个人困境。他不会再爬回到他所说的枷锁中，战争已经失败。至少他已经获得解放，再也不用向这个族群的主张卑躬屈膝，何况出生在这样的族群一直是他的噩梦。

大厅里的灌木看上去满布灰尘，不过那应该就是月桂树，因为它的叶子看上去像是在汤里游荡的晒干的香料。作为香料的月桂树叶子，在汤里浸润得再久，也照样是煮不熟的碎片。这丛灌木让齐格弗里德心情沮丧，而他并不想在罗马伤心度日。但这些叶子还是让他想起了往昔一碗难以下咽的汤，想起了纳粹帝国学校的炖菜——帝国学校，这正是齐格弗里德的父亲当初遵照犹太扬姨父的愿望把他送去学习的地方。月桂树叶子还让他想到了国防军的口粮壶，国防军则是齐格弗里德逃出帝国学校后的落脚之地。在纳粹党的容克[1]学校里也生长着绿色的月桂树，在军营里还生长着橡树，那里的橡树枝繁叶茂，枝叶蔓延，蔓延到了奖章上和坟墓周围，而且你在这些地方还总能看到一个眉目紧锁、阴沉着脸的家伙的照片——留着卓别林胡子的元首的照片，照片中的他仁慈地看着这群即将被牺牲的羔羊，看着这群身着制服时刻准备战斗的男孩。此

---

1 Junker，德国贵族，尤指普鲁士贵族阶层中的成员。

刻，在音乐厅的月桂树和夹竹桃下，在铺着假霜的小树丛后，挂着一张帕莱斯特里那大师[1]的旧肖像，肖像上大师的表情并不仁慈，甚至相当严厉，他带着批评的目光注视着管弦乐队的辛苦劳作。特兰托会议[2]已经承认了帕莱斯特里那的音乐。在罗马举行的大会[3]将会拒绝齐格弗里德的音乐。这让齐格弗里德心情沮丧，对乐团的排练感到悲观，尽管他来罗马之前就知道会遭到拒绝，尽管他曾经以为自己会对此毫不在意。

一条壕沟围绕在万神殿的四周，它曾经是众神之庙通向阿格里帕浴场的一条通道。罗马的世界帝国崩溃了，壕沟被腐物掩盖，现在考古学家们将其挖掘了出来，壕沟的边墙上依然覆盖着被风化的苔藓，墙头上面蹲着猫群。罗马的猫随处可见，它们是这座城市最古老的家族，是与奥尔西尼家族和科隆纳家族一样骄傲的世家；它们是名副其实的最后的罗马人，然而这个家族已经没落。它们都拥有恺撒一般的名字：奥赛罗、卡利

---

1 意大利文艺复兴时期的一位作曲家。其作品是复调音乐的经典，据说曾遭到特兰托会议的反对和禁止。

2 天主教应对马丁·路德宗教改革的一次重要会议。

3 指的是“二战”之后西方阵营建立的文化自由大会（Congress for Cultural Freedom），旨在在文化领域对抗共产主义的影响。

古拉、尼禄、提比略！孩子们蜂拥而至，呼唤和逗弄着猫咪们。孩子们响亮的、尖锐的、总是在瞬间爆发出来的声音，对陌生人而言充满了吸引力。孩子们趴在壕沟周边的墙上，红润的脸庞以及脖子上扎着的校服缎带让他们变成了一个个小雷诺阿。他们围裙式的校服翻了上去，裤子很短，在透过灰尘的阳光的照射下，他们的腿看起来像青铜铸造的雕塑的肢体。这就是意大利的美。这时有笑声传了过来。人们在嘲笑一位老妇人。怜悯总是以无助的形式出现在死人面前。那位老妇人拄着拐杖费力地走了过来，给猫咪们送来吃的东西。猫食被包在一张令人作呕的湿漉漉的报纸里。是鱼头。在血迹斑斑的照片上，美国国务卿和苏联外交部部长握手言欢。这两人都是近视眼。他们的眼镜闪闪发光。嘴唇紧绷地假笑着。猫咪们相互嘶吼着、咆哮着。老妇人把报纸扔进了壕沟里。被剁下来的海鱼尸首、破碎的眼睛、变色的鳃、乳白色的鳞片在拍打着尾巴的猫群中翻滚。腐肉的气味，来自排泄物、分泌物、生殖欲望的刺鼻气味，还有一股出自老朽的腐物与脓液的甜味，弥散到空气中，与街道上的油烟味和罗通达广场拐角咖啡店的新鲜咖啡气味混合在了一起。猫咪们争抢着鱼头。这事关生死。可悲的生物，为什么它们要繁殖？成百上千的猫惨遭遗弃，成百上千的猫在挨饿，它们春心荡漾、有孕在身、野蛮残忍，它们患病、迷失、沉沦，沉沦到一只猫能达到的最差的地步。一只脑袋很大的公猫，身上长着硫黄色的短毛，牢固地统治着弱者。它用猫爪掌控一切。它拥有分配的大权。它强行掠夺。它的脸上带着权力斗争留下的伤痕。它的耳朵上有一处咬伤——来自过去输掉的一场战役。它的皮毛上有癞皮疥癣。孩子们亲切地称这只猫为“贝尼托”[1]。

我坐着，坐在铝制的桌子边，坐在铝制的椅子上，轻盈得仿佛可以随风飘荡。我是幸福的，我这样说服自己，我在罗马，我坐在罗马的罗通达广场，坐在广场拐角的咖啡店外，喝着杜松子酒。这酒也一样是可以随风而逝的、轻盈的——像轻金属一样轻，仿佛是用铝酿造的——这就是格拉巴酒，我点了格拉巴酒，因为海明威在书中写道，人在意大利就应当喝这种酒。我想变成一个有意思的人，虽然我是一个无聊的人。有什么东西在困扰着我。也许是那群身世悲惨的猫。没有人喜欢看到贫穷，而在这里，身无分文的人是无法获得救赎的。但我该做什么？对此我向来一无所知。我移开目光。很多人

1　应为影射贝尼托·墨索里尼。

都是这么做的，但我因此备受煎熬。看来海明威对酒一无所知。格拉巴酒喝起来像是变质的混合酒。尝起来像帝国马克时代的德国黑市杜松子酒。我曾经用一幅伦巴赫[1]换了十瓶这样的杜松子酒。那是一幅俾斯麦肖像画；这幅画落在了一名身穿美军制服的假古巴人手中。本来要炸毁伦敦的V–2火箭推进剂被提炼成了这批杜松子酒；喝了这种酒，人也会腾腾起飞，不过不用担心，那幅伦巴赫也是假的。我们德国如今有经济奇迹和优质杜松子酒。意大利人也有品质好的杜松子酒，但在这里经济奇迹还未出现。我仔细打量着广场。眼前就有蒙骗国家的行为正在发生。一名年轻女子正从一条脏兮兮的围裙下掏出美国烟进行交易。她让我又想到了那些猫。这名女子是那些可怜动物的人形姐妹，她衣衫褴褛，头发蓬松，全身都是开了口的溃疡。她不幸而堕落；她也有繁衍不息的同类，淫乱和饥饿令他们堕落。眼下，这名女子希望通过隐蔽的手段弄到钱。她想要礼拜金牛[2]，但我不知道金牛会不会满足她的祈求。我突然想到，这名女子搞不好有天会

1 19世纪肖像画家，在俾斯麦时代曾红极一时，也是当时德国皇帝威廉二世和宰相俾斯麦的官方肖像画家。

2 参见《圣经·出埃及记》。摩西带领以色列人出埃及之后，上山领受十诫。以色列人见摩西久久不回，便竖立了一座金牛雕像，对其下拜献祭。礼拜金牛也成为迷信的象征。

被他人谋杀。我脑海中想象着她被勒死的场景；那时，她作为一名商人已功成名就，早已荣登一家正经小卖部的宝座，成了一位货真价实的女士。广场上的金牛勉强赏给了她一点甜头。她在这里似乎小有名气。她站在汹涌的车流中，像一个浮标，灵活小巧的菲亚特机警而大胆地向她开了过来。刹车声是多么刺耳！司机们都是些英俊的男人，顶着鬈曲的、烫过的、涂了油的头发的英俊男人，拥有打过油的、上了光的、搽了香水的光头的英俊男人，他们指甲得到精心修剪过的手，捏着钱从车窗中伸出来，接过包裹，然后又开着小菲亚特掉头奔向另一段逐利的旅程，胆大妄为地继续剥夺着国家的利益。一个年轻的女人走了过来，她蓝色风衣上戴着的红领巾向我吐露了她的身份。她一脸的骄傲！我想：你凭什么这么傲气冲天，你目空一切，给猫咪送食物的老妇人你也不放在眼中，最主要的是，你的词典中没有同情心。一个门洞中藏匿着一个男人，油腻得好似刚从油瓶里拖出来一般。他是女烟贩子的朋友，或者是手下，又或者是她的保护人；说不定他就是她的老板，一个追求销售业绩的严肃商人。不管怎么说，我觉得他是命运签发给这个女人的魔鬼。每隔一会儿，这一对儿就会在广场上偶遇。她把收到的脏兮兮的里拉纸币交给他，他塞给她用玻璃纸整齐地包裹着的烟盒。一名国家宪兵身着优雅挺拔的制服站在那里，像是他本人的一座纪念像，他用带着蔑视和厌烦的眼光看着万神殿。我想：你们会成为一对出色的夫妻，猫会被称为国家猫，那位富有同情心的老妇人会死在国家老人院里，鱼头将会归属人民，一切都会变得井然有序，令人感到可怕。眼下，混乱和轰动依然生活在我们当中。商人们用贪婪、沙哑的声音叫卖着晚报。我一直对他们心怀敬佩。他们是谱写犯罪、不幸、丑闻和国家骚动狂想曲的作者和赞颂者。印度支那丛林中的白色堡垒即将陷落。[1]在这些日子里，是战争还是和平的问题悬而未决，但我们对此一无所知。我们只是到了很晚才知道毁灭曾经威胁过我们，我们是从报纸上了解到这一切的，但相关的报纸当时还没有印刷出来。那些能吃的人吃得油光满面。我们继续喝我们的咖啡，喝我们的杜松子酒；我们工作，为了能够有钱可花，有机会时，我们相拥而眠。罗马是一个非常适合男人的城市。我对音乐感兴趣，似乎罗马的很多人也对新音乐感兴趣。他们从许多国家来到这座古都参加本届大会。亚洲？亚洲离我们很远。从亚洲乘飞机来此需要十个小时，它广阔遥远得犹如葛饰北斋的海浪。这一海浪汹涌而来。它

1 1954 年，法越战争的最后一场战役奠边府战役以法国失败而告终，终结了法国在越南的殖民统治。

冲刷着奥斯蒂亚的海滩，冒出一具年轻女孩尸体的那片海滩。[1]可怜的逝者像个幽灵穿过罗马，部长们被她苍白的影子吓得胆战心惊；但为了自身的利益，他们可以让一切都再次按自己的意愿修正。海浪接近了昂蒂布[2]的礁石。“Bonsoir, Monsieur Aga Khan!”[3]我敢说这事跟我毫不相关吗？我没有银行账户，没有黄金和宝石，我一文不值；我是自由的，我没有赛马，也没有需要我保护的电影小明星。我的名字是齐格弗里德·普法拉特。我知道这是个可笑的名字。但这个名字并不比很多别的名字更可笑。为什么我这么讨厌这个名字？这个名字又不是我选的。我喜欢厚着脸皮说话，但我为此感到羞愧；我行为粗鲁，却渴望有能力展示对别人的尊重。我是个作曲的。也就是说，如果不是为大型广播音乐会作曲，我的职业就像我的名字一样可笑。现在齐格弗里德·普法拉特的名字出现在了音乐会的节目单中。我为什么不挑个笔名呢？我不知道。我是不是被这个令人生厌的名字下了咒，还是我会继续遭到它的钳制？是因为我的族群不能任我逍遥？然而我

---

1 1953年，一名年轻的意大利女子维尔玛·蒙泰西的尸体在罗马附近的海滩上被人发现。据称，当时的意大利外交部部长之子詹皮耶罗·皮乔尼与此事有关，最终法院宣告其无罪。

2 法国南方的一座海滨城市，因气候适宜，多有富人长居于此。

3 原文为法语，意思是“晚上好，阿迦汗先生”。阿迦汗，伊斯兰教什叶派伊斯玛仪派的最高精神领袖的称号。

相信，所有发生过的、被思考过的、被梦想过的都将消解湮灭，宇宙中的一切——不可见的与让人无法理解的——都与我有关，并向我发出召唤。

一辆锃亮的黑色大轿车，像一具闪闪发光的黑色棺材，带着镜子般不透明的窗户，无声地开到了万神殿前。看起来像是一辆公使馆的车，坐在皮革座位上的可能是冥王星的大使，也可能是地狱或火星的部长。广场上喝着酒做着梦的齐格弗里德，注意到了开过来的这辆车，他扫了一眼车牌，看到上面写的是阿拉伯文，但这些在他眼中丝毫没什么特别之处。难道来的是《一千零一夜》故事中的王子，一位被流放的国王？穿着军服的棕色脸庞的司机从驾驶座上跳了下来，扯开轿车的车门，像一名时刻准备好的副官一样，殷勤体贴地紧紧跟在一名身着灰色西装的人身后。这套西装用的是英国法兰绒面料，剪裁可能出自一名高级裁缝之手，舒适贴身，但套在这个人粗壮的身体上——他脖子粗大、肩膀宽阔、胸腔发达，腹部像一个圆鼓鼓的拳击球一样圆润有弹性，大腿健壮——却让人感觉他身上穿的是德国山区农民的传统服装。这个人一头刚硬的灰色短发，戴着一副硕大灰暗的太阳眼镜，让他看上去不像一个乡巴佬，更像一个神秘、狡猾、游历丰富的外交人员，或者遭到通缉的胆大妄为的罪犯。他是想要拜访诸神的奥德修斯吗？他不是奥德修斯，伊萨卡诡计多端的国王；这个人是个刽子手。他来自死亡的王国，腐肉的气味飘荡在他四周，他就是死亡，一个残酷、卑鄙、笨拙、没有想象力的死亡的化身。他是犹太扬，是齐格弗里德十三年没有见过的姨父犹太扬，他从小就害怕的犹太扬。齐格弗里德经常因为躲避犹太扬而受罚，在他眼中，高特力姨父是一切值得恐惧和憎恨的事物的化身，是强制、行军、战争的象征，就是现在，时不时地，他还会觉得自己能听到那个公牛脖子男人的怒吼声与不间断的责骂声。他的形象曾经反复出现在报纸上、广告柱上、学校大厅的墙上、电影幕布上，他的头愤怒地向前勾着，身着简单的制服和未擦过的行军靴，展现出一个令人恐惧的强大护民官的形象，然而齐格弗里德对此印象寥寥。所以，齐格弗里德在逃往自由的时候，喝着海明威推荐的格拉巴酒的时候，凝望着罗马广场、沉思着自己的音乐——他的孤独的冒险——的时候，完全没有认出犹太扬·高特力，他甚至从来没有想过，这头怪物会出现在罗马并即将死而复生。齐格弗里德不由自主地打了个冷战，他的视线有点漫不经心地扫过了一个肥胖的、大概有钱的陌生人。这是个在世上有点分量但并不友好的陌生人，他把贝尼托引到身边，抓住它的脖子，在孩子们的尖叫声中把这只动物抱进他的豪华汽车。司机像个锡兵一样愣了一下，恭恭敬敬地在犹太扬和贝尼托身后关上了车门。那辆黑色的大车静静地滑出了广场，齐格弗里德瞥见车牌上的阿拉伯文字在午后的阳光下闪闪发光，直到一片云彩飘到太阳之前，让尘埃和雾气中的光辉瞬间消失不见。

伊尔莎受丈夫库伦贝尔格的邀请，前来观看排练，齐格弗里德没有注意到她。此时整个大厅里被照亮的只有舞台这一块，而她坐在大厅的最后一排，坐在一棵绿色的盆栽树旁，聆听着乐团的演奏。伊尔莎并不喜欢这部交响乐。她听到的是不谐的和音，是相互敌对、互不协调的声音，是漫无目的的寻找，是浅尝辄止的试验，因为这支音乐开辟了众多不同的道路，却又总是半途而废。它从不为某种思想停留徘徊，所有的声音仿佛从一开始就是凌乱的碎片，充满了怀疑，被笼罩在绝望中。伊尔莎觉得，作曲人在创作的时候，自己也不清楚到底想要表达什么。他是不是很绝望，因为看不到前行的道路？或者对他来说，是不是已经没有前行的道路，因为他在每条道路上都铺满了他的绝望的黑夜，致使道路再也无法通行？库伦贝尔格讲了很多关于齐格弗里德的事，但伊尔莎还不认识他。到目前为止，他对她来说可有可无。可是现在齐格弗里德的音乐令她心情烦躁，而她不想变得烦躁不安。他的音乐中有个音让她难过忧伤，而她的生活经验告诉她，人最好逃离痛苦与忧伤。她不想要承受苦难的折磨。再也不要。她已经受够了苦难的折磨。她给乞丐的钱总是数目大得离谱，但是她不会问他们为何要以乞讨为生。库伦贝尔格可以去往世界任何一个地方担任指挥，不管是纽约还是悉尼，而且报酬也更为丰厚；伊尔莎没有劝阻他为罗马大会排练齐格弗里德的交响乐，然而现在她对他充满了同情。因为他为之努力的东西，本身就是分散凌乱、毫无希望的；他为之努力的东西，是对纯粹一文不值的绝望的表述，并且这种表述毫不遮遮掩掩，让人觉得很不要脸。

排练之后，库伦贝尔格夫妇去吃饭。他们两个很享受美食；他们吃的次数多，而且吃得又多又好。幸亏现在没人看到他们这样。吃这么多精致的食物对他们来说完全不在话下；他们两个比例匀称，但不胖，看上去营养充足，但并没有营养过剩，两个人在一起很相称，像是一对得到精心照料的动物。库伦贝尔格看到伊尔莎一言不发，就知道她不喜欢齐格弗里德的音乐。你很难去反驳一个一言不发的人，最终库伦贝尔格表扬说，齐格弗里德是这批新人中最有天赋的一位。他晚上会请齐格弗里德来吃饭。他不知道伊尔莎是否同意。他似乎只是顺嘴提到这件事，伊尔莎问道："是在宾馆里吗？"库伦贝尔格说："是。"伊尔莎明白了库伦贝尔格是想要自己做饭，要知道即使是在旅行期间——他们其实一直在旅行当中——他对烹调的爱好也丝毫不减。这说明库伦贝尔格真的非常欣赏齐格弗里德，想要跟他结交，因此伊尔莎就不再多讲了。而且，她又有什么理由不招待齐格弗里德？伊尔莎不喜欢拒绝。她也不喜欢和库伦贝尔格争执。他们几乎从不争吵。在他们夫妻之间没有争吵的立足之地，即使是在紧急和危险的情况下穿过陆地和大海时，他们也从未有过争吵。好吧，齐格弗里德可以来宾馆，他们会为他做饭，她同意了。也许库伦贝尔格说得对，齐格弗里德是个令人愉快的人，但是他的音乐就算在将来也不会有什么变化，伊尔莎甚至不相信，他的音乐存在着变化的可能性，因为这音乐所传达的声音——尽管令她反感——是真实的，在其破碎之中包含着命运的意象，因此也无法变更。也许齐格弗里德是个好人，可是她永远都无法爱上他的音乐。伊尔莎观察着库伦贝尔格，他身穿苏格兰粗羊毛的西装，脚蹬吱吱作响的双底鞋，走在她的身边，他所剩无几的头发已经灰白，但是坚定的面容上，一双眼睛依然炯炯有神。他的身材略有发福，但在罗马躁动喧嚣的街道上，脚步依然坚定而敏捷。库伦贝尔格看上去是个沉默的人，确切地说，是一个内心非常平静，但精神活跃的人，他永远不会急躁，也不会感情用事。伊尔莎相信，他对齐格弗里德的成长所给出的鼓励，是建立在感情基础上的：1944年，一名关在英国的德国战俘营中的德国士兵给他——一名自愿的移民和非自愿的“一战”朗厄马克志愿冲锋队队员——写信，请他寄去新音乐的乐谱，这件事还是触动了他的心弦。对库伦贝尔格来说，齐格弗里德的战俘营来函传递了一个信号，一个来自被野蛮笼罩的欧洲的信号，像挪亚方舟中的鸽子带来的消息：洪水已经退去。

他们坐在太阳下，享受着阳光；他们坐在纳沃纳广场贵得离谱的宾馆的阳台上，他们坐在这里，享受着所有的一切；他们凝望着椭圆的、令人心平气和的老竞技场，他们享受着战争已成过往的幸福，享受着美食。他们吃的是黄油脆煎小蟹肉、软炸鸡翅、柠檬汁油淋干生菜叶、丰满大个的红草莓，佐餐的是涩口刺激的弗拉斯卡蒂酒。他们享受着这美酒。他们享受着这美食。他们优雅地喝着酒。他们优雅地进着餐。他们是严肃安静的进餐者。他们是严肃欢快的酒徒。他们几乎一言不发，但是他们彼此深爱。

就餐后，他们搭小巴士前往暂居的火车站一带。小巴士跟往常一样拥挤不堪。他们的身体紧紧地靠在一起，他们和别人的身体紧紧地靠在一起。他们站在车里，一言不发、平心静气、心满意足。他们决定花一点点时间参观一下在戴克里先浴场遗址上建立起来的国家博物馆。他们热爱古典艺术和文化。他们热爱坚硬的大理石、按照人类形象塑造的庄严的雕像、冷冰冰的棺椁、双耳喷口杯带着吉兆的弧线。他们欣赏着天使、半人半兽的农牧神、诸神与英雄。他们细细地观看着古代传说中的怪物，凝视着昔兰尼[1]维纳斯的优美身躯和沉睡的欧墨尼得斯[2]的头颅。之后，他们走进了深藏于高楼之间的小巷。小巷昏暗阴凉，就在他们宾馆的后面——他们住的大众化的宾馆固然索然无味，但舒适安逸。他们进了肉店，视线扫过凶残的钩子，上面挂着切好的肉，血已经放干的肉新鲜、清凉；他们的视线扫过牛羊的头，它们是温柔无语的献祭品。他们面前斜置着一块漂亮的大理石板，屠夫在上面摆上了鲜嫩的牛排，库伦贝尔格用手指在肉上按了两下，检查肉的鲜嫩程度。他们买了牛排，然后在室外的摊子上买了水果和蔬菜，在老穹顶下的市场里买了油和酒。他们花了不少的时间找米，库伦贝尔格直接用牙齿咬，寻找煮后会颗粒分明的米。两人带着一堆东西回到宾馆，乘坐电梯回到了自己又大又亮的宾

1 古希腊城市，位于今天的利比亚。

2 希腊神话和罗马神话中专司复仇的三女神。欧墨尼得斯在希腊文中意为“仁慈的人”，这是由于希腊人敬畏神祇，担心直接说出女神之名会招致厄运，故而对女神使用敬称与讳称。

馆的行政房。他们累了，但享受这样的疲倦。他们看到宽阔的大床，并且享受大床带来的清凉和洁净的感觉。明亮的午后时光。他们没有关上窗帘。他们在亮光里脱掉衣服，然后躺在毛巾中，盖上被子。他们想到美丽的维纳斯和蹦跳的半人半兽的农牧神。他们沉醉于自己的思绪，沉醉于回忆；他们沉醉于彼此然后坠入睡乡深处——那预支了死亡的睡乡，那占据了人生三分之一时光的睡乡。可伊尔莎依然有梦，在梦中，她就是欧墨尼得斯，那位以温和与善良为名的复仇女神。

时间到了，他现在要出发了。他已经跟别人约好了，约定的时间到了，他们在等他，但他不想去，他踌躇不前，他害怕。他，犹太扬，竟然害怕了，他的人生座右铭是什么来着？“我不知道什么是害怕！”这句话吞噬了多少人与事，他们全都已经尘归尘、土归土——当然这里的他们指的都是别人，他是下令的那个；他们，在没有任何意义的进攻中阵亡沙场；他们，为了实践某种疯狂的荣辱观，坚守从一开始就注定会丢失的阵地，战斗至只剩最后一人：这就是犹太扬挺起胸膛向他的元首所报告的。可谁要是胆小鬼，就会被吊死，尸体被吊在树上或是路灯上，脖子上还挂着耻辱牌，在死亡的冷风中飘荡，上面写着“我是个胆小鬼，甚至都没有保护我的祖国”[1]。保护谁的祖国？犹太扬的祖国吗？犹太扬的高压帝国和他的行军俱乐部，但愿他们下地狱，他们不仅把人吊上绞刑架，还在墙后、壁垒前将人斩首，让人遭酷刑折磨，将人射杀，将人刺死，敌人瞄准目标，敌人向他们开枪，但是这里也有自己的同志开枪射击。没有更好的同志了，这里安息着的是民族的同志[2]——受尊敬的和受称颂的——那些被处死的年轻人已经来不及思考，现在谁是敌人、谁是同志。犹太扬喜欢用父亲般的口吻提到“我的年轻人”，他还喜欢嘴巴不干不净地说着“弄死丫的”，他总是显得那么贴近民众，总是表现得像个好小伙，天生幽默，实际上他是昔日兰茨贝格的私刑谋杀犯[3]、梅克伦堡农场黑军营[4]的血腥法官、钢盔团[5]的骷髅头。那些衰老的诸神已经踏上了背叛

---

1 德军元帅舍尔纳处死逃兵后，还让人在他们身上挂上耻辱牌，上面写着“我是一个逃兵，我没有保护德国妇孺，因此被缢死”。

2 Volksgenosse，也可译为“德意志民族大家庭的成员”，专指纳粹时期雅利安血统的德国人。

3 兰茨贝格，德国城市，1926 年在此有两名黑色国防军的成员因疑似背叛而遭到其他成员的残忍折磨并被处决。此类杀人事件在这一时期反复出现，谋杀者以民间私刑的方式处置他们心目中的叛徒，因此被称作私刑谋杀犯。

4 “一战”后战败方德国被迫遵照协议大量裁军，剩余的士兵组成的一些非法准军事团体常被统称为黑色国防军，其中大部分后来去了梅克伦堡农场。

5 德国在“二战”前成立的一个准军事组织，在黑色国防军于 1923 年基本停止活动以后，吸引了大量原自由军团的成员。“自由军团”见本书第 29 页注释 1。

之路，埃尔哈特上尉[1]跑去与文人和脑子进水的人共进晚餐，罗斯巴赫[2]带着奶油小生们一起穿山越岭，到处表演神秘戏剧取悦校长和神父们，而他，犹太扬，走的是正确的道路，坚定不移、笔直向前，这条道路引领他走向元首和帝国，走向诸般荣誉。

他在房间里踱来踱去，在柔软的地毯上信步而行，墙面上贴的是布料，灯罩用的是丝绸，锦缎铺就的床上躺的是贝尼托——那只癞皮猫。它看着犹太扬，眨着眼，面带讽刺，它的低吼声肯定是想说“你还活着”，一边面带恶心的表情看着放在床前地上银盘子里的煎肝。为什么他把这只野兽带了回来？它是有什么魔力吗？犹太扬对鬼魂嗤之以鼻。他这纯粹是感情用事，因为他没法眼睁睁地看着这样一只霸气十足的动物遭到他人的戏弄，这让他气不打一处来。贝尼托！这个野小子！犹太扬住在维内托大街，他住的是一家大使级部长级的宾馆、一座北约组织的将军们云集的客栈、一栋美国钢铁公司总裁的豪宅、一座化工企业总监之家、一家电影明星半身像的展览馆，冒牌货和交际花在这儿找到他们的笼子，什么样的鸟儿会不来罗马：各式各样修剪

1　准军事组织自由军团中有个埃尔哈特旅，由前海军上尉埃尔哈特组建领导。埃尔哈特 1936 年后退出政治活动。

2　准军事组织自由军团的领军人物，1934 年在其住所中被搜出了同性恋色情图片，因此被迫退出政治活动。

时髦的胡子，只手可围的盈盈细腰、童话般的昂贵服装，这样娇小的姑娘可以一下子被人扼死，但是她们被人紧紧抓在手里的是紧实的胸部和紧实的臀部，还有可以让人感受到的尼龙布下诱人的、令人兴奋的、颤动的肉体，细窄的吊带紧贴着肚皮和大腿，向下连到长筒袜的透明细纱上——红衣主教不在此下榻。

他把他的蓝色眼镜取了下来。泪汪汪的眼睛，蓝白相融。他这样住在这里是不是太轻率了？对这个问题，他只能嗤之以鼻。首先，他不会犯错，且从未犯过错。第二，风是怎样的：徒劳无用且转眼即逝。这是个玩笑，犹太扬喜欢开玩笑，他就是要进这家宾馆，尽管他护照上的名字不是他的本名，出生日期不是他的出生日期，但护照是真的，上面有外交签证，他是个大人物，犹太扬一直以来都是大人物，现在又重新作为大人物出现。住这样的宾馆，他负担得起，还可以重新唤起他的美好回忆：他以前就曾下榻于此，并在此设立指挥部向威尼斯广场发号施令；也是在这家宾馆的大厅里，他曾下令向人质开枪。

他应该穿什么？他的衣服都很昂贵，他的西装都是由一流的阿拉伯裁缝用英国面料手工裁剪制成的。他现在是一名周游世界的老手，甚至会在去妓院前用香水，去妓院这一招还是从酋长们那里学来的，可以释放多余的精力。不管他穿什么衣服，他都还是那个老犹太扬，一个孩子气的家伙，一个阴沉的少年英雄，他永远不会忘记自己的父亲——一名公立学校的老师，曾经把他狠狠揍了一顿，因为他什么都不想学。也许穿深色的西装？重逢理应好好庆祝一下。不过这种场合，洒香水就不太合适。他要去的地方，没人要闻刺鼻的麝香。“性趣”会被隐藏起来。德国公民们将再次重逢。重新回到这些文明人当中。是否有人可以看出来，他这一路是怎么走过来的？他们可以看到他走过的所有的血腥之路，还有他这几年经历过的炎热、干旱和黄沙吗？

他从胡狼出没的地方而来。夜间胡狼发出阵阵嗥叫声。陌生的星辰在天空闪耀。星辰与他何干？它们只是地形图上的方向标。除了辨别方向之外，他不会再去看星星。他也听不见胡狼的嗥叫声。他睡觉。他睡觉的时候很安心，很平和，从不做梦。每天晚上他都是倒头便睡，像石沉大海一样快。没有梦魇，没有良心的压迫，没有白骨的显形。直到起床号将他唤醒。对他来说这是他熟悉的、想听的音乐。沙漠上刮起了暴风。号角的声音飘忽不定，然后消失了。号手是个懒鬼，该给他点颜色看看。沙子噼里啪啦地打在兵营的墙上。犹太扬从狭窄的行军床上爬了起来。他喜欢艰苦的营地。他喜欢粉刷过的房间，喜欢房间里的铁皮柜、折叠桌、洗漱架、生了锈的哗哗作响的壶和碗。他本来可以住在王城内的一栋别墅中，毕竟他是首席教官、军队的重建者、紧缺的高薪人才。但是他喜欢住在军营。军营给他自信，也只有军营可以给他安全感。军营是他的家乡，代表着战友情谊，代表着稳定和秩序。实际上，让他坚持下来的是某个流浪汉的话。犹太扬又是谁的战友？他喜爱沙漠的风景。吸引他的不是沙漠的一望无际，而是沙漠的荒凉。沙漠对犹太扬来说是训练场，是前线，是让一个男人保持雄性气概的持续不断的刺激。如果住在王城里，他会被到处可见的快步穿行的仆人所包围，他会与身体温暖的姑娘睡觉，他会迷失在宫殿与宫殿之间，他会像一个帕夏一样，在放了香料的水中泡澡。可是他宁肯在营地里用肥皂洗澡，用树根刷子把身体擦得通红，用一把旧的德国剃须刀刮胡子。那把剃须刀是他放在裤子口袋里从柏林的魏登丹默桥一路带到沙漠中的。他感觉很舒服。他想：自己就像一头毛被烧光了的光溜溜的野猪。他的感官很灵敏。他可以听到男人的声音、水花声、水桶的叮当作响声、口哨声、讲黄色笑话的声音、咒骂声、命令声、靴子的摩擦声、关门声。他闻得到监禁、奴役、皮鞋油、擦枪油、味重的肥皂、甜味的润肤膏、酸臭的汗水、咖啡、烤热的铝制器皿和尿液。这是恐惧的气味。可他不知道什么是恐惧。他对着镜子自我夸耀；他光着身子，挺着肚子，站在被死苍蝇弄脏的镜子前。他围上腰带。这是老办法了。这样可以把肚子挤进去，屁股像是被提了上去，这是老将领们的小把戏了。犹太扬走到走廊上，走廊上的人赶紧贴到墙上，把自己压扁变成顺从的影子。他看不到他们。他走到空地上。血红色的太阳飘浮着，像是被沙尘暴托在空中。犹太扬巡视着前线。沙尘暴下黄褐色的军服也变了色。沙子像锋利的玻璃碎片切入肉体，像冰雹一样抽打着坦克。这让犹太扬觉得很好笑。沙漠之子的游行！他看着他们。他看到的是杏仁眼，黑色的、发光的、忠心全无的杏仁眼；他看到的是棕色的皮肤、焦黑的脸，摩尔人、闪米特人的鼻子。他的小伙子们！他的小伙子们早就命归黄泉。他们早已葬身在草丛、雪原、乱石黄沙之下，葬身在北极，葬身在法国，葬身在意大利，葬身在克里特，葬身在高加索，还有一些葬身在监狱下面的盒子里。他的小伙子们！如今是这儿的这么一帮人。犹太扬素来对生活的反讽鲜有察觉。他在进行例行检阅，他严厉的目光扫视他们，看向他们的杏仁眼，闪烁着的、时刻准备背叛的、做梦一般的杏仁眼。犹太扬在这些人眼中没有看到不满。他从他们那儿看不出任何怨恨。他夺走了他们的善良，人类本性中的善良。他夺走了他们的骄傲，夺走了出生在后宫的他们的天然自信。他瓦解了他们的自尊，瓦解的办法是教他们一件事：服从。他们已经被他按照老派的方式训得服服帖帖的。现在他们一个个笔直地站着，像是经他的手浇铸出来的坚定的锡兵，然而他们的灵魂已被消磨殆尽。他们现在是人形的工具。他们现在随时可以投入战斗，可以战死沙场。犹太扬没有浪费时间。他没有让他的东家们失望。在犹太扬指挥的地方，普鲁士的旧日荣光依然闪亮，不管犹太扬去哪里，伟大的德意志帝国也将随他前行。沙漠里的沙子和马克沙漠[1]的沙子一样。也许犹太扬遭到了驱逐，但是他没有被连根拔起；他的德意志帝国，也许还会拯救这个世界的德意志依然装在他的心中。沙尘暴中，旗杆耸立。旗杆面对着被黄沙遮掩的太阳，孤独地耸立着。旗杆在没有上帝的虚无中，孤独地、高高地耸立着。命令传达了下去。士兵们的口号像电流一般闪过。他们把自己绷得更为挺直，旗帜又一次升高飘扬！多么壮观的无意义的象征！在绿色的旗子上闪耀着红色的晨星。在此人们还可以买到些冷门货——对民族主义政府的幻觉与忠诚，对以色列的敌意，这些还有用的兄弟们，多亏了他们，犹太扬今天还能继续有钱、有声望、有位置。

1　德国北部的一块沙漠。

深色西装也不对。犹太扬看上去像一名参加坚信礼的肥胖少年，这让他怒火中烧。他想起了自己的父亲，那名公立学校的老师，想起父亲是怎么强迫他老老实实地穿着礼服走向教堂祭台的。那是 1915 年的事了。那时他想上战场，想远离学校，但军队没要他，后来他给报复回去了，1917 年应急的高中毕业证书就这样送给了他。他去上了军官课程，但没有上战场，他成了少尉，但没有上战场，结果子弹又跑来围着犹太扬呼啸，自由军团[1]战役、安娜贝格战役[2]、斯巴达克同盟起义[3]、卡普政变[4]、鲁尔游击队[5]，还有私刑法庭的暗杀团。这是他游荡的日子，这是他的青春，美好的青春，如同歌曲所唱的那样——青春一去不复返。在为希特勒效力的那段时间里，犹太扬变身市民，功成名就、开始发胖、头顶高衔、结婚。和犹太扬结成连襟的是那个

1 德国自由军团，18 世纪起就已存在的准军事组织，但德国“一战”战败后，大量剩余军事力量组成了不同的新的自由军团，常常在广义上被视作黑色国防军的一部分。

2 西里西亚起义的最后一场战役，德国的自由军团介入了此次战役。

3 1919 年发生在柏林的由德国共产党发动的武装起义，最后以德国政府获胜而告终，其中也有自由军团的介入。

4 1920 年发生在基尔的企图推翻魏玛共和国的政变，政变名义上的领袖是一名狂热的民族主义者卡普。

5 1923 至 1924 年间因德国未能按时偿还战争赔款，法国与比利时出兵占领了德国的鲁尔地区。此处鲁尔游击队是指自由军团所采取的行动。

三月紫罗兰[1]，算是卡普政变中的战友，那个投机取巧、善于钻营的人，那个总裁和大市长，那个元首的财政官，那个战后被去纳粹化法庭所认定的随大流者[2]。他现在又爬了上来，不用说，当然是严格按照民主程序经人民投票再次当选的市长，犹太扬就是和这个人结成了连襟，这个弗里德里希·威廉·普法拉特，这个犹太扬眼中的王八蛋。犹太扬在自己最软弱的时刻，就是给这个人写信说不要为自己哭泣，因为自己还活得好好的，然后他还同意了安排在罗马的这次白痴般的重聚。他的连襟说，这次要好好帮他安排一下。安排什么？回归故里，赎罪赦免，最后再给他安排个小位置？这个男人自吹自擂得挺凶啊。犹太扬想要回归故里吗？他需要那张赎罪券吗？需要赦免获得自由吗？他已经自由了，那边就放着他经手的单子。他是来买武器的，买坦克、买大炮、买飞机、买他人不要的陈年老货，他要买的这些机器对于将来的大型谋杀已经没有什么意义了，但在小型的沙漠战争中，在发动叛乱或起义的时候，它们还可以发挥作用。犹太扬在银行是有贷

1 指1933年3月纳粹党取得议会选举胜利后，很多德国政府官员和学生为了获得更多晋级的机会，选择加入纳粹党，被纳粹老党员嘲笑为三月紫罗兰。

2 “二战”后，为了消除纳粹的影响，美国占领区设立了去纳粹化法庭，将美国占领区的德国人分成五类，分别是“主犯”“从犯”“轻从犯”“随大流者”和“无罪者”。

款信用的，是可以获得授权的。他跟南北半球的地下军火商都有交易。他可以征募老同志。他还在赌局之中。他的玩兴正浓。家庭有啥用？无非是一帮子屎货。人就是要硬一点。不过埃娃一直对他很忠诚，一个忠诚的德国女人，一位榜样，是人活着和战斗的借口；这话说得还真像那么回事，有时让人忍不住想要相信这一切。他害怕。他害怕看到不施脂粉、蓬头垢面的埃娃，这个妇女协会的女人、终极胜利的信仰者；她没问题，这是肯定的，可是也没啥让他对她牵挂不忘的。再说她应该也早已精疲力竭了。他儿子呢？一只奇怪的老鼠。这场荒诞闹剧的背后隐藏了什么？他收到的信中暗示了儿子的变化。他不明白会有什么变化。像铺开一张将军的作战图一般，他在面前铺开了一张罗马的城市地图。他必须先由卢多维斯街向下走，然后经过西班牙阶梯。在西班牙阶梯的上方，他可以凭栏俯瞰，将整座城市握在手中，接着走到孔多蒂街，去那个小市民的宾馆，他们那群人栖身的地方，他们在那里等着他。当然他也可以住在那里，住在那个导游书里号称最受德国人青睐的宾馆，住在贴近家乡、贴近家庭圈子的地方。弗里德里希·威廉·普法拉特，这个永远理智的、可以实现民族主义理念的理智代表普法拉特，又一次卷土重来，并且这次恐怕他自我感觉更聪明，因为他现在已重返重要的岗位，准备好了再次加入德国的腾飞之中。连襟普法拉特，大市长、有声望的联邦市长，他很想把这个据说遭到追捕的人置于自己的保护伞之下，十有八九，他还美滋滋地想着，可以把这只到处逃窜的丧家犬纳入自己麾下，也可以明确地表示原谅他，原谅他让自己忍受的煎熬、对问卷调查表[1]的恐惧、在去纳粹化法庭上的洗白。犹太扬对此恐怕会嗤之以鼻，这样的田园诗不唱也罢，他已经走得太远了。他是个死人或者被宣告已死之人，他在柏林就被消灭了：他躲过了大清洗，而纽伦堡法庭为了以防万一将他缺席判处了死刑。他遭到判决这一点其实也可以理解，因为那个纽伦堡的法庭是对命运、阴谋、非人道以及盲目的历史管理作出判决的高级法庭，其本身也在历史的迷路上蹒跚前行。它不是在扮演蒙眼闭目、六亲不认的正义女神，它只是个在玩盲人摸象游戏的傻女人，因为她用缺乏法律基础的语言讲述着法律，结果被带入了坑、被牵扯陷入了道德沦丧的事件的污泥中。高级法庭没有犹太扬已死的证据，也没有他还存活于世的证据，所以高级法庭的法官，在其缺席的情况下，在考虑到该食人魔可能尚在某个隐蔽角落苟延残喘的情况下，小心翼翼地

1　指在去纳粹化的过程中发给德国人的问卷调查表，问题涉及回答者在纳粹德国及“二战”中的地位和作用。

对这个被当着全世界的面作为魔鬼起诉的犹太扬作出了死刑判决，让他再也无法拥有假死的任何潜在可能。如前所述，这是一个聪明的、幸运的决定，尽管那个恶魔聪明而幸运地逃脱了绞索——那天人们对绞索的使用不免操之过急——可是对法庭来说，未能处死犹太扬，是对错误的一次聪明而侥幸的规避，因为犹太扬被作为魔鬼预先记录了下来，他具有被重新利用的价值，可以用来展示战争是一项邪恶的事业。大市长也许是驾着自己的车来罗马的，现在应该又有一辆梅赛德斯了，或者他就职的城市为他提供了惬意旅行的交通工具，意大利，令人渴望的国家，意大利，德国人的国家。普法拉特，德国人，在他的书架上摆放着皮革封面的《歌德全集》，歌德的作品旁边放着税法评论。这个魏玛人很可疑，魏玛来的从来就不是什么好东西，他仔细读过。不管怎么说犹太扬火气很大，这次见到连襟又是自己身材发胖的时候——他就是个叛徒，一个下流的叛徒，这个狗东西应该早死早升天。其实犹太扬完全可以让人开车送他，根本无须自己走路过去，根本不需要，但走路过去是他自己的想法。他就是想一路走过去，一路逛过去，徒步朝拜市民的生活，此情此城，这样做似乎是个合适的、恰当的选择，他想要多点时间。罗马，不都是这么说的吗，罗马是神父居住的城市，街上挤满了身着长袍的神父。据说罗马是一座美丽的城市，就是犹太扬也想好好参观一下，在此之前，他一直没有抓住这样的机会。他过去来这儿是带着任务来的，他在这儿只下过命令，他在这儿只搞过破坏，现在他也可以穿过罗马，享受罗马所能给予的气候福利、名胜古迹、优雅的妓女和盛大的宴席。为什么他就不能好好享受一把？他经年累月待在沙漠中，而罗马仍旧傲立于世，并未化为乌有。人们把罗马叫作永恒之城。神父们和教授们在这座城市中游荡。犹太扬摆出一张杀人的脸。这个他在行。多少城市在他面前毁于一旦。

她在等。她一个人在等。没有人陪她等，没有人陪她聊天来缩短等待的时间，但她不需要缩短等待的时间，也不需要别人在她身边关怀体贴，因为悲伤的只有她自己，哀痛的只有她自己，就是她的姐姐安娜也不明白。她不是为了失去的财产、失去的位置、失去的名望而哭泣，更不是在哀悼犹太扬，哀悼这个她以为在瓦尔哈拉英灵殿[1]见过的英雄。让她脸色苍白的不是对犹太扬的哀悼，而是对她伟大的德意志祖国的哀悼。她在为元首哭泣，为日耳曼世界大同的理想和第三帝国的千年大业而哭泣，

1 北欧神话中英灵聚集的地方。

如今它们都毁在了背叛、阴谋和荒诞的轴心联盟手中。从宾馆的大堂传来笑声，笑声顺着螺旋形的阶梯、沿着过道传了过来，一名年轻的意大利厨师正在唱着一首美国舞曲，歌声混着食物的热气在庭院中蒸腾而上，传到了她的窗户前；可是笑声传不到她的耳中，她也听不到用意大利美声唱腔演唱的诙谐欢快的黑人歌曲。她穿着黑色的衣服站在房间里，像是站在一个用砖石、妄想、曲解以及一去不复返的时间构成的牢笼中，胸怀深仇大恨，张着血盆大口，坚信自己正置身于一个黑暗的复仇神话中。这是一个捏造出来的、充满欺骗性的神话，这个神话暴露出她内心最深处的恐惧——那种面对武器与狼群的真实的恐惧。她明亮的金发变得花白，像风暴降临之际农民被吓跑时丢弃在田地里的麦束。她的头发被紧紧地扎成妇人的发结，顶在苍白的脸上。她那头骨很长的脸、方下巴的脸、受罪的脸、受惊吓的脸，看上去疲惫不堪、精疲力竭，像是一个骷髅，像是犹太扬戴的坚挺军帽上的帽徽[1]。她形同一个幽灵，不是欧墨尼得斯，而是北欧的幽灵，雾中的幽灵，被一个疯子带到罗马关在了宾馆房间里。

她住的房间很小，是宾馆里最便宜的房间，这是她自己要求的，因为——虽然姐夫弗里德里希·威

1　指纳粹党卫军的军帽上有骷髅头的帽徽。

廉不想承认——她是德意志姓氏中一个应当被洗去的污点，姐夫弗里德里希·威廉是为了她来罗马的，安娜也是这么说的。弗里德里希·威廉·普法拉特友好地拍拍埃娃·犹太扬的背，“没事的，埃娃，我们当然会把高特力带回家”。她肩膀往回一抽，咬破了嘴唇，因为普法拉特叫他高特力，以前他从来不敢这样叫，因为高特力在德语里意思是“上帝之爱”，把一个党卫队旗队领袖、党卫队将领，一个不信上帝的党的最高层官员之一称为“上帝之爱”，这是背叛。要知道高特力痛恨这个姓，这是他当老师的父亲传给他的，这是一个拍神父马屁的姓，他才不要当什么“上帝的爱”。他让家人和朋友叫他格茨，在正式场合和官方场合，他用 G. 犹太扬这个全名，而格茨是一个由高特力延伸过来的变体，是他在自由狂野的自由军团时期就用过的。然而弗里德里希·威廉——这个立身端正的正版皮革封面《歌德全集》拥有者——认为格茨这个姓有失身份，虽然它是德语的姓，且强壮有力，但那个著名的典故[1]还是浮现在他的脑海中，让这个姓变得不可理喻，而且还是个已经被人占用的姓。得了

1 中世纪的德国有一位骑士叫格茨·冯·贝利欣根（Götz von Berlichingen），歌德在自己的一部戏剧作品中曾根据这位骑士的生平写了一句有名的话，使其广为人知——“至于他，告诉他，他可以一直舔我的屁股。”

吧，洗礼的时候叫什么这辈子就该叫什么，就算他觉得高特力这个名字很可笑，并不适合男人，他现在还是重新叫他高特力，他敢这么叫也是因为他觉得现在自己才是更强势的那一方。她穿着黑衣服到处走动，从靠院子的窗户经过洗脸池走到镜子那边，像是一头被囚禁的但是没有被驯服的野兽一样在笼子里来回走动。这些年她一直身着丧服，除了在俘虏营中，因为她被捕的时候正穿着旅行服装。一被放出来，她就借了姐姐的一件黑色衣服，因为她自己的衣服都不见了，她的衣柜被洗劫一空，犹太扬名下的房子都被没收了。当据信已经死掉的犹太扬还活着的消息传来时，普法拉特一家惊讶地发现埃娃竟然没有脱下丧服，因为埃娃不是为她的丈夫——误被当作已死的英雄——而哭泣，现在犹太扬还活着，这只能增加她哀悼的分量。他会问起他们的儿子，她没有能够保护他。也许犹太扬现在也后悔了，他低三下四地承认了自己的错误，然后活得很滋润。关于他和别的女人睡觉这件事，埃娃并不反感，他一直都在和别的女人睡觉，而且告诉她这是战争生活的一部分。如果他生出了孩子，那么生出来的就是战争儿童、良好的种族，是冲锋队和元首的后代。但是他躲藏到东方这一点令她烦躁不安，仿佛她可以据此推断，他也犯下了背叛的罪行，在软弱的敌人的气氛中、在玫瑰香味弥漫的后宫的阴暗中、在冒着大蒜味的洞穴中，睡了黑皮肤女人、睡了闪米特女人——那是一直伺机复仇、贪婪地渴望着德意志精子的女人。他的这种行为是对种族的背叛，是对血统的背叛。埃娃想把犹太扬的这些杂种孩子都带回来，组建一支军队；这些孩子需要证明自己的身份，他们要不就作为德国人活着，要不就作为混血杂种死去。那个年轻厨师正在吹口哨，又是一首黑人的歌，俗得要命、充满恶意，大厅的笑声更是可劲地欢腾快活，有时沿着楼梯上扬，顺着走道嘎嘎地喧嚣着飘了过来。大市长弗里德里希·威廉·普法拉特和太太安娜、小儿子迪特里希坐在德国人青睐的宾馆的会客室里。他们很快和来意大利旅游的同一阶层、拥有同一观点的同胞打成一片，这些同胞和他们一样，都是些逃脱了的、受过惊的、忘了过去的朋友。他们开着大众、梅赛德斯，再次恢复了德国人的品质，现在还成为在意大利受欢迎的外汇来源。他们相互交谈，喝甜的苦艾酒，桌子上还放着地图和导游书，因为有人在讨论旅游线路，他们想去蒂沃利，想去弗拉斯卡蒂，还想去卡西诺[1]重建的修道院，那里的战场也可以参观。这些人没有恐惧，其中会有个人到处寻

1 “二战”时期在罗马附近的卡西诺山，德国和盟军展开了激烈作战。在这次战役中，虽然盟军获得了最后的胜利，但是付出了极其高昂的代价，伤亡人数大大超过了德军。

找，等找到后会大喊道：“我们小队就在这里战斗过，我们从这儿向下冲锋，在这里我们牢守阵地，在这里我们顶住了敌人的进攻。”然后他会自称曾经是个多么优秀的家伙，骄傲地谈论着他自己，因为他把自己当作一个公平战斗的战士，就像他参加的是一项运动，一项杀人的运动。他会讲起英国列兵、美国大兵，甚至可能会这样说起安德斯部队中的波兰军团，不过后者很难讲，因为波兰佬终究是波兰佬。然后在士兵的墓地，他们会用百分之百庄严的态度向自己和死者致敬。死人不笑，因为他们已经死了；或者他们没有时间，对他们来说，还活着的人中，谁来都无所谓，他们现在已经脱离了这个生命，这个沾染了污点、满是罪孽的生命——尽管污点和罪孽可能完全不是他们的错——进入了转生的轮回中，开始新一轮罪恶的存在、新的戴罪之身、新的徒劳无功的生存。弗里德里希·威廉·普法拉特觉得犹太扬让他们这样等着很没有礼貌。也许是因为他还没有到罗马，也许是他来罗马出现了困难，护照出了问题，他的情况还是挺微妙的，处理起来要很小心。凡事都不能操之过急，不过普法拉特认定时机已经成熟，因为没人想到他的连襟竟然还活着。他们可以想办法让犹太扬的档案悄悄消失，这件事当然要谨慎进行，不要引起轰动，弄出丑闻。出岔子的可能性还是有的，总有些不爱国的小人喜欢咋呼，不过动不动就把人送上绞刑架的危险时期已经一去不复返了，至少对他们来说是这样。美国人终于恢复了理性，对美国跟德国的关系和德国的用处开始有了正确的认识，仇恨和报复性的判决早已被证明是不明智的和缺乏政治敏感性的。罗斯福已死，而且搞不好他跟共产党还有过合作。谁是摩根索[1]？屁都不是。谁只要能幸存下来，就能继续活下去。犹太扬可以在农业经济协会里先找个位置，之后可以再看，埃娃也可以不用再发疯了，因为说到底，弗里德里希·威廉·普法拉特是一个以国家为重的人，既然已经犯了错误，那就必须承认，然后可以再从头来过。普鲁士还经历过大饥荒呢！德国其他地方不也是这样？大家不还是奋起直追，走得更远吗？当然那不是饿着肚子做到的，饥饿只是一种形象的比喻，这样讲是因为以前那个时代缺乏民族自豪感，所以就有人创造出了这么一个用来振奋人心的传奇故事，否则饥饿不过是因背叛而战败之后空肚子发出的咕咕声。其实最好不要老提饿肚子这件

1　此处指小亨利·摩根索（Henry Morgenthau Jr），罗斯福时期任美国财政部部长，曾提出占领德国的摩根索计划。该计划旨在削弱德国工业，抑制其军事能力。但1947年之后，美国为推行旨在恢复“稳定和富有成效的德国”的政策，未推行摩根索计划，转而采用马歇尔计划。

事，应该多讲讲富足的生活，讲讲人们可以理解的，而不是总说那些传奇故事，这样大家才会更有盼头，才有为之奋斗的理由，而且最后这样美好的新生活是不是也可以说服他们的儿子们重归族群，再续传统？虽然他们曾经在战后的快乐混乱时期，像受惊的羊群一样散落四方。德国联邦有自身的民主弱点，这是确凿无疑的，目前看也很难改变。总的来说，在占领区，秩序还是占据了主导地位，通向严厉管控的路已经铺好了，很快大家就可以把目光放得更远一点，眼下看来前景不错，凭着普法拉特的过去，他们当然会推荐他继续往下走；但他们的儿子们缺乏理性、行为怪诞，所谓的凭良心做出决定。这些都是时代特征、时代弊病，终究会像拖得很久的青春期那样随着时间而消失。弗里德里希·威廉·普法拉特在此想到的主要不是阿道夫·犹太扬，而是他的大儿子齐格弗里德。齐格弗里德离开了他，但他对迪特里希还是很满意的。迪特里希现在是个汪达尔[1]，他加入了父亲以前参加过的大学生兄弟会[2]，学习了兄弟会的规则，开发了自己的人脉，很快要参加律师考试，

1 Vandale，古代日耳曼人的一支，以财富和文化的毁灭者而闻名，后成为毁坏者的代名词。

2 德国大学生兄弟会 1815 年成立于耶拿，类似于美国大学生兄弟会，后渐渐成为右翼学生团体的代表，迄今依然如此。

对参观卡西诺战场兴致勃勃，这才是正常年轻人应该做的。但齐格弗里德完全不是这样。真是见了鬼了——他可能会成为一个教堂指挥，不过在音乐界也有薪水很高的职位。弗里德里希·威廉·普法拉特是个有消息来源的人，他知道，齐格弗里德现在就在罗马。这对他来说是个可以对话与和解的信号。这应当不会容易，因为形象地说，齐格弗里德似乎还在沼泽地里跋涉，音乐大会节目宣布的主题是超现实主义、文化布尔什维克主义、黑人新声音。这个孩子眼瞎了吗？也许如今就得这样才能飞黄腾达，因为犹太人又出现在了国际事务中，并且还创造着名望和奖项？普法拉特读到指挥齐格弗里德交响乐的是库伦贝尔格，他记起了这个人。"记不记得，"他问他的夫人，"库伦贝尔格，1934 年的时候，他是我们那边的音乐总监，他本来是要去柏林的？""他不是和那个奥夫豪斯结的婚吗？"安娜回答道。"对，"普法拉特说，"这就是为什么他无法再去柏林了，我们当时对此也无能为力。"而且不知为什么，普法拉特感觉在自己担任省主席而省党部头目还没有总揽大权之前的那段时间，自己似乎还给库伦贝尔格提供过支持。他现在很开心，因为他想，显然库伦贝尔格是出于对他这个父亲的感激，因此要演奏他儿子的音乐，好让齐格弗里德可以出人头地。但是埃娃在楼上房间的牢笼里，正侧耳倾听着复仇者的脚步。

从旋转门中转出来时，门房的手、戴白手套的手、奴才的手、刽子手的手、死亡的手推动着入口与出口的旋转木马，最恭敬而卑微的仆人随时为您服务。攫取小费的死神，犹太扬被他从旋转门中转了出去，感觉像是被扔出了宾馆，被从提供金钱和名望的安全环境中弹了出去，被藏在他身后的权力中推了出去——虽然这次是一个隐藏的权力，是外国的权力，是外族的权力，是暗黑的东方权力，但毕竟是有主权和国旗的国家权力——突然，他感觉茫然无助。这是这么长时间以来，犹太扬第一次作为人出现在人的中间。这一次他是一个平民，没有护卫，没有保护，没有武器，是名身着深色西装的健壮的老先生。没人注意到他，这让他很迷惑。路上的行人碰到他，跟他擦肩而过，撞到他，嘴里很快地咕哝一句毫无意义的"抱歉"。向犹太扬道歉？他稀里糊涂地向前走了几步。没有人跟他保持着毕恭毕敬的距离。犹太扬可以转身返回宾馆，只要他打电话给他雇主的外交使团，就会有人把带有阿拉伯字母的车给他开过来。或者他也可以向宾馆戴着白手套的门房招招手，随时恭候着的门房就会立即吹响尖锐的小哨笛，召来一辆出租车。曾经，这里笔直地站着夹道欢迎的队列！两排的黑色制服。二十把手枪，在他乘坐的车的前面是一辆护卫车，后面也是一辆护卫车。但是他想走着去。他已经有三十年没有步行穿过一座城市。当柏林是一个炽热燃烧的地狱时，当整个世界在追捕犹太扬时，他跑了一小段，在灰烬中爬过去，从死人身上翻过去，在废墟中匍匐前行，然后他就获救了。怎么会？是出于偶然或者天意——像元首会宣称的那样——遭到失败，被浇上了汽油，被烧成了灰烬？然而，他并没有失败，如果有，那也只是肉体上的，他在精神上已经复活了，是天意拯救了犹太扬，并把他带到了应许之地——不是犹太人的，而是他们黑色兄弟的应许之地。就是去那里，犹太扬也不需要步行，他只是拖着沉重的脚步穿过阅兵场，然后再走几步就跨入了沙漠中。

他很快恢复了常态，对他这样无所畏惧的人来说，没什么大不了的。如果他摔倒，这里有栏杆可以抓着。铁铸的栏杆像高高的长矛伸向天空——这是权力的栅栏、财富的栅栏、拒人千里的栅栏。一辆大车从碎石车道上滑过时，犹太扬想起来了。他也曾坐车经过这里，只不过那时候的他更加锋芒毕露、更加嚣张，不管这么说，他确实来过这里。一块标志牌告诉他，他现在正站在美国大使馆门前。当然，上次犹太扬不是来拜访美国人，他们可没有邀请他，他来这儿的时候，美国人甚至都不在。但他确实来过，所以法西斯肯定在此有所动作，可能还是个很大的行动，可惜他们没有最终将其贯彻到底的力量。领袖墨索里尼是个什么货色？不过是元首多愁善感的那一部分的化身。犹太扬瞧不起南方人。他走近维内托大街上的咖啡馆，所有人都在那里，不单是他鄙视的南方人，整个国际集团的人都坐在那里，跟他们当初一起坐在柏林选帝侯大道一样，坐在那儿表演着地球的和平，互相在对方的耳边嘀咕着。这些不忠于任何民族的无根浮萍、国际人士、四海为家的金发流民，急匆匆地从一座城市飞到另一座城市。这是一群贪婪、不安分的人，一群傲慢的吸血鬼，一群逃脱了德国秩序和纪律惩罚的人。犹太扬在这儿听到的主要是英语，美国人占多数，他们是战争的获益者，但是他也听到了意大利语、法语或其他语言，偶尔有德语——不过说德语的人不多，因为他们待在一边形成一个自己的小团体，相互取悦。垃圾、害虫、犹太人和犹太的奴隶！诅咒如胆汁般涌到他的嘴边，淹没了牙齿。他没有看到任何制服，没有看到胸章或肩章，他看到的是一个没有等级的世界，一个荣誉遭到废弃的世界；只有一名餐饮行业的雇员的镶边海员夹克衫闪闪发光。从那边过来一支猩红色的部队，他们来自何方？他们正在攻入这条聚集了世界剥削者的小巷，并迅速拿下富裕的游手好闲者的小路吗？猩红色的队伍是强大力量的象征、权力的标志，它是不是来此进行大清洗的金帐汗国、青年近卫军、意大利青年？然而迎面而来的只不过是对犹太扬的捉弄和嘲讽，那是身材消瘦的年轻修士们身穿的猩红色长袍在随风摆动。红色的队伍不是在进军，只是不成队形地走在路上，但是对犹太扬来说，他们走路的样子像女人，摇摇摆摆的，因为在他掌权的时候，他完全没有注意到神父们在独裁的统治下可以多么富有男子气概，多么坚定地踏上死亡之路。幸好，他不知道这些身穿猩红色长袍的都是来自日耳曼神学院的校友——否则他们的身影会让他更不舒服。

在维内托大街，金钱决定一切。犹太扬没有钱吗？别人买的东西，他就不能也去买然后到处炫耀吗？在一家酒吧前面，有一些看起来一碰就会坏的黄色椅子，看起来非常可笑，它们似乎不是用来坐的，更像是一群疯掉的金丝雀，大家都在等着它们发出尖叫声。犹太扬觉得这家酒吧吸引着自己，因为不知道为什么这个时段酒吧里没有顾客。他没有坐在外面，因为他可不想坐在那些摇摇欲坠的椅子上。酒吧的门大开着，他走了进去，站到了吧台前，手撑在吧台上，他觉得有点累，肯定是这里的气候搞的鬼。他点了一杯啤酒。一个身穿紫色燕尾服的漂亮男人告诉他，如果他想要站在吧台喝酒，就得到收银台买张代金券。收银台后面坐着劳拉，面带微笑。她可爱的笑容在整条街都很有名，酒吧老板就是因为她的微笑才不让她走的，因为她的微笑可以点亮酒吧，给酒吧带来一丝友好的氛围，让收银台成为快乐的源泉，尽管劳拉很笨，不会算账。可是这又有什么关系？没有人会骗劳拉，因为就是在深夜以及周日中午来此的同性恋顾客也会觉得劳拉安静的微笑是一种恩惠。这给犹太扬留下了深刻的印象。但是缺乏人性这一点蒙蔽了他的双眼，他甚至没有意识到，面对他的是一个孩子般的生物，她正在免费地奉献自己最美好的才能。他想，一个漂亮的荡妇。他看到她乌黑如漆的头发、因微笑而容光焕发的玩偶一般的脸庞、红色的嘴唇、红色的指甲，便动了心思想要买她。在这条财富堆砌的街道上，如果你不想做个奴仆的话，就得做个买家。但是他站在那里又一次感到很无助，不知道这件事怎么张嘴，他没有穿军服，这个女孩也不怕他，这事也没法单靠眨眼来完成。他可以付一大笔钱，用里尔来算，那就是很大一笔数目。他要跟她说德语吗？她会听不懂的。犹太扬也不会说意大利语。英语他也学得很少。他用仅有的一点英语点了一大杯苏格兰威士忌，而不是啤酒。劳拉什么也不想地微笑着递给他一张代金券，然后向穿着紫色燕尾服的漂亮男人示意把威士忌给犹太扬。“一大杯乔洽。”“冰？”“不。”“苏打水？”“不。”他们的谈话只是一个字一个字地往外蹦。犹太扬一口灌下了威士忌。他很生气。他只会下命令，就是对个浪蹄子他也说不出什么友好的话来。她会不会是个犹太女人？不过，在意大利你很难一下子辨认出来。恍惚中他又变回了小高特力——公立学校老师的儿子；他应当去上大学，但是他连中学的学业都跟不上。他站在那里，仿佛穿着按照他的身材改过的父亲的旧西装，置身于有钱的同学中间，而那些同学穿的是基尔水手服。他是不是应该再喝一杯威士忌？男人就得喝威士忌。拥有大笔财产的大老爷们沉默地喝着苏格兰威士忌，成了酒鬼，输了战争。犹太扬放弃再要第二杯，其实他很想要；他害怕吧台后面那个漂亮的男人和柜台后面那个漂亮的女孩会笑话他这个沉默的客人。有多少笑声在这个沉默的客人面前消失了？犹太扬也想了解一下！犹太扬在心里记下了这家酒吧。他想：你也逃不出我的手心。劳拉看着他宽阔的背影，不以为意地挥霍着自己的微笑。没有任何事情会让她心生警惕，让她想到自己刚刚看到的是个杀人犯。她想——如果说她真的有过什么想法，那也是因为思考对她来说是一件陌生的事，她只是保持着某种无意识的反应——一家之父，出差在外，不是同性恋，过路的客人，偶然经过这里，他炫耀着他戴的蓝色眼镜，觉得这里比较无聊，以后也不会再来。如果他还会再来，那他一定是为了她才来的，她会注意到的，他是因为她又回到这里；她不会因为他戴着蓝色眼镜就觉得他人不好，因为晚上在这里冒出来的同性恋让她感到很无聊，他们总是跟她吐露心事，谈论所有他们喜爱的男人。当然，这不是说她对她的同性恋衣食父母们有什么意见。

犹太扬的心思又转到了他的亲戚身上，他们正在期盼着与他的重逢，期待着再次见到这个从死亡中复生的英雄。他瞟了一眼随身携带的城市地图。迅速判断出前进的方向，这个他学过；无论是在森林、沼泽，还是在沙漠，他都不会迷失方向。此刻，他也不会迷失在城市的丛林中。此刻，他走在平扎纳门大街上一堵高耸的老墙旁，老墙背后一定是一座巨大的绿树成荫的美丽花园。花园也许曾经属于某位富有的贵族，也许是国王集团中背叛了领袖墨索里尼的某位贵族。此刻空气温和，带着雨的气味。一阵风吹来，灰尘扬起，犹太扬像全身通了电一般兴奋。花园的围墙上贴着海报，是为了征召适龄的青年入伍。软蛋们有福了。山姆大叔负责武器，但是只有德国教官才能为他们提供所需。没有德国教官，所有美元就都白花了。山姆大叔不会算账吗？一张红色的共产党的海报像灯塔一样燃烧着。犹太扬想到国会纵火案之夜。那就是暴动！他们应声而出！一个时代拉开序幕！没有歌德的时代！这个俄罗斯–罗马公社想要做什么？犹太扬读不懂这上面的文字。他读它干吗？他赞成把它们贴在墙上。准确地说就是要贴在这面墙上。在里希特费尔德[1]，他们就是被命令靠墙站着，不仅是红色阵线的人，还有其他一些人也都靠墙站着。犹太扬为了好玩，也一起开了枪。谁说四海之内皆兄弟？是那些软蛋。他们这么说也无非是有所企图。假如和莫斯科达成协议呢？坐在莫斯科的没有软蛋。假如两个强大的兄弟可以坐下来谈判，假如他们可以达成一个更广泛、更全面的斯大林–希特勒条约，结果又会如何？犹太扬可怜的小脑瓜被他自己弄疼了。错过的机会，也许还没有完全错过。“世界将是我们的”将会在又一个光明的早晨发出强有力的呼唤。星期天会有一个什么罗马—那不勒斯，那不勒斯—罗马长跑竞赛。为屄货举办的角斗士游戏。拿着匕首和网的战士叫什么，还有拿着剑的战士叫什么？日耳曼人在马戏团与野生动物搏斗。日耳曼人太善良了，被诡计打败了。带着黑十字的白底上写着一个教会的法令。教会总是最后的胜利者。神父们狡猾地置身幕后，让其他人斗得精疲力竭。战后，他们建立了自

1　隶属柏林，1941 至 1945 年期间曾在此设立了集中营的附属营，至少有 41 人在此丧生。

己的政党。盗墓贼。耶稣会的柔术。绿票子。萨索橄榄油。都是老油子。战争？备战动员？还没有。还没有出现。也没人敢做。只有在演习场、沙漠、丛林以及偏远的地区有小型的演练。就像有一次在西班牙。在一幢招摇的公寓大楼的底层，一只土狼正在召唤。这只土狼是一只草原狼；犹太扬想到了卡尔·迈[1]。这里的土狼指的是一家美国酒吧。酒吧门上光滑发亮的黄铜把手看起来很高级、很昂贵。犹太扬有钱，但是他不太敢去这家酒吧。犹太扬口渴，但是他不敢去土狼酒吧。为什么他不敢？小高特力让他踌躇不前。他只有身穿制服才能战胜小高特力。犹太扬继续往前走。他看到一家意大利酒馆。稻草包裹着的酒瓶堆成一堆，酒打湿了地板。这里是老百姓喝酒的地方。不需要害怕老百姓。老百姓是可以控制的。和老百姓不需要交谈。老百姓只需要被直接送去做炮灰。元首高于老百姓。犹太扬点了一杯基安蒂酒，一口气喝了下去。酒让他变得自在起来。他又点了第二杯。他没有品出酒的味道，但是酒让他感觉情绪振奋。他迈着坚定的步伐走到了著名的特立尼达和多巴哥教堂前的广场上。这座教堂有两座尖塔。来自圣心教堂修道院的修女们站

---

1 德国19世纪著名的通俗小说作家，代表作是《温内图》，描写的是发生在美国西部的故事。

在通往教堂的台阶上，她们的长袍、斗篷和帽子都让犹太扬恶心。巫婆！

现在，他脚下是西班牙阶梯，是罗马，背景是高高耸起的圣彼得大教堂的圆顶——圣彼得是他们的老敌人。他没有被打倒。没有人被打倒。游戏因为背叛而以平局结束；元首手中本来有所有的王牌，但是都被小矮人们夺走了，命令没有得到执行——只有犹太扬执行了元首的每一条命令。他已经把桌子抹干净了。他是不是到处都把桌子抹干净了？可惜不是。哪儿都没有。九头蛇的头曾经超过九个。九头蛇的头曾经有上百万个。一个犹太扬太少了。如今告别战场返回家乡，他不再是一名征服者，而是一个乞丐，默默无闻。他不得不抓向护栏。他的手指紧紧抓住残破的护墙。疼痛将他淹没。罗马在他的目光中流动，他的眼前是一片由正在溶解的石头组成的海洋，圣彼得大教堂的圆顶是这片狂野的海洋上摇晃着的一个气泡。一声慨叹惊醒了犹太扬。一位优雅的老太太，染着蓝色的头发，正用伞指向这座永恒的城市和这座城市展开的巨大的全景画卷。老太太叹道："Isn't it wonderful!"[1] 圣三一教堂的左侧塔楼上响起了祝福声。

他走了下来，从西班牙阶梯上走了下来，走过

1 英语，意思是"太壮观了！"。

了美景如画的意大利，走过了阶梯上蹲着的、躺着的、睡着的、玩耍着的、读着书的、聊着天的、争吵着的、拥抱着的老百姓的闲散时光。一个男孩递给犹太扬一根玉米，玉米粒烤得金黄。面向这个陌生人、这个来自北方的野蛮人，男孩递出冒着尖的袋子,用讨好的声音说“cento lire”[1]。犹太扬撞倒了袋子，玉米撒落在阶梯上，犹太扬一脚踩碎了玉米粒。他不是故意的，但是他太笨拙了。他恨不得把这个男孩狠狠地揍一顿。

他穿过广场，气喘吁吁地走到了康多提街上。这里的人行道太窄了。拥挤的行人在这条繁忙的商业街上、在商店橱窗前相互推搡着擦肩而过。犹太扬撞到了别人，又被别人撞到。他感觉很奇怪。他很惊讶没人给他让路，没有人在他面前退缩。竟然会有人撞他，这让他颇为惊讶。

他在寻找第二个胡同，按图索骥地寻找着——可是他真的在找吗？沙漠边缘的岁月对他来说，似乎是在麻醉中度过的时光，他没有感觉疼痛，然而现在他感到恶心，他感觉到了疼痛，感觉自己像在发烧。他感觉到的是生活被斩断成一片残余后的伤痛，是将这一片残余从他雄厚的权力中剥离而出的伤痛。他是什么东西？他是他过往的

1　意大利语，意思是“一百里拉”。

小丑。他应该从死亡中复活吗？或者继续当一个沙漠中的幽灵，当祖国出版的画报中的一个鬼魂？他不害怕和世界产生正面冲突。世界想要从他这儿得到什么？让它来吧，尽管让它来，带着软弱，带着它的腐败，带着它所有的肮脏，带着它隐藏在市侩面具下所有野兽般的欲望来吧。这个世界应该为有他这样的伙计存在而感到庆幸。犹太扬不怕被绞死。他害怕的是活下去。他害怕自己要继续过的生活中再没有命令可以遵守。他承担过很多责任，他的位置越高，他承担的责任也越多。他从来没有因为责任感到困扰，但是他说的“这是我的责任”，或者“我来负责”从来都只是句空话，一句让他自我陶醉的话，因为在现实生活中，他从来都只会遵从命令。犹太扬曾经很强大。他曾尽情享受过权力的滋味，为了享受权力，他需要给自己无限的权力设限，他需要元首来做权力的化身，化身为权力的可见的上帝、命令的下达者。面对造物主、人类和魔鬼，他可以说自己的所作所为都在遵守元首的命令：我只是一直服从命令，我只是一直在执行命令。那么，他有良心吗？没有，他只有担心。担心人们会发现他是小高特力，假装自己变成大人。在内心深处，犹太扬听到一个声音，不是上帝的声音，他也不觉得那是良心的召唤。那是他做老师的父亲的细弱的、饥饿的、相信进步的声音，这个声音在他耳边低语：你是个笨蛋，你没有做作业，你是个坏学生，一个被吹捧起来却一钱不值的人。就这样，他一直待在更庞大的事物的阴影中，他一直甘于做一颗卫星，那颗最强大的星体的闪闪发光的卫星。他一直还不明白的是，这颗他借取光芒和杀戮力量的恒星，也只是个冒牌货，也只是个坏学生，也只是个小高特力，实际上是魔鬼挑选的工具，一个神奇的废物，一个民众妄想的产物，一个最终破裂的气泡。

饥饿感攫住了犹太扬，让他想把肚子填满。在自由军团时，他就不时有过这种饿死鬼投胎的感觉，让他不停地、一勺一勺地把炖锅里的豆子往嘴里塞。这一刻，在他要找的那条巷子口，他闻到了饭菜香。一名厨师正在商店橱窗里摆放各种菜肴。犹太扬走进商店，要了烤肝。橱窗里烤肝下面的小牌子上写着“fritto scelto”，所以犹太扬就用“fritto scelto”这个词点烤肝，其实这个词的意思是“自选”，结果出于误解加上店员的三心二意，给他端来的是用面和油炸的小海鲜。他狼吞虎咽地吃了起来，这玩意儿的味道在他嘴里像是烤蚯蚓，他吓坏了。他感觉自己沉重的身体像被变成了虫子，他正在活生生地经历着自己身体的腐化。为了抵抗这种分解，他压制住全身心的恐惧，继续大口大口地吃着盘子里的东西。接着，他点了四分之一升的一小瓶酒，站着喝光，现在他又可以继续往前走了。

再走几步就是同胞和亲戚们所青睐的宾馆了。D 车牌[1]的德国车在宾馆前规规矩矩地停了一排。犹太扬看到了德国复兴的标志，看到了象征着德国经济奇迹的流线型金属。这给他留下了深刻的印象。这吸引着他的注意力。他应不应该走过去，迅速并拢皮靴后跟，大喊一声“我前来报到！”？他们会张开双臂。他们会不会张开双臂，将他抱在胸前？然而在这些闪亮的汽车背后，有什么东西让他感觉不舒服。全面战争、全面战斗、全面失败之后的崛起、继续生存，幸福的、肥美的、成功的继续生存，这是对元首的背叛，对元首的意图、元首关于未来的设想、元首的遗志的背叛，是并将一直是和西方死敌的可耻合作，因为他们需要德国的鲜血，需要德国士兵对抗东方的合伙人进而获得虚假的胜利。他该怎么办？宾馆里的灯已经亮了起来。一扇又一扇窗户中透出了光亮，其中一扇窗户后面就坐着正在等待着他的埃娃。按照信上晦涩难懂的措辞所描述的，等待他的将是失望、堕落和耻辱，所以他也不要指望在这里会见到他的儿子阿道夫。返回故土

---

1 德语中，“德国”是“Deutschland”，所以 50 年代的德国车牌中有“D”这个字母。

值得吗？沙漠的大门现在还对他敞开着。德国的小市民们还没有把网撒向这些老斗士。踏着犹豫不决、缺乏安全感的脚步，他穿过大门，走进装有护墙板的大厅，看到厅里坐着的德国人，他的连襟弗里德里希·威廉·普法拉特也坐在他们中间，看上去几乎没有任何变化。德国人还是按照德国人的方式和习惯面对面站着，他们手中拿着杯子，不是装着德国大麦酒的大酒杯，而是装着外国劣质酒的玻璃杯。不过他，犹太扬也灌下去过这种劣质酒和别的烂东西，没必要责备这些陌生人，这都是些强壮结实的好家伙。他听到了，他们在唱，他们在唱“上帝是我坚固的堡垒”[1]，接着他感到有人在观察他，不是唱歌的人，观察的目光来自门口，两道严肃的、探究的、乞求的、绝望的目光在看着他。

凌乱的大床并没有让齐格弗里德惊慌失措，但确实让他有些困惑。宽大的床吸引着他的目光，他试着将目光移到一旁，但没有什么用。庄严地坐落在宽敞开阔的房间里的宽大婚床，那铺就清冷干净的亚麻布的床寝，就是那么实事求是不知廉耻，就是那么毫无意义毫不知耻，就是那么冷酷而简单地宣告着，宣告着没有人想要隐瞒床铺被人用过的事

1　马丁·路德写的一首圣诗，由其本人作曲。

实，宣告着没有人为在此拥抱温存而感到羞耻，宣告着这里曾有过的有益健康的酣然入梦。

突然，我明白过来，库伦贝尔格夫妻是领先于我的人类，他们是我想要成为的人，他们没有罪恶，他们是旧人类与新人类，他们是古老的和前卫的，他们是前基督教的和后基督教的，是古希腊-古罗马公民，是飞越大洋的空中旅行者。他们可能是被困在身体里了，不过他们对自己的肉体有充分的认识和精心的保养。他们是远足者，来到了一个也许荒凉贫瘠的世界，照样让自己过得舒适，并为这个地球感到愉悦。库伦贝尔格已经适应了游牧生活，他穿着衬衫和白色的亚麻长裤，身上披着橡胶的围裙，在宾馆额外给他房间添加的两张桌子前忙碌着。我想知道他是怎么说服宾馆经理的，因为他们一定给他装了特殊的保险，他的电源插座上插了三四个插头，电源线像相互交织的蛇连到闪着灯的电器上——电烤架、烤锅、红外线加热电炉、蒸汽锅、高压锅。他配备了一个最完善的可随身携带的厨房，他喜欢这样的厨房，去哪儿他都带着这个厨房。他在准备他邀请我享用的晚餐，搅拌、品尝、敲打、调味。他有着一张坚定而严肃的男性脸庞，即使只是看着他的冷静也让我从中受益。他的夫人亲切地跟我握手并和我聊了几句：“您喜欢罗马吗？您是第一次来这儿吗？”她像一只叽喳闲语的燕子，低空飞行，布置桌子，布置桌子的时候还来回走动，去浴室时总是让门开着，在那儿洗瓶子，把花插进瓶子里，把酒瓶放在流动的水中冷却。

我不想袖手旁观。我问库伦贝尔格是否需要帮忙，他把一个碗、一个奶酪擦和一块帕尔马干酪塞到我手里，让我把奶酪擦成碎末。开始的时候，大块岩石般坚硬的奶酪被我磕落在碗里，库伦贝尔格给我演示了怎么操作，接着问我是不是从来没有在厨房里给我母亲打过下手。我说："从来没有。"我想到我们家房子里那间冰冷的大厨房，厨房的地板瓷砖一直不停地被拖把拖，永远都是潮湿的，穿制服的办公室信差和仆人的朋友们的靴子总是在潮湿光滑的地板上添上新的鞋印，搞得总是粗声粗气的、总是大嗓门的、总是急匆匆的工作人员非常恼火。"您是哪儿人？"库伦贝尔格问。我跟他说了地方，还想跟他解释我与这个地方没有任何联系，除了正好生在那儿之外。可是我看到他用惊讶的神情看着我，然后他喊了出来："伊尔莎也是那个地方的人。"伊尔莎正在擦玻璃杯，她也转过来看着我，但是她的目光直接看穿了我。我想，她看到的是那条老街，那条布满咖啡馆和树木的老街，那条现在已经被烧毁的老街。听说咖啡馆已经重建了起来，人们坐在咖啡馆外面的太阳底下，也许是坐在伞下，因为树木都已经被烧毁了，或者人们种了新树，可以快速生长的白杨树。她看到的一定是这些，与我看到的一模一样，她态度冷静地看着这些，但也多了一点心潮的起伏；她知道那些树被烧毁了吗？我想问她，可是她出去了，又走到浴室里忙了起来。库伦贝尔格用打蛋器调着调味汁，我注意到，他看起来有点走神，心神不宁，然后他说——说之前先瞟了一眼浴室，似乎是想确认他的夫人在不在附近——“我在你们那儿的剧院工作过。你们的乐团很不错，气氛很好，剧院也很漂亮。”“剧院已经被摧毁了，”我说，“表演现在放在乐都特商场。”调味汁做好了。他说：“那时候有个省主席，姓普法拉特，是你的亲戚？”我说：“他是我父亲，不过现在他是市长。”他弯腰看着冒着热气的锅，然后喊道：“伊尔莎，快点，大漏勺。”她把漏勺从浴室里拿了出来，漏勺的孔很紧密，她的身材也是这样紧致。他把米倒进漏勺，飞快地把装满热气蒸腾的米饭的容器捧到浴缸那边，然后用冷水冲，把水晃掉，接着把米用漏勺挂在锅上，用水蒸气重新使其膨胀、重新加热。“巴达维亚的食谱，这样米煮熟以后可以保持颗粒感。”他们走了很多地方，他去世界各地指挥，他们已经完全适应了这种生活，没有房子，没有固定的公寓，只有行李箱，漂亮的大行李箱，住在这里或那里的宾馆房间里，和现在我站着的房间总是很类似。我突然一下记了起来，我认识库伦贝尔格的时间比我想象的还要长。我想起来了，当然那时我还没有意识到，那时我是个孩子，没有察觉究竟发生了什么。现在我又回想起了那天，仿佛就是今天，我看到我的父亲陪着库伦贝尔格出门。我那时候正在大厅里玩耍，当父亲在库伦贝尔格身后关上了门时，我从他涨红的脸上看出来他很生气，他责备我在大厅里玩，然后去母亲那边。我跟着他，因为在这座大房子里，我也不知道该去哪里，我跟着他也是出于好奇，虽然我知道他心情不好。他在有人找他请求帮助时一向如此，我们城市的居民似乎对他并不了解，因为在那些日子里他们经常向他寻求帮助，但他根本就没想到要帮助那些迷失的人。不是因为他讨厌他们，不是这样，他没有疯，他不喜欢他们，就是这样。但是他现在害怕他们，因为这些人都被宣布为遭驱逐的对象，相当于遭驱逐的麻风病人。最重要的是，他当时已经开始害怕犹太扬姨父，我现在想起来我听到他对我母亲说的话。“我们的音乐总监”——他总是用拉长的声调来说话，头衔给他留下了深刻印象——“刚刚过来找我，希望可以把他的岳父老奥夫豪斯放出来。我建议他想想自己的前途，跟他夫人离婚——”然后我父亲看到了我，生气地把我赶走了。如今我知道，老奥夫豪斯当时是第一次被捕，在第一次抵制犹太商货的小型运动期间。后来在大犹太日，奥夫豪斯的房子被点燃了，那时我从容克学校放假，看到房子烧起来了，那也是我看到的第一栋被熊熊燃烧的火光吞没的房子，于是奥夫豪斯又被保护性地监禁了。我的父亲在家里的饭桌上分汤，那时候他喜欢摆父亲的威风，收音机里正传出戈林和戈培尔的叫嚣，我的母亲说："有人会因为所有美好的事物被烧而难过。"后来老奥夫豪斯又被保护性地监禁了，再后来他的图书收藏让我忙了好一阵子。他的图书当时杂乱无章地堆成一堆躺在希特勒青年之家的阁楼里，一定是有人把这些书拖到那里，然后把它们给忘了。奥夫豪斯是个藏书家，我在书堆中找到了古典主义和浪漫主义作家的初版作品，罕见的德语和拉丁语印刷版古籍，自然主义作品的初版，亨利希·曼和托马斯·曼兄弟作品的初版，霍夫曼斯塔尔、里尔克与格奥尔格的作品，诸如《艺术之页》以及《新评论》这些杂志的选集，第一次世界大战中的文学，从表现主义直到卡夫卡。我偷了一些书并把它们带走了，剩下来的东西后来都被烧毁了，与希特勒青年之家一起被炸弹撕得粉碎，被保护性监禁的奥夫豪斯被处死了——而她就是他的女儿。我做得到正眼看她吗？我的思想要逃到哪里去？我的思绪抗拒着。他们让我看到：她保养得很好，她一定超过四十岁了，但脸上几乎没有皱纹。我的思绪继续抗拒着：奥夫豪斯很有钱，他们是否得到了补偿？然后继续想：他不是因为他们的财富而娶她，时代已经进步了，他站在邪恶的对立面。接着我又想：他们相互深爱，他们相互支持，他们仍然爱着对方。我们走到桌前，坐了下来。库伦贝尔格盛饭，伊尔莎倒酒，肯定是一顿美餐，我应该称赞一下大厨的手艺，但是我做不到，我什么味道都感觉不到，或者说我尝到的是灰烬的味道，没有生命的即将被风吹走的灰烬。我在想：她没看见她父亲的房子被烧的样子。然后我想：她也没有看到我们的房子被烧毁的样子。我又想：这一切都已经发生过了发生过了发生过了，什么也改变不了改变不了改变不了，该死该死该死。我们吃的是用精制油煎的全叶菠菜，上面撒上了我擦好的奶酪；两指厚的牛排，用刀切的时候就像在切黄油一样，血从中间流出来，是红色的；酒冰凉醇厚，像新鲜的春天，我在舌头上还能感觉到所有干燥的、丝状的灰烬。吃饭的时候没有人说话，库伦贝尔格夫妇弯着腰认真地吃着盘子里的食物，我说了一次“真好吃”，可能声音太小了，没有人回答。然后有一个烈火覆盆子烤饼，几乎可以算是热带的食物，可是又带有德国森林的芳香。库伦贝尔格说：“宾馆的服务员会送咖啡过来，咖啡不管怎么做，味道都比不过浓缩咖啡机做的咖啡。”伊尔莎·库伦贝尔格用房间的电话叫来了咖啡；白兰地放到了桌上，然后我们谈起罗马。

他们热爱古老的事物与古典时代，热爱罗马帝国的罗马，热爱古罗马的广场以及广场残破的宏伟，热爱远眺夕阳西下时的古老山丘、凝望耸立的柏树和孤寂的松树，热爱意义尽失、不再支撑任何东西的石柱，热爱不知通向何方的大理石台阶，热爱耸立在被夯实的基座之上的拱门——即使那记录着往昔凯旋的拱门已经开裂——他们热爱奥古斯都的故居，他们旁征博引着贺拉斯[1]和维吉尔[2]，他们赞叹贞女们的圆形神庙，为之折服，他们去往幸福神殿祈福祷告。我认真聆听着他们像上课一样讨论着最新的发现，聆听着他们以专业的态度讲述着考古挖掘与博物馆的珍宝；我也热爱罗马，热爱那些古老的诸神，热爱那些长期以来被深埋于泥土中如今又重见光明的美丽事物，热爱那些古老的雕塑的体量和它们光滑冰凉的石质肌肤。我更热爱的是活生生的罗马、如其所是的罗马、向我展现着的罗马；我爱它的天空，天空犹如朱庇特深不可测的大海。我想，我们沉入了水底，我们是沉入水底的城市维内塔[3]。在我们的头顶上，在环绕于我们周围的元素上，在

1 古罗马奥古斯都时期的诗人、批评家、翻译家。

2 古罗马奥古斯都时期的诗人，被后世视为古罗马最伟大的诗人之一。

3 传说中波罗的海海边的一座城市，由于城市居民不节制的生活方式而受罚被大水淹没，埋葬在了波罗的海海底。

光明耀眼的波涛上，航行着我们永远也见不到的船只，死神在城市的上空撒下一张无形的大网。我热爱这里的街道、角落、台阶，以及带着瓮瓶、常春藤和守护神拉尔的静谧庭院；我热爱喧嚣的广场和广场上骑着兰布瑞达摩托车的疯狂机车手；我热爱夜晚时分坐在门前台阶上的罗马人和他们的笑话、他们表现力丰富的手势和身体、他们戏剧化的天赋以及我听不懂的对话；我热爱哗哗作响的喷泉和喷泉里的海神、仙女，以及来自大海的信使特里同；我热爱坐在喷泉边大理石台阶上的孩子们——如蝴蝶般穿梭嬉戏的他们是一群头顶花环的残酷的小尼禄；我热爱科尔索大街上的推挤、摩擦、冲撞、尖叫、大笑和目光，还有向路过的女人耳边低声发出的污言秽语；我热爱女人脸上僵硬空洞的面具般的表情，对此那些淫词秽语也难辞其咎；我热爱她们对放荡的敬意的回答、羞愧和愉悦，这份愉悦刻在她们真实的面孔上，却隐藏在她们行走于街道上时佩戴的面具之后，被她们带回家，带入女性的梦中；我热爱财富堆砌的闪亮的橱窗、橱窗中陈列的珠宝、女帽设计师们的鸟帽；我热爱罗通达广场的那个傲气的女人；我热爱长长的、闪闪发光的咖啡吧——吧台后是咝咝作响、冒着蒸汽的咖啡机；我热爱坐在吧台前用小杯喝着热腾腾的苦甜的浓咖啡的男人们；我热爱威尔第的音乐——特别是当他的音乐通过电视演播室的扩音器在圆柱广场前的走廊上播放着，又在世纪末的石灰外墙上激荡起回声时；我热爱维内托大街、浮华市集中的咖啡馆和它们可笑的椅子、它们彩色的顶棚；我热爱长腿细腰的模特们和她们染成鲜红色的头发、她们苍白的面容、她们惊讶圆睁的大眼睛，在她们的眼中闪耀着我无法理解的火焰；我热爱大街上等待着的乐呵呵、傻乎乎的运动员般的牛郎们，他们是那些穿着紧身衣的富婆花钱购买的对象；我热爱那些威严的美国参议员，他们可以得到教宗接见，而且什么都买得起；我热爱那些白发的、温和的“汽车国王”，他们四处做散财童子，为科学、艺术、诗歌提供赞助；我热爱那些同性恋诗人，他们穿着紧身裤和又尖又细的高跟鞋，靠基金会维持生计，风情万种地摇晃着衬衫过长的袖口中窸窣作响的银手链；我热爱那艘停泊在圣天使城堡前浑浊的台伯河上慵懒的游艇，还有黑夜中赤裸裸地挂在船上的红色灯泡；我热爱隐蔽着的、香烟缭绕着的、充斥着艺术品与装饰的小教堂，尽管库伦贝尔格说，巴洛克的罗马令人失望，可是我热爱穿着黑色、红色、紫色和白色长袍的神父们；我热爱弥撒上使用的拉丁语；我热爱神学院的学生们和他们脸上的恐惧不安；我热爱主教大教堂教士会的成员，他们穿着带着污渍的法衣，头上顶着漂亮的、油腻发亮的法帽，帽子上还垂下一条滑稽的红绳，我同样热爱他们脸上的恐惧不安；我热爱跪在告解席前的老妇人和她们脸上的恐惧不安；我热爱浇铸雕刻的小教堂门前乞丐那悲惨的满是沟槽的手，他们的恐惧不安如同脖颈上颤抖的动脉；我热爱工人聚居区街头的小商贩，他们把熏肠切成大得像树叶般的肉片；我热爱小市场和它们的绿色红色橘色水果摊；我热爱这里的鱼贩子和他放满了不明海洋生物的鱼桶；我热爱罗马所有的猫，它们蹑手蹑脚地贴墙走过。

然后他们两个，两道坚定的身影，走到窗前，走到高高的落地窗前，走到仿佛一座高塔神坛的窗户前。他们看向街道上满布灯光的沟渠，看向火车站附近的其他宾馆，这些宾馆置身于林立的高楼大厦中，和他们的宾馆一样住满了游客，宾馆的招牌上霓虹闪烁，招揽着顾客。罗马似乎从未像这样准备好了一切，只等着再次被征服。库伦贝尔格想着齐格弗里德的音乐，明天他要为了这座城市再一次把他的音乐编排得更为紧凑、更为冷静，将其情感的表达压缩得更为流畅，伊尔莎站在他的旁边，看着一个个车顶，它们仿佛是臭虫大军在街道的底部爬行游弋。她盯着电车的受电杆看了好一会儿，受电杆上面间或闪烁着貌似无害的火花，她看穿了人们无视死亡的惯例，看穿了否认恐怖的存在的全体共识。她眼中所见的这些建筑，其所有权都已记录在了土地登记册上，就算是罗马人，那些见惯了各种古迹的辉煌一再遭到毁灭和湮没的罗马人依旧相信，这些正在古老的地球上层层堆起的功能建筑是永恒的。她还看到贸易的神秘游戏，后者也是建立在对永恒、可延续性和安全的幻想之上。她注视着广告牌魔法般地绽放与熄灭，在她的童年时代，也曾有如此闪烁的缤纷，有流溢的银光和黑魔鬼的蜡烛，她的父亲天真地以为可以用书籍、音乐和艺术筑起一道墙，把她童话般的生活与商场隔开。商场，一座虚假的城堡，一片温馨的灯光，然而灯光永远地熄灭了——这让她打了个冷战，她想，所有这一切真的好冷啊。她想：天色已晚。然后她想：这名来自我的城市的年轻人创作交响乐，他的祖父也许曾经演奏过斯宾耐琴，或者长笛，而他的父亲杀了我的父亲，我的父亲，我的喜爱收集书籍、爱去布兰登堡音乐会的父亲。她抓住库伦贝尔格的手，把她的手，她的冰冷的、一瞬间似乎死去的手塞进指挥家的拳头中，塞进了他温暖干燥、肉乎乎的、值得信任的拳头中。库伦贝尔格再次把目光投向下方的街道，他想：他们的命运是可知的。他认识分析家、社会学家、计划经济学家、核裂变科学家、国际法学家、政治家和公关人员。他们组成了魔鬼的联盟。魔鬼联盟是他的听众。他们来听他的音乐会。他关上窗户，问了齐格弗里德一个问题："您知道奥古斯丁关于音乐的一句话吗？他说，音乐是奉献给工作之余的伟人们的，是为了帮助他们重建自己的灵魂。”齐格弗里德没听过这句话。他不知道奥古斯丁是谁。他知道的东西太少了。他不知道的知识太多了。他的脸红了。库伦贝尔格自问：我认识的人是伟人吗？如果他们不是伟人，那么伟人在哪儿？他们拥有可以在夜晚重建的灵魂吗？奥古斯丁认识的就是伟人吗？他认为是伟人的人，也觉得他是伟人吗？那么多的问题！库伦贝尔格欣赏齐格弗里德的天赋。他期待着他可以创造惊喜，创造一种新的语言，一种还没有人说过的语言。也许对于那些相对快速变化的世界停滞不前的耳朵，这种新的语言听起来很可怕，但是它会带来新的听众。会有一些能够捕获其中信息的新的听众。奥古斯丁所说的伟人就是指这样的人吗？哪怕这种新音乐让我们不开心，可是它逼迫着我们去探知。库伦贝尔格友好地看着齐格弗里德，但严肃地说道：“我不知道您是在为谁创作音乐。但是我相信，您的音乐在这个世界是有功能的。也许不懂的人会喝倒彩，但是您永远不要受这些人的影响。永远不要尝试满足他人的愿望。让那些音乐爱好者失望吧。您应当是出于谦恭而不是傲慢地令他们失望！我不是向您建议登上人人皆知的象牙塔。老天啊——没有生活的艺术会是什么样的！您要到街上去。聆听白天里的生活！

您要坚持，您要继续孤独下去！您有幸是一个孤独的人。独自停留在街上，就像您是置身于一间封闭的实验室中。您要实验。您要用所有的东西来进行实验，用我们这个世界所有的光华和肮脏进行实验，用谦卑和伟大进行实验——也许您会因此发现新的声音！”齐格弗里德想着声音，想着街上的声音，想着野蛮的声音、恐惧的声音，折磨的、欲望的、爱情的、善意的、祈祷的声音，想着邪恶发出的声响，想着淫秽的低语和罪恶的尖叫。他想，明天，这位著名的乐团指挥，这名乐谱的精准阅读者，或者说这位在花园里不停地修剪着的园丁——而我就是其中的野草和杂草——会训得我体无完肤，他会让我好好加深对和声规则的认识，让我知道什么叫学校老师的严厉。而库伦贝尔格像是听到了齐格弗里德的心声一样，他说：“我相信我们的工作。我的内心中有矛盾的地方，您的心里也有矛盾的地方——它们并不相互矛盾。”他们被丢入其中的生活充满了矛盾，他们因此也以同样的方式矛盾着。

犹太扬感觉到有人在观察他，他缩了回去。他向后撤退，棱角分明的头缩回到耸起的双肩之间，不管你称其为逃跑还是战术，就像是潜行在对峙双方阵地之间无人区的侦察分队，在他们觉得自己暴露之后，向己方撤退。不管你称其为逃跑还是战术，总之没有子弹飞落，没有曳光弹从夜空中划过，命运的序幕依旧没有拉开，但是，是个人就会匍匐回去，匍匐穿过铁丝网和灌木丛，撤回到自己原来的位置，就目前的情况而言，敌人的位置尚难以判断。哪怕是杀人犯，或是被追捕的罪犯，一旦感觉到警犬在靠近，一旦意识到进入了警察的视线，他就会缩回到阴影中，缩回到沙漠里，缩回到城市中。纯粹的罪人会这样从上帝眼前逃走；可是一个向上帝撒谎、没有得到宽恕、不觉得自己是个罪人的人，应该逃到哪儿去？越过上帝，逃到那片沙漠中去！犹太扬不知道是谁在暗中观察着他。他没有看见任何密探。接待室中只有一名神父——这些兄弟在罗马真是无处不在，这位神父奇怪而僵硬地站在那里，像犹太扬一样，从侧面透明的玻璃门盯着里面看，室内坐着一桌子人，正在热闹地喝酒聊天。这是一个聚餐会，一个德国人的聚餐会，一个凑巧按照德国规矩举办的聚餐会——除了举办的地点被临时设在了南方的维度。具体地说，在犹太扬和他的连襟弗里德里希·威廉·普法拉特之间，除了侧门的玻璃和木头，再没有其他东西将他们隔开。不过他的连襟一直端坐着，不管是在这儿喋喋不休，还是在他自己的市议会那里，这家伙总是端坐不动，而犹太扬一直在英勇进军，心怀上帝已死的口号无所畏惧地盲目进军。他比这些大厅中的市民走得更远，但也是他们让他可以走得如此遥远。是他们首肯了他与死亡的同行。他们发下血誓，将他召唤过来，他们为他鼓劲呐喊，世界属于出鞘的宝剑；他们大声疾呼，没有什么比战斗中的死亡更壮美；他们给了他第一件制服，他们在他自制的新制服前卑躬屈膝，不管他干什么，他们都对他做的事称颂不已；他们将他树立成孩子们学习的榜样，他们呼唤着“帝国”，并且容忍在德国出现的谋杀、殴打和尸臭。但是他们自己待在老牌德国啤酒馆的聚餐会上一动不动，他们聒噪的舌头上翻滚着日耳曼的老生常谈，头脑中萦绕着他们自己对尼采的曲解，他们为元首语录和罗森堡神话[1]中的陈词滥调着迷倾倒，可对犹太扬来说正是他们对行动发出了召唤，所以他前行不懈，小高特力想要改变世界。看啊，他是一个革命者，可是他对革命者深恶痛绝，他鞭打那些革命者，把他们送上绞架。小高特力愚蠢无知，头脑简单，这个小高特力对刑罚顶礼膜拜，这个小高特力害怕被打，可是想要打人，这个无权无势的小高特力向着权力朝拜前行。在终于掌握了权力之后，终于可以和权力面对面时，他看到了什么？死亡。权力即死亡。死亡是唯一的全知全能。犹太

1　指的是纳粹作家罗森堡撰写的宣扬纳粹种族主义的《二十世纪神话》。

扬接受了这一点，他并没有为此惊慌害怕，因为小高特力早就猜到，权力只有一种，那就是死亡，权力的行使只有一种，那就是杀戮，其内涵简单明了。没有什么死而复生。犹太扬曾效力于死神。他为死神尽心尽力。这让他与那些市民、情迷意大利的度假者以及战场旅行家区分开来；他们一无所有，除了拥有虚无之外，他们一无所有，他们深陷虚无中；他们从虚无中升腾而起，直至最终抵达虚无，成为虚无的一部分，跟从前一模一样。而他，犹太扬，他有他的死神，他紧紧抱住死神不放，顶多也只有神父会尝试着从他这里偷走死神。不过，犹太扬可不会让任何人从自己这儿偷走任何东西。神父同样也可以被干掉。那边穿着黑袍子的人是谁？一个长满青春痘的年轻人，一张因为熬夜而精疲力竭的脸，女里女气的长袍下隐藏着难抑的欲火。这位神父也盯着大厅里的人群，看上去对他们同样心怀厌恶。可他不是犹太扬的同盟军。犹太扬讨厌这名神父，讨厌这些市民。他看出来，今天这些市民的位置是坚不可摧的。但是时间会站在犹太扬这边，所以他要回到沙漠中去，为死神招募训练新人。只有当战场不再是旅游景点时，当战场重启之时，犹太扬才会再次出征。

他逃出了宾馆。他逃离了视线中的市民们，逃离了视线中的神父，逃离了隐蔽不可见的密探的目光。没什么可耻的，这不是懦弱；这是一次战术上的自行撤退。如果犹太扬进入大厅，如果犹太扬让别人给认了出来，这些市民会跳起来，围着他欢呼，但是这个场景更适合出现在某个夜晚举行的英雄表彰会上，那时候他们会把他拢入市侩们的网。在某扇亮着灯光的窗户后面，埃娃可能在等——她是一位英雄母亲，如果她在耻辱的五月[1]就命归黄泉的话。但是她还活着；犹太扬可以想象自己和她坐在一个德国式的房间里，他去上班，做普法拉特会为他找的工作，上完普法拉特给他找到的班后，他们两个可以一起吃煎鹅肉，喝莱茵河地区的酒，连襟普法拉特介绍的工作肯定可以挣不少钱，元首生日和十一月九日[2]，埃娃都会在衣服上别上元首送给她的金色纳粹十字胸针——如果她的胸针还没有被偷的话，占领军的士兵都是掠夺有价值和有纪念意义物品的猎人，这点犹太扬并不陌生——当收音机里播放着新闻时，当豪斯[3]发表讲话时，当阿登纳[4]发表演讲时，当相邻公寓的美国黑人歌曲声硬邦邦地挤进他们的公寓时，她会怔怔地望着犹太扬，会怔

1 纳粹的第三帝国在五月签署了投降书。

2 水晶之夜就发生在1938年11月9日，当时整个德意志帝国都发生了焚烧犹太教堂，砸毁和抢劫犹太商店的事件。

3 “二战”后德意志联邦共和国第一任总统。

4 “二战”后德意志联邦共和国第一任总理。

怔地盯着他想：你还活着你还活着你还活着。他会活着，想着沙漠，想着可以由此出发征服德国的沙漠。走在漫无目标的路上，他随便挑了一家小饭馆走了进去，一进小饭馆就能闻到油味、面粉味和海腥味。他走到了自选餐那里，他觉得自己可以吞下所有的东西，一种疯狂的饥饿感折磨着他。那边有肥厚的白豆子，一道德国菜，一道德国学校和家庭常给孩子做的菜，他示意要那道菜，但豆子是冷的，这不是德国菜。豆子被油浸得滑溜溜的，被醋泡得酸劲十足，还带着鱼味，这是因为他把盘子里油腻的鱼肉错当成了肉。无论如何，他还是把所有的食物都硬吞了下去，接着又把意粉——这次是纯粹的意大利面条——全都塞进了嘴里。温软油腻的西红柿酱挂在他的嘴边，像是一个拉丁之吻，因为没人给他餐刀切面条，所以还有面条挂在他嘴巴下方，然后他像一头母牛吃长草一样把面条给吸了上去，最后他又用半升基安蒂酒把自己洗了个干净，让自己又重新做回了人类。至少他自以为如此。这个人穿过蜿蜒的小巷，来到了圣西尔维斯特广场。他看到前方电话公司的招牌闪烁着。电话公司的出现对他来说正当其时。他进了电话公司，里面是一间间电话亭，但是他不知道怎么用。他把普法拉特宾馆的名字写了下来，交给电话公司柜台里的职员。这名职员在电话簿上找到了宾馆的电话，卖给他一个电话币。他走进一间电话亭，在拨号盘上拨打号码，听到“喂”的一声之后，他对着话筒用德语要求跟普法拉特通话，接着他耳朵里听到咔嚓声、沙沙声、走路声。现在普法拉特走了过来，他接过电话，打着标准的官腔，用自负的腔调回答道：“这里是大市长普法拉特，哪位？”犹太扬很想直接冲他叫“你个屁眼”，或者用他自己的头衔压压他，比如他的军衔或是党部头衔，或是他现在这个轻浮的充满东方风情的头衔，或者他也可以自称高级太监、后宫种马、沙漠恐怖，又或者用尖细的声音说“这里是高特力”，但这样一来，他就会变得很小，变成那个小高特力，连电话机都够不到，所以他就只是简单地说“犹太扬”，不过他在说自己名字的时候，用的语调足够把权力、暴力与死亡一起通过电话线传递过去。普法拉特赶紧清清嗓子，大市长对着自己的连襟清嗓子是为了克服自己些许的震惊和恐惧，听到受人喜爱的、令人害怕的死人的声音，听到这个让家族感到骄傲或是害怕——到底是骄傲还是害怕要视情况而定——的人的声音，他还是生出了一丝震惊与恐惧，他需要一点时间重拾勇气，现在凭着这点勇气他才敢于跟犹太扬对话。他紧张地说：“你在哪儿，我们已经在这儿等你了。”犹太扬傲慢地表示，他事太多，没有时间，他要求他们换一天到他的宾馆来，到维内托大街上他的那座奢华宫殿来找他，他们理应看到被所有的光环笼罩着的犹太扬。他把自己的假名告诉了普法拉特，这是他的化名、他护照上的名字——狭小的电话亭的墙上用意大利语写着乱七八糟的东西——哪儿的小亭子不是这样，犹太扬在想，现在德国厕所里是不是又写上了“觉醒”。他命令他“重复一下这个名字”，大市长弗里德里希·威廉·普法拉特顺从地重复了这个化名，重复了官方证件上的假话——他再也不敢端着恩人的架势面对犹太扬，他会老老实实地在犹太扬面前立正站直。犹太扬从那家受德国人青睐的宾馆的悄悄撤退，不是一次逃跑，而是高明战术的一次卓越运用。

于是，这个人觉得自己又重新占领了上风，又一次掌握了自己的命运。一位胜利者离开了电话公司。他想要穿过圣西尔维斯特广场，他想要征服罗马，可是有什么发出噼啪的响声，发出爆裂的声音，像是战争和战场发出的声响，有东西重重地砸到了地上断裂开来，惊恐的叫声变得越来越响，然后是死亡的尖叫。一座新建筑倒塌了，是因为建筑的地基算错了，灰尘笼罩下，被压弯的承重支柱还竖立着，人们像无头苍蝇一样从他身边跑过，犹太扬命令道：“把路封死，待着别动，把路封死。”他想要在造成死亡的事故现场维持纪律，可是没有人听他用德语发出的叫喊声，没有人听得懂他说什么。随后警报声、钟声响了起来，警察来了，还有救护车和消防车，从广场的教堂那边还过来了一位神父。他的身影到处都是，犹太扬反应过来，他在这儿是个外人，是个累赘，他挡住了别人的路，说得再好听点，他是没人在意的那一个。他走到路边，从人群中钻了出去，然后他想起他在学校、在他所痛恨的那所高中曾学过，罗马人相信兆头，这件事是个坏兆头。一个女人尖声哭泣着。她的家人被埋在了下面吗？被犹太扬送上黄泉路的牺牲者，从来没有哀号痛哭过。很奇怪，他从没听过那些人的哀号。

结果他偏离了方向，走进了科尔索大街，一条塞满了车与人的长长的如肠子一般的大道。车与人像细菌、像蛆，像是在新陈代谢和消化的作用下穿过城市的大肠小肠。车流把犹太扬冲到了右边，冲到了朝着人民广场的方向，不过他察觉到路走错了，所以他转身顶着人流往回走，尽管不断地遭到推搡和冲撞，他终究还是成功地调整了方向。他回望来处，看见了灯火辉煌、被聚光灯照亮的白色与金色的建筑，现在他知道自己到哪儿了，他曾经乘车来此并登临此处，他的车队前有护卫车开道，两边有武装摩托车陪同，车队后面的车辆中，还载着德国与意大利政要以及党部和国防军集团军的高官。他前进，他后退，他迷失了方向和时间，现在变成过往，但是他的视线盯准目标——那大理石的台阶、那些巨型的石质建筑，包括威尼斯广场上白色的阵亡战士纪念碑和维托里奥·埃马努埃莱二世设立的国家纪念碑。不知出于什么原因，犹太扬搞混了，他误以为那就是卡比托利欧山，还误以为那就是墨索里尼的建筑，是领袖为了缅怀历史，为了彰显这一古代遗址而设立的纪念碑，它们是罗马帝国再生的宣言，是一个闪耀着白色与金色光芒的宣言。他曾经乘车来此并登临此处。他急步走上台阶。在这儿右边是领袖的行宫。没有看守吗？没有看守。泛黄的肮脏墙壁笼罩在黑夜的阴影下。没有一扇窗户被点亮。他曾乘车来此。昨日的访客重来旧地。敲门，敲门——房主已命归黄泉。继承人对你一无所知——在街道上忙碌的人群中找找继承人。是的，他曾经和领袖一起踏上这座广场，犹太扬曾与领袖同行，将元首敬献的花冠放在了阵亡战士纪念碑下。守卫们还站在那里，双腿分开、笔直僵硬地站立着。他们的站姿无可挑剔。可是犹太扬什么也感觉不到——没有尊严，没有骄傲，没有哀悼，没有感动。这就像是一名虔诚的教徒在教堂里完全没有任何感觉一样。他想要祈祷，可是上帝不在此处。他想双膝跪地，可是他想：地板太凉太脏。他看到圣母，可是他想：这只不过是木头和颜料，里面还生了虫子。民众没有发出激昂的高呼。没有万岁的欢呼，也没有歌声响彻云霄。只有摩托车轰隆隆地经过。没有摄影师出现于此，用闪光灯为犹太扬洗礼。几匹套在马车里的疲倦的马从圆形的广场那里看向他。他是一个幽灵吗？他迅速地从大理石的台阶上走了上去。现在他背对着雄伟的纪念堂，那座他误以为是墨索里尼建造的纪念堂，背对着纪念堂前的大理石石柱——白色建筑的富丽堂皇让他想起苏菲克糕点店橱窗里的蛋糕，一块小高特力一直垂涎欲滴但是从来没有得到过的蛋糕——他面对着的是国王骑坐的马的黑臀，犹太扬不知道骑在马上的是哪位国王，他也无所谓，反正他也不喜欢意大利的国王。因为受“一战”讽刺画的误导，他从幼儿园起就想象着意大利国王们都手持着雨伞而非宝剑，一旦像现在这样身临此地——不管是作为犹太扬还是小高特力，他感受到的是伟大。他想到了领袖墨索里尼，是领袖建起了所有这一切，但他受到了他人的侮辱。他感受着历史的伟大，人们为历史的伟大建造纪念碑，而在伟大的背后，一切终究是敬献给了死亡。在犹太扬的周围，灯光渐次点亮。罗马灯火辉煌。但是罗马在他的眼中是一座死亡之城，将其赶出历史舞台的时候已经到来，领袖遭到了侮辱，历史已经离开罗马，与历史一起离开罗马的还有自负自傲的死亡。如今人们在此生活，敢于活得如此简单，只为自己的买卖而活，只为自己的开心而活——还有什么比这个更糟糕的？犹太扬看着这座城市，在他眼中，它已彻底死去了。

夜色已深，拉瓦托雷街一片死寂。市场上的摊子都已经撤了，一家家小吃店的卷帘门都放了下来。卷帘门大都是灰色的或是灰绿色的，这让房子沿街的一面模糊不清，就仿佛被灰色或绿色的白内障弄瞎了的老花眼。在路边胡同黑暗的角落里散落着简朴的酒馆，酒馆的常客是住在这些居民楼中狭窄的、天花板很高的小房间中的居民。他们坐在长凳或板凳上，桌子上没有桌布，只有被剩菜和欢笑声浸染了的桌面。他们买半升红酒或是白葡萄酒、甜的或是干的，谁想要吃东西就自己带过来，吃的东西用纸包着，或是直接用锅端了过来，随意地铺放在桌子上。外人很少能找到通往这样的角落的路。可是齐格弗里德现在就坐在这样的一家酒馆外面的凳子上，凳子前白色的灯泡仿佛苍白的人造月亮。有个男人正在桌边用餐。他在用一个洋葱做沙拉。齐格弗里德不喜欢葱蒜类的味道，但是这个男人剥切这个还是嫩绿色的块茎时，样子非常开心。他小心地把醋、油、胡椒和盐与洋葱拌在一起，动作优雅地把干面包掰了开来，齐格弗里德忍不住跟他说“buon appetito”[1]。这个男人很高兴引起了齐格弗里德的注

1 意大利语，意思是“祝您胃口好”。

意，他请齐格弗里德一起喝他的酒。这个男人的酒杯让齐格弗里德汗毛直竖，因为这个男人用他吃过洋葱的嘴在杯口上留下了油渍和洋葱味，可是齐格弗里德还是克制住恶心，喝了一口酒。接着他也请这个男人喝他带的酒。他们一起喝酒聊天。也就是说，这个男人在聊天。他说的句子都很长，结构完整，曲折宛转，而齐格弗里德只会结结巴巴说字典上的几句套话，根本不知道这个男人在说什么。正是因为他不懂这个男人在说什么，所以和他聊得很开心。有那么一刻，齐格弗里德很高兴，他们两个坐在一起就像是多年的老朋友，一个是说话的，另一个是倾听的，或者说也并非在仔细倾听，而是心怀感激地、友善地品味着其实他也听不懂的话语背后的含义，可是有那么一小会儿，他相信自己听懂了。把洋葱都吃完之后，那个男人把剩下的面包泡在木碗里剩下的油汁中。他把浸透了油脂的面包递给旁边的一只猫，那只猫已经用恳求的眼神盯着他看了好一会儿。猫向他点头致谢然后带着面包去了门道那边，它的猫崽就安顿在那里。齐格弗里德跟他说“felice notte”[1]。他鞠了一躬。齐格弗里德祝这个男人、小酒馆、猫和它的小猫咪们度过一个愉快的夜晚。也许，他也该祝自己度过一个愉快的夜晚。

1　意大利语，意思是“晚安”。

在夜晚的此时此刻，他很满足。他进了酒馆去买一瓶酒。也许他今夜无法入睡。一个人无法入睡的时候，手上有瓶酒是件好事。齐格弗里德还想买一瓶酒，他很想送瓶酒给那个跟他说话的男人。他觉得那个男人没有钱，也许这瓶酒会让他开心。可是齐格弗里德又担心，正是因为没有钱，这个男人反而会因为他送酒而不高兴，所以他又放弃了买第二瓶酒的想法。从酒馆里出来，他再次向他的同桌欠身致意。又说了一次“felice notte”。可是他这样做对吗？为什么他为自己的想法感到羞愧？他不知道。这又让他开始怀疑自己。做正确的事情很难。他的情绪又低沉了下去。他不再感到满足。黑夜中，齐格弗里德的脚步声在安静的拉瓦托雷大街上发出回响。他的阴影走在他的前面，他的阴影跟他合在了一起，他的阴影躲到了他的后面，跟着他亦步亦趋。很快齐格弗里德听到了特雷维喷泉广场那儿传来的嘈杂声和水声。陌生的人群聚集在奇迹喷泉的周围，说着不同的语言，如同聚集在往昔的巴别塔。游客们非常勤奋，深夜还在恶补文化史和风土人情的课程。摄影家们毫不吝惜地使用着闪光灯，为了表示：我也曾经到过罗马。熬夜的罗马少年们弯腰趴在池子边，用长杆子捞水中的钱币。这些钱币是陌生人投在水里的，他们这么做，或是出于轻率，或是出于迷信，或是纯粹出于好玩。导游给游客们上着课，如果你朝水里扔硬币，你以后就还有机会再来罗马。这个外乡人还想再来罗马吗，他还想回到这里吗，他害怕死在并不友好的故乡吗，他想葬在罗马吗？齐格弗里德想要再来罗马，他想留在这里，但他不会留在这里，他一个子儿都没有扔给喷泉。他不想死。他不想死在家乡。他想葬在这里吗？他的宾馆就在喷泉的旁边。宾馆的老墙倒映在水中显得狭长而倾斜。齐格弗里德进了宾馆。他穿过门廊。

独自站在门廊后的老男人冻得瑟瑟发抖。他站在宾馆入口的楼梯间那儿，靠在接待柜台边，站在挂着钥匙的木板前，冻得瑟瑟发抖。因为石头的地板太凉，所以他穿着毛毡鞋，又像个精疲力竭的战士一样把大衣披在肩膀上，还像个老教授一般，在他小小的光头上戴着一顶黑色的软边呢帽，结果他看上去像是一个外国移民，像是一个自由时代里被流放的自由派政治家，其实他只是这个小宾馆的经理。不过他出生的时候是奥地利人，很快——就在最近若干年内——会作为意大利人死去，他并不在乎去世的时候是意大利人还是奥地利人。有时候，我们会聊聊天，此刻看到我回来，他热心地迎了上来。“有个神父在等您！”“一个神父？”我问。他说：“是的，他在您房间等您。”我想，这肯定是个错误，特别是在这个时间点上。我上了楼梯，这座老房子的石头阶梯上已经出现了一个个小坑洼，这栋破房子正在下沉。我楼层的地板已经倾斜，我像爬山一样爬上了楼梯，走到了我无法关紧的房门前。从房门破旧的木头缝中，没有透出一丝光亮，我想：搞错了。我打开门，看到门对面的窗户前站着个黑色的人影，个头很高。他真的是个神父，站在窗外射进来的光线中，广场上的聚光灯此时还亮着，光线打在了特雷维喷泉上，打在众多的神话人物身上，打在了巴洛克风格的富态的奥林匹斯山上，照在一池泉水上。泉水不停地流动着，发出海浪拍打的声音，催人入眠。他个头很高，但看起来很瘦。他的脸色苍白，也许是聚光灯的光线把他的脸刷得如此苍白。我打开房灯，一个没有灯罩的灯泡，挂在宽大的床铺上方，床是宾馆业所谓的 letto grande[1]，letto matrimoniale[2]。所谓的婚床属于我租的房间，是给我一个人用的。睡在这张大床上，我可以赤身躺着，可以光溜溜地、纯洁地或者不纯洁地一个人躺着。头顶上是裸露着的光溜溜的灯泡，孤零零的，更准确地说，有只苍蝇在嗡嗡地绕着它飞，还有喷泉的水声与所谓来自全球各地的游客的嘈杂声。而他，这位神父，此时向我转了过来，笨拙地试图摆出打招呼的姿势，却最终没有完成。他先是抬起了

1　意大利语，意思是“大床”。
2　意大利语，意思是“婚床”。

胳膊，张开了臂膀，因为他穿着神父袍子，让人感觉他像是打算布道，可是他突然又把胳膊沉了下去，像是突然没了力气，或许他是为自己的动作感到羞愧，他的双手像是害羞的红色动物藏进了长袍的褶皱中。他叫道:“齐格弗里德！”然后他急急地说道，“我花了不少工夫才找到你的住址，原谅我。我不想打扰你。我肯定还是打扰你了，如果我打扰了你，我最好马上就走。”

那是阿道夫，这个又高又瘦的神父，迷茫地穿着道袍站在我的面前。阿道夫·犹太扬，我的那位曾经强大恐怖的姨父的儿子。我看着阿道夫，像我最后一次看到他那样看着他。最后那次是在奥尔登堡，那时他的个子还很小。他年龄比我小，那时是容克学校一名穿着制服的可怜的小士兵，穿着红边的黑色长军裤让他显得很小，穿着棕色的党卫军短裤让他显得很小，顶着黑色的船形帽让他显得很小；斜戴着的帽子下，他的头发按照规定剃成短发、梳成分头。那时的我也是穿成这样到处跑。我讨厌被迫穿得像个士兵或官员，也许他也很讨厌这样，不过我并不知道，我也从来没有问过他是否讨厌奥尔登堡，讨厌那里的服役，讨厌士兵和官员，因为犹太扬姨父的关系，我并不信任阿道夫，我尽量远离他，我甚至觉得他跟我的弟弟迪特里希一样，喜欢穿着制服，并且以此捞取好处，尽力向上钻营，这点让我觉得很好笑。现在看到他穿着神父的长袍，我在想，我们这是穿着某种戏服要登台扮演一部廉价喜剧中悲伤的小丑了吗？我看到他站着，便说：“你倒是坐啊。”我把宾馆那把破旧松动的椅子推给他，把五斗橱的大理石台面上堆着的书、报纸和乐谱本推开，从抽屉里拿出一个开瓶器，打开我带回来的那瓶酒，又在洗脸池洗了洗漱口的杯子。我想：犹太扬失踪了，犹太扬已经一命归西，犹太扬死了。犹太扬姨父看不到他自己的儿子，太可惜了；太可惜了，他看不到他自己的儿子坐在我这把松动摇晃的椅子上；太可惜了，因为我相信他肯定会气得七窍生烟，直到今天，我仍然盼望着看到他气得七窍生烟。我是不是太过分了？我是不是赋予他太多意义了？我倒上酒，然后说：“我们先喝酒。我们只能两人共用一个杯子。我只有一个杯子。”他说：“我不喝酒。”我说：“作为神父，你也应该可以喝杯葡萄酒吧。这又不是什么罪过。”他说：“不是罪过。可是谢谢你。我不喜欢喝。”顿了一下，他又说，“我还不是神父。我只是刚刚成为执事。”我喝完一杯酒，然后又倒满了一杯，带着酒躺到那张大床上。我躺在大床上，好像是为了表现我的生活是不纯洁的，而且在这个房间里看上去还挺适合的，其实我也不知道，不纯洁到底是什么样子，或者说我是知道的，但是我不想知道。我斜躺下去，胳膊撑在枕头上，问他：“有什么区别？”“做神父可以主持洗礼。”然后，他似乎又考虑了一阵，接着说道，“我现在还不能主持弥撒。我还没有赦免权。我还不能宽恕罪过。只有被主教任命为神父之后，我才可以宽免罪责。”我说：“那你到时还不得忙得四脚朝天。”然后我为自己这样说话而有点生气。我的话又蠢又没有意思，还特别恶劣，实际上我喜欢神父。我喜欢我不认识的神父。我喜欢我看到的但认不出来的神父。我喜欢神父，如果我离他们很远；我喜欢神父，如果我跟他们之间的距离是安全的。我喜欢说拉丁语的神父，因为这样我就听不懂他们说什么。我听不懂他们说什么，但是我喜欢他们说的拉丁语，我很愿意认真听。如果我能听懂他们说什么，我肯定就不会那么想听了。也许我能听懂，或者我只能明白一丁点。也许我这纯粹是自我欺骗，以为自己可以听懂一点。我喜欢听，因为我实事求是地讲，确实一点也听不懂。也许我的理解根本就是错的，可是我喜欢错误的理解，因为如果他们说的是对的，那么上帝就确实存在，那么上帝就会通过他们的口，给我传递正确的信息，就算他的信使们说出来的句子和我理解的完全不一样。如果我能够理解神父的语言，我就能理解他们说的是什么，那我就不会再喜欢他们了。可以肯定地说，神父们也很蠢，自以为是而且固执已见。他们仰仗着上帝的旨意统治人间。在犹太扬统治的时期，他仰仗的是希特勒和天意。阿道夫呢？他仰仗的是什么？我看着他。他看着我。我们沉默不语。外乡人，来罗马不是为了朝圣的外乡人，以巴别塔的方式聊着天。水回响着似水流年。水在外面。这里是苍蝇发出的嗡嗡声。苍蝇在这里发出嗡嗡声。肮脏的苍蝇。

地窖里也许是老鼠在打喷嚏，但是有什么东西吸引着犹太扬往下走，吸引着他从宽阔无聊的国家大道来到这家地窖酒馆，吸引着他沿着肮脏潮湿的石头阶梯往下走。贪吃的欲望驱使着他，口渴的欲望驱使着他，一个“德国菜”的牌子吸引着他，一个“皮尔森啤酒”的牌子也竖在那儿。好男儿是德国人，好食物是德国食物，皮尔森是一座德国的城市，但它曾经是一座捷克的城市，人们没有给予它足够的保护，背叛让他们失去了这座城市。斯柯达工厂对战争非常重要，啤酒对战争非常重要，绞刑架对战争非常重要，阴谋、下等人群、老鼠与外国工人，党卫军国家安全部辨认出其中的危险并进行了清洗，海德里希[1]对此有清晰的认识。海德里希

1 指“二战”期间纳粹德国的高级领导人，也是纳粹大屠杀的主要执行者之一。

已经死了，与他血脉相连的双胞胎兄弟——犹太扬还活着。责备声总是抓住此事不放。责备声来自埃娃，她就是这么责备他的。他想，为什么她还活着，为什么她活了下来？思考不是他的强项。思考是流沙，是个危险的禁区。文学家才思考。文化布尔什维克才思考。犹太人才思考。手枪的思考更加尖锐。犹太扬什么武器也没有带。他感觉自己手无寸铁，难以自保。他是怎么回事？为什么他没有穿着高级的服装，带上一本上好的护照和大把大把的钱去一家高级饭馆，把肚子填满填到吐，跟犹太人一样——他们现在又可以这么做了，把肚子填到满，把鹅肝酱、蛋黄酱、肥美鲜嫩的阉鸡全都塞进肚子里，然后衣冠楚楚地去一家夜总会，身上带着大把的钱，喝个畅快淋漓，最后再弄一个小妞。他也可以穿着考究的衣装，挥金如土，像犹太人一样放荡，他可以和他们比个高下，他可以提出要求，为什么不这样做呢？大口吃肉、大口喝酒、嫖个痛快，这是雇佣大兵的生活方式。雇佣兵之歌就是这么唱的：他们在自由军团也唱过这首歌；在罗斯巴赫的部队中，他们在篝火边唱过这首歌；在黑色国防军的营地、私刑法庭的林子中也有人吼过这首歌。犹太扬就是个雇佣兵，他是最后一名雇佣兵，他在沙漠中也用口哨吹过这首歌。他想要大口吃肉、大口喝酒、嫖个痛快，他心痒难耐，躁动不安让他难挨。为什么他不把自己想要的东西都弄到手？为什么是那个小餐馆？为什么是那个站着喝酒的酒馆？为什么是这个地窖酒馆？地窖酒馆吸引着他向下走。今天是灾难性的一天。这座城市的陈旧空气中有一股令人麻痹的成分，令人麻痹，带来厄运。对他来说，就好像在这座城市中再没人可以持枪上马操上一把。对他来说，就像是神父们割了这座城市的卵。他向下走，皮尔森啤酒，他走向地下的世界，捷克老鼠、皮尔森酒桶，下面是个石头酒窖。地方很大，宽阔的拱顶，摆着几张桌子、几把椅子，酒台后面啤酒龙头已经氧化生锈，啤酒泡沫像是呕吐物，漂在锡制的大啤酒杯上。一张桌子边上，坐着两个男人。他们在打牌。他们打量着犹太扬。他们咧嘴笑着。不是那种友好的咧嘴微笑。他们跟他打招呼："您也不是这儿的人！"他们说的是德语。他坐了下去。"嘛哈嘛哈。"其中一个人用汉堡地下黑话打着招呼。酒馆伙计走了过来。犹太扬说："一杯皮尔森。"两个男人龇牙咧嘴地笑着。犹太扬说："玩一局。"两个男人龇牙咧嘴地笑着。他们对着酒馆伙计说意大利语。他们的舌头像是打了结。酒馆伙计也龇牙笑着。那两个男人叫犹太扬"兄弟"。一个介绍另外一个"这是我的老伙计"。犹太扬觉得被他们吸引了。他太了解这类人了：痞子、敢死队成员。他们的脸看上去像丧于恶疾的死人的脸。啤酒来了。味道辛辣。尝着像是混了柠檬汽水的毒药，但它至少是冰的。杯子上蒙了一层水汽。男人们冲着犹太扬举起蒙着水汽的杯子，举起这味道像毒药的啤酒。他们是有规矩的。在桌子下面，他们的膝盖和脚后跟挤在一起，屁股也挤在一块。犹太扬跟他们学。犹太扬也一直是有规矩的。伙计给他们上了菜。两个男人显然已经点过菜了。油煎过的焦黄的洋葱铺在切碎了的大块肉排上。他们大口地吃着。他们把肚子塞满了。他们喜欢吃洋葱。犹太扬喜欢吃洋葱。他们相互熟稔起来。“吃起来跟家里的一样。”一个人说。“胡说八道！”另一个说，“像军营里的一样。我一直只在军营里才吃得好。”“哪支部队？”犹太扬问。他们两个龇牙咧嘴地笑着。“把你的眼镜拿下来。”他们说，“你也不是什么好鸟。”犹太扬把眼镜取了下来。他看着这两个人。他们才是他的真儿子。他很愿意好好操练操练这两个人。他们被操练好就可以派上用场。他想：被彻底操傻的两个混账东西。“我在哪儿见过你？”其中一个人问道，“我肯定在哪儿见过你。算了，无所谓。”又能怎么样？他们说了一支部队的名字。犹太扬很了解这支部队，这是一群由恶魔组成的部队，一帮臭名昭著的家伙，在国防军到不了的地方，他们继续勇往直前。他们干倒了很多人。他们是犹太扬的下属部队。他们解决了元首的人口问题。他们推动了种族灭绝。犹太扬询问他们的指挥官，那是一个狡猾的伙计，一只有用的野兽。他们冲着他咧嘴笑。其中一个在空中画了个绳套，然后把绳套拉紧。“在华沙。”另一个说。华沙不是被征服了吗？巴黎不是被征服了吗？罗马不是被占领了吗？“你们现在在做什么？”犹太扬问。“啊，我们就是开着车到处逛。”他们说。“多长时间了？”“很长时间。”“从哪儿来？”“维也纳。”他们不是日耳曼人，他们是东边的混合种族，奥地利党卫军，他们到处见缝就钻。犹太扬看着他们就像毒蛇看着蛤蟆，他们看着他好像他是一只大牛蛙。可是，当他看着他们时，他也带着养蛇人的善意和算计，带着豢养爬行动物的人的善意和算计，就像随时会把这些大虫送去提取毒液，送到实验室做活体解剖。犹太扬把男人和少年送到历史上臭不可闻的血淋淋的实验室中，把他们送到死亡的实验站。他是不是应该告诉他们自己是谁？他是不是应该把他们带到沙漠里去？他不害怕暴露自己的名字；但是在他和他们吃过饭喝过酒以后，他的级别不允许他向他们公开自己的身份。发号施令的凶手不跟刽子手坐在同一张桌子旁，这违反了军官食堂的规矩。他们说：“我们有一辆车。”他们管这个叫“组织”。他们学会了组织。他们还在继续组织。犹太扬结了账。他觉得很有趣，他们现在觉得他应该把所有酒菜的账都付了。他从来不为所有人付账。他的钱包里放着各种不同的货币，他算不清那些皱巴巴大面额的纸币，由于战争的破坏，这些货币的数字都膨胀得很高。战争，这是犹太扬；货币贬值和面额膨胀似乎是因为他帮了忙。这既让他满意又让他恶心。站在犹太扬边上的两个男人立即辨认出他手上货币的市场价；他们也组织外汇买卖；他们可以让钱消失，用美元跟鲜血交换。犹太扬瞧不起钱，但是他需要很多钱。所以他会当心钱不要被别人偷走。小高特力一直都对富人钦羡不已，他一直痛恨他们。犹太扬渴望像富人一样生活，但是他对他们的生命毫不在意。他想要超过他们。富人都是没用的家伙。他们把犹太扬当成照顾他们生意的奴才。但是奴才变成了他们的牢子，把他们全都扔进了监狱。不过，最后这些囚犯又从犹太扬那里逃了出来。富人重新变回富人。他们重获自由。他们又成了聪明人。小高特力又重新躲在角落里，羡慕他们，痛恨他们。偶尔会有块蛋糕落在他面前。星座运行对犹太扬不太有利。华伦斯坦[1]相信星辰变化。火星、水星和史神星聚在了老鼠洞里。疲惫无聊吵个不休嫉妒贪婪好色永远满怀欲望永无休止，共居一处。媒体报道了他们的流产。犹太扬和这两个龇牙咧嘴的死人脸的东日耳曼人一起离开了地窖酒馆，这两个有用

1　指波希米亚（现隶属捷克）的军事家。

的组织者、“嘛哈嘛哈”地叫着的东马克[1]的伙计、皮尔森酒馆的灵魂兄弟和战友。兄弟，老鼠。老鼠沿着地窖的台阶拾级而上。

他疲惫不堪，我再次问他要不要喝酒，而他再次拒绝。我想，如果他向他的上级告解过，会不会还是这么疲惫不堪。我不是他的告解神父，没法给予他宽恕。我看不到任何罪恶。我只看到生命，生命没有什么需要谅解的。我也没法给他任何建议。谁有权给别人建议？他喊出了一句话，在我听来，似乎什么也没说，却又什么都说了。“可她毕竟是我的母亲，而他毕竟是我的父亲！”于是我才知道，他们都在罗马，我的父母、我的兄弟迪特里希、我的犹太扬姨妈和姨父。是的，也有他，犹太扬姨父，他也还活着。就是坐在我面前的阿道夫，也不完全是我所认识的那个阿道夫了。如今的他穿着神父长袍，早已与我们这群人脱离了关系，早就让自己得到了解放。我不想知道，他为此曾付出了什么样的代价，就像我也不想知道，为了从他们那些人中脱身而出，我又要付出什么样的代价。可是现在我又能逃到哪儿去，他们竟

1　Ostmark，1938 年奥地利被德国合并之后，原奥地利地区被称为“东马克”，直至 1942 年。

然还是跟着我，跟着我跑到了这里，而阿道夫也跟着他们，或者说跟着她，他的母亲——在他讲述的令人震惊的细节中，这又是个什么样的母亲啊？当他跟我说“他是我的父亲，她是我的母亲”的时候，我并不想听。我再也受不了了。我已经摆脱了枷锁。我感受到了我的自由。我以为自己已经摆脱了枷锁，我想要继续拥有自由——我不是基督徒。我的意思是，我不是像犹太扬姨父那样的非基督徒，我不是基督徒的敌人，我只是不去教堂，或者我经常去教堂，但是我不去参加弥撒，或者我也经常去看弥撒，但不是参加那里举办的弥撒，等等。如果说阿道夫现在是基督徒，是神父，那他不是应该与自己的父亲和母亲脱离关系吗——难道他还没有与自己的父母脱离关系？

他的脸埋在手掌心。他跟我讲述了奥尔登堡的最后结局——奥尔登堡是纳粹培养下一代的城堡，目标是想要培养元首的继承者，其实我们只是被扔在那里，没有得到任何人的照管。在学校的时候，我们一直都用训练手雷练习投掷，这样的手雷爆炸的时候只会发出一声轻响，而且按学校的要求，只会升起一小团火焰。后来学校把真的手雷放进了他们的武装带里，而且还不是所有孩子都能拿到真的手雷，所以他们就把出自希腊战利品中的手雷给拿了出来。那里面的手雷不仅陈旧而且很不安全，有个男孩就是被这样的手雷炸得支离破碎，那是因为手雷的引线绕到了他的肩带上，在他往前跑的时候炸开了——至少教导员是这么跟他们解释的。然后教导员给了他们武器，这些武器都是胜利时收缴的战利品，枪管都已经生锈了。他们应当跟着那些民兵冲锋队的老男人一起保卫鹰巢——鹰巢是那些被打败但依然嗜血的众神的避难所，但是幸好众神在死前就已经丢了魂，开始相互吞噬，冲锋队的老男人退回到了林子里和山里，还有的藏到干草堆里或是土豆窖里。曾经气宇轩昂的教导员像老鼠一样无声地掠过，因为现在他们得把自己过去吃下去的肥肉吐出来，此刻他们落进了陷阱中，落在了他们自己帮着编织的笼网中。后来有人说，还有一列火车会出发，教导员会把孩子们送回家，把没有武器、没有手雷，但还是穿着棕色制服的孩子们送回家。然而，家再也无法企及，家变成了一段过往的回忆。火车没能走远。火车被击中了，飞机像愤怒的大黄蜂，用蜂刺一般的火光扎碎了火车车厢的玻璃、铁皮和木板。阿道夫没有受伤。但是火车在铁轨上停了下来，像是一条被弃在铁轨上的一动不动的大虫子。孩子们顺着铁路路堤往前走，他们在碎石道上行进着，磕磕绊绊地跨过枕木，然后在中途碰到了另一列火车。这是集中营的车，现在停在了半路。一群骷髅看着这群孩子。死亡盯着他们。穿着纳粹党校制服的孩子们感到害怕。可是他们根本不知道为什么会害怕。他们可是德国孩子啊！甚至可以说，他们是德国孩子中的精英啊！但是他们现在嘀咕着："那是集中营的囚犯！"他们嘀咕着："他们是犹太人！"孩子们四处打量，嘀咕着："我们的人在哪儿，看守们都跑到哪儿去了？"但是看守们都已经不在这儿了。火车停在草地和林子中间，春天到了，初春最早的鲜花已经开放，第一批蝴蝶已在纷飞。穿着棕色制服的孩子们孤零零地面对穿着蓝白条纹囚服的囚徒们，骷髅和死亡似乎从深陷的眼窝中穿透了整个纳粹容克学校看向他们，恍惚中，他们感觉自己没了骨架，没了骨骼，似乎只剩下了棕色的纳粹制服，在邪恶魔法的操控下摇荡在春天的空气中。孩子们从路堤上跑了下去，奔向森林。无人聚在一起奔跑。他们四散而去。他们无声无息地各奔东西。没有人再次把胳膊伸直指向天空，没有人高呼"希特勒万岁"。而阿道夫坐在了一堆灌木丛前的草地上，因为他不知道自己该往哪儿去。可是灌木丛中藏着一个幽灵，幽灵盯着阿道夫。幽灵和阿道夫一样大，但是他的体重只有阿道夫的一半。阿道夫哭了起来。别人总是不让他哭。"德国青年没有眼泪。"父母和教导员都是这么说的。现在阿道夫哭了起来。他不知道为什么会哭。也许他哭是因为他第一次孤身一人，因为这里没有人告诉他：“德国青年没有眼泪。”幽灵看到阿道夫在哭，就从身边的地上抄起了一根棍子，从灌木丛中走了出来。他身形晃荡，异常消瘦，皮肤枯槁，头发被剃光了，露出尚是少年的脑壳，面若死灰，穿着蓝白条纹囚服，像个幽灵，拿着棍子。他的鼻子在饿得瘦骨嶙峋的死人般的脸上，高高地凸了出来。这让阿道夫·犹太扬想到了在《冲锋报》上看到的照片，这是他第一次看到活着的犹太人，尽管这个犹太人几乎不算活着。这个幽灵颤抖的手拿着棍子，尖叫着让他把面包交出来。阿道夫打开他的背包，里面有面包、香肠和植物黄油，这是他们临行前拿到的行军食物配给，其中竟然古怪地放了一磅杏仁，可能因为军营中当时正好有杏仁。阿道夫把他的食物配给递给幽灵，幽灵一把把他的背包扯了过去，然后找了个远离阿道夫的地方坐了下来，大口大口地撕咬吞咽着香肠和面包。阿道夫盯着他。阿道夫的大脑一片空白，就好像所有曾经思考过和学过的东西全部被一洗而空，也许是为了给新的想法、新的经验腾出地方来，不过此时此刻没人知道原因。在这一刻，他的大脑纯粹是空的，像一个空气球，无精打采地悬在草地上。幽灵看到阿道夫在盯着自己看，就把一部分香肠和面包扔给他，喊道:“吃吧！够我们两个人吃的！”阿道夫吃了起来，尽管他一点也不饿，而且吃不出一点味道，不过他也并不觉得恶心。当幽灵看到阿道夫在吃东西时,他也靠了过来。他坐在阿道夫的旁边。他们一起吃杏仁。装着杏仁的袋子放在了他们两个中间，他们两个伸手到袋子里去拿杏仁的时候都有点心不在焉。“现在美国人会来。”犹太男孩说，“你想去哪儿？”“我不知道。”阿道夫说。“你是纳粹吗？”犹太男孩问他。“我的父亲是。”阿道夫说。“我的父母都死了。”犹太男孩说。阿道夫这时候想，他的父亲应该也死了，肯定死了；但是他父亲的死亡似乎对他没有什么影响。当他哭泣的时候，他哭的是他自己，或者说甚至都跟他自己无关。他不知道他为什么哭，也许他是在为这个世界而哭，但不是为他的父亲。他没有爱过他的父亲吗？他不知道。他恨过他吗？他觉得没有。他看到的父亲只是一张照片，就像纳粹党部办公室墙上的照片，对他没有任何影响。犹太男孩开始呕吐。他把香肠、面包和植物黄油都吐了出来。他把杏仁也都吐了出来。他打着战，牙齿也跟着一起上下打架，似乎他全身的骨头快要穿透他苍白如纸的皮肤，合到一起打着战。阿道夫把他棕色的制服拿了出来，披在男孩身上。他不知道为什么要这么做。他这么做不是出于怜悯。他这么做也不是出于爱。他也不是为了羞耻才拿衣服盖住这个男孩。他这么做就是因为对方看起来很冷。后来他们交换了各自的外套。阿道夫穿上了蓝白条纹的囚服，上面还带着犹太人的六角星。这让他很感动。他的心跳得很快，快到他能感觉到血管中的脉动。外套似乎像火一样灼烧着他。他能够感觉得到。后来他们听到路上滚动而来的轰隆声。“是坦克。”阿道夫说。“是美国人。”男孩低语道。对他来说，生命是一场馈赠，但是他太弱了，弱得甚至无法爬到坦克那边。至于阿道夫呢？他的生命会就此终结吗？轰隆哐当穿过德国土地的部队会摧毁他的生命吗？男孩躺在矮树丛中，用树枝盖着自己。这一夜，他们两个躺在一起相互抱着取暖。第二天早上，他们一起去了村里。男孩去找美国人。他说：“一起来吧！”可是阿道夫没有跟他一起走，他没有打算找美国人。阿道夫穿过村庄。路上的人盯着他看，一个男孩，穿着带红边的黑色军裤，留着士兵的发型，身上穿的却是集中营的外套。他走进了村子里的教堂，因为教堂的门冲他开着，因为除此之外没有其他门是开着的，因为他很累，因为他不知道该往哪个方向走。神父就这样发现了他。神父发现他的时候，他已经睡着了。这是天命吗？是上帝的召唤吗？星期天早上，神父布道时言道：“我实实在在地告诉你们，那听我话，又信差我来者的，就有永生，不至于定罪，是已经出死入生了。我实实在在地告诉你们，时候将到，现在就是了，死人要听见神儿子的声音，听见的人就要活了。”[1]阿道夫想要活下去吗？他想要逃脱法院的审理吗？教堂里坐着孩子和女人，还有为了躲避牢狱之灾匆忙中套上了老百姓服装的男人。教堂里也有美国士兵，他们张开的手中拿着钢盔，教堂的板凳边上斜放着他们轻便短小的武器。他们活了下来。他们说，他们是解放者。他们渡海而来。他们是十字军战士。阿道夫·犹太扬在纳粹教育机构中听说过十字军东征，但他的教导员们并不赞同十字军东征。教导员们教导他们要征服的是地球而不是天堂。对教导员而言，征服圣墓没有什么价值，他们对坟墓并不心怀恐惧。阿道夫不再相信他的教导员。他不再相信人类。他想侍奉主。上帝，圣父、圣子和圣灵。

他不想死。他听到了死亡临近的脚步声。这让他惊惶不安。犹太扬上了车，车属于这两名谦恭有礼的下属，两名已经获得释放，但从未真正拥有自由的奴仆。车看上去破旧不堪，差不多就是一辆战场上的军用吉普，他们即将驰骋战场，执行侦察任务，奋勇前进。向着哪个方向前进？方向并不

1　出自《圣经·约翰福音》第 5 章第 24、25 节。

重要。最重要的是要勇往直前。犹太扬命令“去火车站”。他不知道去火车站干什么。但火车站可以作为目标。那里是一种地形。那里可以躲藏。那里可以寻找掩护。人们可以在此潜入地下、离开、再次消失、再次死去——其实没有死去；犹太扬可以成为像“漂泊的荷兰人”[1]一样的传奇，并让埃娃为他感到骄傲。火车站这个目标就在附近。但坐在驾驶员边上的犹太扬发现后边还蹲着一个人，紧靠在他背后。犹太扬注意到车并未朝着火车站的方向行驶，而是漫无目的地寻找着，绕着圈，明显是在寻找街头巷尾或是死胡同，寻找安静的杀人场所，但也可能是在寻找嘈杂的交通繁杂之地，这样没有人会注意到枪响；他们真的以为他会为所有的酒菜结账，愚蠢的王八蛋，他们以为他已经落到了他们撒下的网中。可是犹太扬对这样的流程了如指掌，当初他用车带人执行私刑时也是这样做的，这样可以从要杀的人背后给予一记重击，或者从后面开上一枪，然后拿走死者的钱包，在墙垣的阴影中打开车门，一脚把尸体踢到废墟上，对此他一清二楚。元首在最后时刻下令，干掉那些接到命令却一事无成的家伙，干掉那些投降的懦夫。命令下达给了每一

1 瓦格纳谱写的歌剧作品，剧情描述的是因触怒天神而受到诅咒，在海上漂流多年的幽灵船长寻得真爱而获得救赎的故事。

个人，奥地利党卫军是下令的主要对象，因为他们来自元首的出生地，可是犹太扬从来没有失败过，他也没有投降，他只在罗马感到惊恐不安，这该死的神棍城市。他害怕，但不是胆小，他们别想拿他怎么样。他们是想拿他的钱去寻花问柳，但犹太扬不打算在逃命中遭到枪杀，他是这种方法的发明者，他没有让自己被驱赶到逃亡的路上，他进入的是战术的弯道，是一条迂回道路，一条沙漠之路，他跟随着的是胡狼之道，但他的目标仍然是德国，他的海市蜃楼是大德意志帝国，没什么能让他迷失自我。他对着他们破口大骂。车这会儿停了下来。这块烂铁颤抖着。痛骂他们让犹太扬觉得神清气爽。他们是他的小伙计、他的猎狗、他的小伙子们。他把他们骂得狗血淋头。他们听出了主人的声音。他们没有顶嘴。他们什么也未否认。要是可能，他们立马就会扑上来舔他的靴子。他下令道："回头！"他们把车掉了头，疾驰而去。他们开着车奔向了瓦尔哈拉英灵殿。犹太扬很想举报他们。但他应该去哪儿举报？去地狱举报吗？犹太扬不相信地狱。他是个成人。他是受过启蒙的人。地狱不存在。那只是吓唬小孩子的东西。穿黑衣的神父才是魔鬼。所以只能去死神那里举报他们，他们都应当去死神这位朋友那里，去死神这个兄弟那里报到，去小高特力害怕的死神那里报到。小高特力在校园里学过《安德烈亚斯·霍费尔之歌》[1]，那首歌里就是这么唱的，犹太扬也忠实地按照歌曲所唱的那样，一再把死神送入山谷——不仅仅是送入山谷。

在他的身后是一条隧道。这条隧道引诱着犹太扬。他跑了进去，他是被拉进去的。他又一次穿越了地狱之门。这是一条通向黄泉的阴间之门。隧道笔直，里面铺着阴凉的瓷砖，这是一条用于交通的地下隧道，小巴士在其中轰鸣而过，地下世界的霓虹灯映照出死尸般的色彩。他们就是打算在这里开枪干掉他。他的本能没让他失望，他在最后一刻跳出了那辆军用吉普。他走在隧道墙边狭窄的人行道上。他感觉是走在自己的坟墓中。这是一座幽深的坟墓，一座卫生的坟墓，混合了厨房、冰窖与小便池的某些特征。在太平间里是吃不到土的。那个被私刑法庭处决的家伙就吃了土。那是一名年轻人。犹太扬那时候也是年轻人。被杀的是他的同伴。铁锹很快就把被杀的人埋在了土里。吃土的还有其他人。在波兰、在俄罗斯、在乌克兰都有人吃了土。他们被迫挖掘坟坑，然后被逼着脱光衣服，赤身裸

1　欧洲阿尔卑斯山区有一个以说德语为主的地区蒂罗尔，19 世纪曾遭到巴伐利亚占领，其反抗军领导人安德烈亚斯·霍费尔在 1810 年被捕后遭到枪决。《安德烈亚斯·霍费尔之歌》唱的就是其被处决时的情形，其中有一句歌词即“把死神送入山谷”。

体站在坟坑前。照片被送到了最高层的办公室，被传给了更多的人，他们在吃早饭的时候仔细研究这些照片；他们当中还流传着个笑话，一个关于奶头、鸡巴和屄的笑话。生育与死亡，死亡的结合，一个原始的神话。一位研究种族学的教授和一位研究民俗学的讲师被送去研究死前的勃起现象。照片发表在了《冲锋报》上。很多学校的海报墙上都贴着《冲锋报》。八岁的孩子也可以读《冲锋报》。十八岁的可以开枪射击。被打成筛子的尸体填满坟坑。被折磨的、被亵渎的、被侮辱的人，他们的头顶上是天空。他们的后来人用泥土将第一批人覆盖。犹太扬的头顶上是泥土，隧道之上是奎里纳莱宫的花园。各朝各代的教宗曾在奎里纳莱宫的花园中漫步。他们的祈祷无人聆听，或者他们到底都向上帝提出了什么样的要求？两千年基督的光明普照，到最后活下来的竟然是犹太扬！那为什么还要驱赶古老的诸神？“汝不可杀人！”[1]是隧道的墙壁发出的轰隆隆的吼声？生活在古罗马的教宗——所谓普世教会最高教长对这条戒律一无所知。他们曾愉快地观看着角斗士的比赛。新罗马的普世教会最高教长是十诫的仆人，他让众人学习戒律，他下令秉持诫言。杀戮停止了吗？或者说至少基督教世界里的这名牧羊人从

1　出自摩西十诫第六条。

杀戮中脱身而出了吗？或者起码他曾经向全世界如此宣告过吗？——“看，我无能为力，他们的屠杀违逆上帝的福音，违反我自己的牧言。”“还犹太扬正义。”隧道的墙壁轰鸣着。小高特力在学校学到过，就是教宗也与死亡结下了联盟。曾经，就在不久之前，教宗还雇用过刽子手，像犹太扬这样的刽子手，多少军阀曾拜倒在教宗的麾下，而教宗们又有多少次为胜利的旗帜祝福！还犹太扬正义！国王们也曾漫步奎里纳莱的花园，看夕阳西下。国王们没有教宗们那么强大；在犹太扬的眼中，他们还是“一战”时期出版的讽刺画中的小丑形象，那时小高特力刚刚学会阅读，画中的国王们个头都很小，他们的脸上刻着“背叛”二字，他们的手懦弱地拿着雨伞。张伯伦的手不也曾拿着雨伞吗？那个带来和平的使者，那个想要从元首手中偷走战争的人，一个可笑的人——国王们和他们的外交官们，与那些挥舞雨伞、妄图以此对抗灾难的乌云压顶的可怜而没用的家伙相比，他们又有什么不同？犹太扬反对用雨伞。小高特力想成为一个男人，他藐视担任着学校老师的父亲和天父。男人可以对抗任何天气，老天的愤怒只能换来他的嗤之以鼻；男人在敌人的枪林弹雨中昂首前行，男人穿越火的洗礼——这就是小高特力的想法，还犹太扬正义！隧道中，汽车的大灯像是大型野兽的眼睛。这些野兽对犹太扬什么也做不了。它们追逐的是其他猎物。地狱之犬不咬犹太扬，它们猎捕的是另一只野兽。犹太扬穿过隧道。地下世界放他自由。他到了隧道的出口。墓穴释放了他，黄泉将他吐了出来。

他站在了拉瓦托雷大街的街头。大街上空无一人。夜色温柔。但在黑暗街道的尽头，歌声撩人。

我想要关上窗户，想要合上经受了无数日晒风吹的木制百叶窗，想要将它们合死锁紧，因为巴别塔已经被毁，特雷维喷泉广场上说的语言不再像往昔的巴别塔那样多种多样，一门语言占了上风。一个德国妇女合唱团此时站在立柱下的假山之前，站在身着巴洛克风格衣履的神、半神和神话动物之前，站在化成石头的古老时代的神话之前，站在来自罗马水渠的泉水之前，站在专为外国游客安装的聚光灯的灯光下，站在城市枝形路灯的灯光下，唱着“大门前的喷泉旁，立着一棵菩提树”[1]。她们在罗马的中心唱着这首歌，在黑夜中唱着这首歌。此时此地没有沙沙作响的菩提树，泉水的四周甚至没有一棵树，但她们在水池边，她们对自己保持着忠实，对她们忠实的心情保持着忠实，感受着她们的“菩提树”、她们的水池、她们的“大门前”、优美的一瞬间。

1　出自德国民歌，作曲者是舒伯特。

她们用歌声体验着这一瞬间，为了这一瞬间，她们省吃俭用，长途旅行来到这里。我除了关上窗户、合上木制百叶窗之外，又能做什么？可是他走到我边上，打开了窗户，他的长袍拂过我，我们探头出去，弯身趴在窗沿上，他又一次跟我讲述了他是怎么看到他的父母、我的父母和我的兄弟迪特里希的。他透过宾馆的一扇玻璃门看到了他们，他跟我说："你的父母比我的父母看起来更可怕，他们完全没有了自己的生活。"而我，我也看得见他们坐在玻璃门后面，尽管我没有去过他们下榻的宾馆，可是我看见了他们。我太骄傲，我不要去那里看他们，我又能怎么办？我说"别跟我讲神学"，我又能怎么办？她们在窗下唱着整首菩提树的歌，一个想睡觉的意大利人从一扇窗户里探身出来张口大骂，一个属于妇女合唱团并为她们心醉的男人，叫骂了回去："闭上你的臭嘴，意大利通心粉！"他冲着不知名的窗户喊"闭上你的臭嘴，意大利通心粉"，我又能做什么？一辆警车开了过来，停在喷泉边，警察们目瞪口呆地看着唱歌的女人们，然后又慢慢地开车离开了喷泉，消失在了另一条街道上，他们又能做什么？从拉瓦托雷大街走来一个男人，他向这些女人和那个高喊"闭上你的臭嘴，意大利通心粉"的男人靠了过去，他很高兴自己发现了这群人，很高兴在这里遇上他们。他很高兴。犹太扬是顺着歌声、顺着德语的歌声走过来的，这个曾经手握大权的男人用心聆听着这些德国女人的歌唱，她们的歌唱是德国，她们的歌唱是家乡，她们的歌唱是“大门前的喷泉旁”，是德意志的菩提树，是一个人为之生活、战斗和死亡的全部。他的想法中没有包括的是——杀人。犹太扬从来没有杀过人。他只是一名规规矩矩的老战士，对这名规矩老实的老战士的情绪而言，这种歌声是一剂清凉的饮料，是黑夜中修复灵魂的音乐。她们唱完歌后，犹太扬高声叫“好”，他靠近她们，向她们表明自己的身份——当然他用的是自己的化名。看到她们像部队点名时一样站成一排，他便顺其自然地发表了一小段讲话。他讲到崇高的歌曲、历史性的时刻、德国的女人、在拉丁国家令人难忘的相遇，在这个令人遗憾、充满背叛的国家，在这个德国人魂牵梦绕的国家，他向她们致以家乡的最美好的问候。她们听得懂他的语言，她们明白他的意思，那个高喊“闭上你的臭嘴，意大利通心粉”的男人握住犹太扬的手，感谢他的精彩讲话。两个人都感觉到了眼泪在眼眶里打转，但两人都以男子汉气概为由把眼泪逼了回去，因为德国男人不哭。他们是标准的德国硬汉，但他们的思绪是柔软的，当他们在异国他乡想念着故乡、想念着大门前的喷泉、想念着德国女人歌唱的菩提树时。

我想：我不相信你，我不相信有人召唤过你，你很清楚上帝没有召唤过你；你是自由的，曾有一个夜晚那么长的时间，你是自由的，就是在森林里的那个夜晚；结果你无法忍受自由，你就像一只失去主人的狗，必须找到一个新的主人；然后神父发现了你，然后你就以为是上帝在召唤你。

但我没有告诉他我是怎么想的。他让我心烦意乱。他讲述的家庭情况让我心烦意乱。我又能做什么？我不想知道他过得怎么样。我一点都不想知道他们现在怎么样。我只想要过我自己的生活，过独属于我的渺小的生活。我不要什么永恒的生活，我对生活没有什么高要求，我只要没有罪恶地活着就行了，可是什么又是带着罪恶地活着？我只想自私地活着，我只想为我自己活着，孑然一身，独自应对自己、应对生活，而他想要说服我和他一起，说我应该和他——一个对自己心怀恐惧的人——一起寻找族群，而我多么痛恨“族群”这个词，我故意使用这个词就是为了用它来表达我的厌恶——族群。这是一座监狱，他们想要把我关在里面，关我一辈子，可是我已经逃出来了，我已经得到了解放，我解放了我自己，我已经获得了真正的自由，我不想再回去！为什么阿道夫还要去找他们？为什么他找到他们之后又不去见他们，而是跑来找我？他想要让他们信仰基督教吗？他想要让我信仰基督教吗？他说：“他是我的父亲！”而我说：“他是我的父亲，可是我不想见到他。”他说：“她是我的母亲。”而我说：“她是我的母亲，可是我不想看到她。”而迪特里希，我的兄弟，我根本不想与他有任何瓜葛。魔鬼把犹太扬带走了，至少我是这样希望的，如果现在魔鬼给他放了假，这是魔鬼的事。我只希望能够避开他，我的犹太扬姨父，这个强大的纳粹党将领、生与死的主人、我儿时的恐惧来源、监视着身穿棕色服装的青年的黑色魔王。

然而他说：“我们必须做点什么。我们得帮帮他们。”他没有说“我必须拯救他们”。对此他缺乏信心，他也不敢这么跟我说。我说：“不。”我看着他。穿着神父长袍的他看上去憔悴、忧虑不安、贫穷，这位高个子的执事甚至还没有成为神父。我语气尖刻地说：“你父亲犹太扬，你想怎么帮他？你打算给他施洗吗，既然你还不能宽恕他人的罪过？你可是刚告诉我，你现在还没有宽恕罪过的权力。”

他颤抖着。我继续盯着他看。他无能为力。我为他感到难过。他以为自己与上帝结了盟，却依旧无权无势。

五斗橱的大理石台面上放着乐谱本，上面还有乐谱纸，库伦贝尔格期待着我创作更多给伟人们聆听的音乐，用来重建他们的灵魂。苍蝇在光秃秃的灯泡周围飞舞。贞洁的或不贞洁的宽大的宾馆床、

letto matrimoniale——婚床、姘居床——罩着床罩，平躺在苍蝇环绕的灯泡下。我看到一个男人和一个女人在交媾，这让我恶心想吐，因为他们的结合可以延续生命。我对此同样无能为力，可是我也从来不想要什么权力。一只苍蝇淹没在洗漱杯里剩下的酒中。它淹没在了酩酊大醉中，淹没了在醉醺醺的海洋中。空气对我们来说是什么？水、大地和天空对我们来说又是什么？是上帝把这只苍蝇引导到这儿的吗？没有麻雀从屋顶上落下来。[1]我问他："你睡在哪儿？"然后我想：我是不是应该把我的床分一半给他？转念又想：我不需要跟他分我的床。他有专为游方神父过夜安排的旅舍。他离开了。看到他走到门口，我又一次为他感到难过，我想：他毕竟是想要离开他们。然后我问他明天打算做什么，他看上去自己也不知道明天有什么打算，他犹豫着，不知道怎么回答我，也许他不想回答我，然后他说会去圣彼得大教堂，然后我建议我们在圣天使城堡前面的圣天使桥上碰头。其实我对再次见到他没有什么期待，但还是跟他说了一个时间。他说他会去。这一刻，罗马安静了下来。妇女合唱团已经离开了。零散的游客都已散去，不知道什么地方有人关掉了

1　出自《马太福音》第10章第29节："两个麻雀，不是卖一分银子么？若是你们的父不许，一个也不能掉在地上。"意思是说，连一只麻雀从屋顶上掉下来，上帝也会知道。

水龙头，特雷维喷泉的水花不再飞溅在以巴洛克风格雕刻的由诸神、半神和神话生物组成的奥林匹斯山上。喷泉的水声淡出，于时光中淡出。寂静之声可以入耳。在传入我耳中的寂静声中，我此刻可以听见他落在楼道石阶上的脚步声，他，一位神父，一位执事，像在一道阴影中穿过了时光。我从窗户向下看去，看到他从宾馆中走了出来，我的目光跟在他的身后。他像一条瘦弱的黑狗，穿过死寂的广场，然后在通往圆柱广场的胡同的街角拐了进去。我拿起洗漱杯，把残留着酒渣和喝醉的苍蝇的酒一起倒入了下水道。他有心无力。

他们两个都走在这条巷子里，他已经走到了通向科尔索大街的出口，而他刚走到大道圣母殿街上的教堂边。工人们在打扫胡同里的马赛克地砖。他们把木屑撒在行人留下的肮脏脚印上，然后用一把大扫帚把木屑和污渍一起扫走，接着在扫过的石头上抹上石膏，然后用一台打磨机把马赛克的缝隙和裂痕磨平。打磨机的声音听上去像是有人在磨一把长刀。犹太扬觉得自己遭到了这座沉睡的城市的挑衅。这座城市对他的权力嗤之以鼻。让犹太扬生气的不是那些沉睡的人，他们可以躺在他们臭烘烘的床上，可以躺在他们放荡的女人的怀里，耗尽自己的精力，在生活的战斗中举旗投降；让他愤怒的是这整座城市，是这座城市中每扇关闭的窗户、每道锁死的大门、每道放下来的卷帘；令他怒火中烧的是，这座城市在他还未下令时就进入了睡乡；应当有部队穿过大街小巷，头戴钢盔，胸前挂着战地军警的铁链，手中拿着冲锋枪，部队会检查犹太扬的睡觉指令是否得到执行。但是罗马无需他的许可就进入了睡乡，而且竟然敢于做梦，敢于把自己哄入安全的梦乡。罗马在沉睡，这是蓄意破坏，这是对一场远未结束的，甚至尚未真正开始的战争，一场不管怎么说属于犹太扬的战争的蓄意破坏。如果犹太扬有这个能力，他会唤醒这座城市；他甚至可以用耶利哥的号角[1]、用那只曾经使城墙倒塌的号角、用这只最后审判的号角唤醒罗马，小高特力在学校第一次听说这只号角的时候吓了一跳却又心向往之，后来等到他开了窍，又开始笑话它的神神道道。犹太扬已经权力尽失。这让他灰心丧气。这让他无法忍受。他在沙漠中的生活仿佛美梦一般。沙漠中的军营对他俯首帖耳，军营给他带来了权力的幻觉。在一面墙上，贴满了崭新的海报；这些海报还是潮湿的，散发着打印机墨水和糨糊的味道。教会的戒律就贴在共产党的呼吁书旁边；呼吁书是红色的，

1 《圣经·约书亚记》中记载以色列人在攻打耶利哥城时，按耶和华所言吹响了号角，用号角声摧毁了城墙。

显出强烈的战斗特征，教会法令是白色的，尽力维护着自己的尊严。它们分别是旧势力与新势力发出的声音，但这两种声音都缺乏无视一切的残暴，尚未彻底摒弃思考，彻底摒弃说服他人的企图。它们缺乏暴击的铁拳，缺乏对武力和命令的绝对信念。犹太扬考虑着是否应该与红色党派结盟，他可以把他们扶上正轨，但小高特力不同意，他憎恨没有祖国的工友，他相信德国，他相信财产的拥有权，虽然他相信的只是对犹太扬有利的新的财产分配，相信的是纯粹的德国人将财产握在手中。由于小高特力不愿意，犹太扬便无法与共产党人展开合作；他曾打算把他们打得落花流水，但一个软弱和腐败的世界阻止了他完成这一计划。在圆柱广场，他找到一辆出租车，让车送他回维内托大街，回到那家宾馆，回到那座一度曾属于强大的、伟大的犹太扬的指挥总部。阿道夫没有听到打磨声，也没有看到墙上的海报，阿道夫觉得沉睡的城市安静无言，为不安的灵魂带来安宁，他像是走过一块巨大墓地中的一条甬道，墓地中有崇高的墓碑、常春藤覆盖的十字架和古老的小教堂。对阿道夫来说，这座城市拥有墓地的安宁是件好事，也许他也已经死了，这对他来说未尝不是一件好事。他是一名走过这座死城的死人，是一名寻找着那条游方神父旅舍所在的巷子的死人，游方的教士们也已死去了，死在他们死人旅舍的死人床上——那条巷子一定就在附近。光已点亮，那是一盏永恒的灯。而犹太扬让出租车早早地停了下来，然后下了车。

同性恋们都已经走了。犹太扬也不需要听到他们的莺声燕语。穿着可爱的紫色燕尾服的漂亮招待们正在把椅子放到桌子上，他们动作温柔地拍打着座位上的红色垫子，激起了灰尘，灰尘中满是薰衣草、葡萄牙男士香水和浓郁的须后水的余香；微笑着的美丽的劳拉数着收款机里的钱，数着服务员们交来的代金券。代金券的总数与钱的总数又没对上，但劳拉露出了她令人快乐的笑容，她的笑容迷人、光芒四射，毫无思想的负担，简直就是一个奇迹，而同性恋酒吧善良的异性恋老板愉快地接受了劳拉的笑容和未付的账单。他是个好人，而且赚得盆满钵满。犹太扬在劳拉、老板和服务员都看不见的情况下，探查了一下地形，他没有忘记自己的捕猎行动，他从此刻已经垂下的门帘缝隙中向里面窥探——像一个小偷或是凶手。他看到了劳拉，看到了她的微笑，她的微笑对他也产生了影响，她的微笑对他也散发着魔力，但这微笑也折磨着他。劳拉的眼睑在夜色中闪着蓝色的光，眼睛因此显得很大，她的脸上搽了白粉，嘴唇上几乎什么也没有涂，所以看起来非常苍白，让她看上去很柔弱，像是受了惊吓，宛如从黑夜中旋转而出，又被吓回到了黑夜中。犹太扬按住门把手，门把手放弃了抵抗；他的手很大，重重地放在门把手上，那是一个精致的银铜门把手，但是犹太扬又把手收了回去。他想：在这个地方，你没法知道，她是不是个犹太女人，是不是个犹太烂货，在波兰，谁要是和犹太烂货有染，就会被送上绞刑架。他再次按下了门把手，又再次把手收了回去。这是头犹太母猪。他害怕了吗？宾馆的夜间门房向他问候致意，把戴着手套的手放在帽檐上向他问候致意，向犹太扬这名统帅问候致意，尽管他用的是化名，可他是这里的主人。房间墙面上的丝绸闪闪发亮，让这里看上去像妓院的房间，小高特力做梦也想不到有朝一日能住在这么好的地方。为什么他没有抓住那个女孩？为什么他不把她带走？他会干她，然后把她扔出去。干她会让他身心愉悦，把她扔出去也会令他身心愉悦。铺着绸缎的床上躺着那只癞皮公猫贝尼托。猫伸了伸懒腰，拱了拱背，眨了眨眼。犹太扬挠了挠它那蓬乱的毛发。这只动物很臭。它全身上下都是臭味。那只猫嘲弄地看着他：你已经过时了，你如今无权无势。犹太扬可以命令门房为他找个女孩吗？他曾经可以。他曾经可以派人去找来上百名女孩，他曾经可以先将她们左搂右抱，然后又将她们打入牢房。他应该给埃娃打电话吗？在她的小市民的宾馆里，人们可能会受到惊吓。那里的人在夜里担惊受怕。

那里的人害怕面对死亡。犹太扬为何不吓唬吓唬这个小市民的宾馆？也许他现在可以和埃娃在夜里通话。他本应该可以和她好好谈谈。通过电话交谈是件好事。向敢死队下达命令就是通过无线电或者电报进行的。没人会亲自下令。埃娃是一个德国女人，一个国家社会主义者，她一定会理解他，她一定会明白犹太扬还没有死，犹太扬还徘徊在生命的边缘。埃娃是一个德国女人，跟那些在喷泉边唱着优美的德国歌曲的女人一样，但她远比那些女人重要，她是女人的领袖，是他的妻子——她会理解他。害怕见到埃娃是一种愚蠢的行为。是什么吸引了他，是什么让他对这个来自紫色酒吧的拉丁女孩，甚至可能是犹太人的女孩产生了兴趣？这个女孩不对他的胃口。她不是德国人，但她身上有一些东西让他想要拥有她。她就是一个娼妓。或者她确实是个犹太人。一个瘦小、好色的犹太娼妓。这是对种族的玷污。他没必要害怕这个女孩。他可以恨她。就是这个，他需要一个女人来恨，为了他的手，为了他的身体，他需要另一个身体、另一个生命来憎恨和毁灭。只有当你杀了人，你才会活着——而现在除了一个酒吧女孩，犹太扬的仇恨又能触碰到谁？他的权力已经尽失。他无权无势。

而埃娃正在沉睡，睡得伸直了腰。她睡在狭窄的宾馆房间里狭窄的床上，她紧张地睡着，松下来的只有她的发髻，像留在田里的发黄的麦子，像未能收进谷仓的稻草。她脸色苍白，灰头土脸的，但她酣眠无梦，蠢笨地张着嘴，轻微地打着鼾，闻起来有点像煮熟的牛奶上漂着的奶皮。愤怒的沉睡的修女，一到夜晚就忘记一切的修女。

把自己托付给了黑夜的遗忘，迪特里希·普法拉特睡在宾馆柔软的床上，唯一的动作只有打鼾。与父母，与其他同一阶层、同一观点的德国人一起在大厅里喝酒，他并没有感到疲倦，他的行李箱在床前敞开着，因为迪特里希是个努力和勤奋的家伙，即使在这次家庭之旅，在这一美丽的意大利之旅期间，他也在准备国家法律大考，他确定自己一定会通过考试，他还温习了行李箱中的那些专业书。迪特里希还带着他的兄弟会会帽，因为也许会碰到其他兄弟会的成员，可以和他们一起上酒馆。带着彩色丝带的帽子就放在法律书籍的旁边，迪特里希确信，兄弟会和法律将在生活中为自己提供帮助。还有地图也躺在打开的行李箱里，因为迪特里希喜欢开大市长的车，也就是他老爹的车。他在地图上仔细标出了可以参观的地方，而这些地方的名字他特意写在一张特别的纸上，并整整齐齐地标出了景点的名字，还用红笔标出了要参观的战场和确切的战斗日期。不过，行李箱旁边还躺着一本杂志，是在灯光熄灭时从床上扔过来的，因为扔得没有准头而落到行李箱外面。这是一本色彩鲜艳的插图杂志，是他在罗马的一个小卖部买的。买的时候，他确信没有人在旁边观察他，他对罗马一无所知，这里也没有人认识他。杂志的封面上是一名站着的女孩，双腿张开，浑身上下一身肉色地站在那里，衬衫开到了肚脐，网眼大开的渔网袜套在丰满的肉色大腿上——今晚她取代了迪特里希的啤酒，这些大腿让他很累。他对这种冲动无能为力，但这种冲动是驱使他依附有权有势者的强大动力，他想为有权有势者提供服务，想坐在有权势的房子里，参与权势，使自己成为有权势的人。弗里德里希·威廉·普法拉特和妻子安娜在旅行中再次睡在同一张夫妻大床上，即便他们没有拥抱在一起；在家里，他们现在分睡在不同的床上。他为什么要不满意？他的生活在他看来没有什么瑕疵，而从整体的角度来看，生命对没有瑕疵的人都会给予奖励。在德国，人们再次唤醒了德意志民族感情和民族思想，尽管现在德国被一分为二，而弗里德里希·威廉·普法拉特凭借着赞成、同情、忠诚和民主选举，再次成为他所在城市的领导人。选举过程没有任何瑕疵，他的当选没有依靠阴谋诡计、选举舞弊和贿赂，甚至不是靠占领军的恩惠，选民们自愿投票选他。可以重新成为这些人的市长，他感觉非常满意，哪怕他曾经担任过省主席和纳粹党巨大财产的管理人，他很满足，他没有任何瑕疵；但一个本不应该出现的噩梦有失公正地扰乱了他没有瑕疵的睡眠。在梦中，他的连襟犹太扬穿着黑色制服，骑着一匹鼻子喷着气的马来到他的床边，一个合唱团高唱着“这就是吕佐夫狂野大胆的狩猎之歌”[1]。普法拉特的连襟犹太扬把他拉到打着响鼻的马上，进入了吕佐夫狂野大胆的狩猎中。他们冲向天空，犹太扬在那里展开了一面巨大的、闪亮的纳粹旗，然后推倒普法拉特，听任他摔了下去。普法拉特往下掉往下掉往下掉——对于这样的梦境，强大的弗里德里希·威廉·普法拉特市长无能为力无能为力。

无能为力，说的是我。我清洗自己。我用洗脸池水龙头里流出的冷水清洗自己，我猜，水是从悲伤的蓝色山脉流出来的，流过古罗马的水渠，流到我这里，它经过了高架水渠的残垣断壁流到这里，像皮拉内西[2]一样，把它们画到了我的脸盆里——用这样的水清洗很舒服。我赤脚走过房间里冰冷的石板地面。我感觉到脚板下石头的坚实和清凉。如此感受着石头让人心情愉快。我赤身裸体地躺在宽大的床上。裸体躺在宽大的床上很舒服。我什么也

1 德国19世纪的爱国歌曲。

2 意大利18世纪画家、建筑师、雕刻家，曾得到罗马教宗的支持，研究绘制了古罗马的城市遗迹。

没有盖。一个人躺着很舒服。我献出我的赤身裸体。赤裸裸光溜溜的我盯着赤裸裸光溜溜的灯泡。苍蝇嗡嗡作响。赤裸裸的。光溜溜的。乐谱纸苍白地躺在大理石上。或者它不再是白色的，苍蝇把纸弄脏了。我听不到音乐。我的身体里没有音符，没有提神之物。没有什么东西可以让饥渴的灵魂恢复活力。没有泉水之源。奥古斯丁走进了沙漠。当时泉水的源头是在沙漠中。罗马在沉睡。我听到大型战役的嘈杂声。声音离我们很远，但它是一种可怕的喧嚣。这场战斗还很遥远。战斗很远，但很可怕。战斗很远，但它正在靠近。不久，清晨将会闪亮登场。我很快会听到街道上工人们的脚步声。战斗会越来越近，工人们会向战斗走去。他们不会知道自己正在前去参加战斗。如果你问他们，他们会说："我们不想去参加战斗。"但他们会去参加战斗。一旦牵扯到战斗，工人们总是会参加。那个戴红领巾的女人也会跟着一起去。所有骄傲的人都去参加战斗。我不骄傲，或者说我也很骄傲，但我不是这种骄傲。我是赤裸裸的，我是光溜溜的，我无能为力。赤裸裸光溜溜无能为力。

2

教宗在祈祷。他在梵蒂冈教宗公寓的小教堂中祈祷，他跪在祭坛前铺着紫色地毯的台阶上祈祷。祭坛上被钉在十字架上的基督俯视着他，圣母的形象注视着他，圣彼得从云端俯视着他。教宗为基督教徒和基督教世界的敌人祈祷。他在为罗马城和全世界祈祷。他在为全世界的神父祈祷，他在为全世界的无神论者祈祷。他请求上帝按自身意志启迪各国政府。他请求上帝启示那些被反叛笼罩的王国的统治者们。他请圣母为银行家、囚犯、刽子手、警察、士兵，为原子科学家和广岛的病人及残疾人，为工人和商人，为自行车运动员和足球运动员祈祷。借着他就职时被赋予的权力，他为各民族和各种族祈福，而被钉在十字架上的人痛苦地看着他，圣母微笑但悲伤地看着他，而圣彼得可能已经从地上走到了云端。至于圣彼得是否已经到达天堂，仍然存疑，因为通向天堂的路从云端开始，而当一个人飘浮在云端时，就等于说他哪儿都还没到，甚至旅行尚未开始。教宗为死者祈祷。为殉道者祈祷，为那些埋在地下墓穴中的人，为所有战役中的阵亡者，为所有在监狱中丧生的人祈祷。他还为他的顾问们，为他精明的法学家们，为他精于算计的金融顾问们，为他八面玲珑的外交官们祈祷。极少出现在他脑海中的是在他的城市中死去的角斗士们、死去的恺撒们、死去的暴君们、死去的教宗们、死去的雇佣兵队长们、死去的艺术家们和死去的艺伎们。出现在他脑海中的是古奥斯蒂亚[1]的诸神，是在废墟、在纪念馆、在残垣断壁、在基督化的神庙、在被窃用的古老异教徒的礼拜场所中飘荡的古老诸神的游魂。在脑海中，他看到了飞机场；在脑海中，他看到了罗马宏伟的火车站，他看到每时每刻到达罗马的无数新异教徒。新来的新异教徒很快混进了已在他的城市扎根的新异教徒中，与那些老异教徒相比，新异教徒对天主更加没有敬畏之心，离天主更为遥远，尽管时至今日老异教徒的诸神们也仅剩余晖残影。教宗也是往昔的余晖残影吗？还是他正走在化身为余晖残影的路上？教宗在小教堂的紫色地毯上投下了一道狭窄的、无限短暂的、无限感人的身影。

1　古罗马港口城市，城中至今仍保存着许多重要神庙的遗址。

教宗的身影让紫色的地毯黯淡了，地毯的颜色变得宛如血染一般。太阳已经升起。太阳照亮了罗马。教宗去世后，谁会来继承 sacrum imperium[1]？谁将成为神圣帝国的继承者？他们将在哪座大教堂里祷告，在哪座监狱中受苦受罪，在哪座断头台上命归黄泉？无人知晓。阳光灿烂。太阳的光线让人感到温暖，但太阳的光芒很冷。太阳是一位神，它曾见证过众神的陨落；它，温暖地、光芒四射地、冷漠地注视着诸神的陨落。对太阳来说，照着谁都一样。罗马城的异教徒与世界上的异教徒断言，阳光是一个天体物理过程，他们计算太阳的能量，研究太阳光谱，并以温度计的度数给出了太阳的热量。太阳对此也毫不介意。它对异教徒的看法毫不介意，就像他对神父的祈祷和思想毫不介意一样。太阳照耀着罗马。太阳光芒四射。

我喜爱早晨，罗马的早晨。早早地我就起了床，我睡得很少。我喜爱清晨时分高宅的阴影下窄巷的清凉。我喜爱风——当风从蜿蜒起伏的屋顶跃入古老的角落时；那是来自罗马七丘清晨的问候，它带着诸神的嘲弄进入城市。太阳戏弄着塔楼和穹顶，戏弄着圣彼得的宏伟穹顶，它轻抚着老墙，安抚着

---

1 拉丁语，意思是“神圣帝国”。

屋檐中的苔藓、帕拉蒂尼山的老鼠、被囚禁在卡比托利欧山的母狼、在斗兽场筑巢的群鸟和万神殿的群猫。在一座座教堂里，弥撒声已经响起。我无须走远就能听到弥撒的声音，特雷维广场边有一座教堂，拉瓦托雷大街的街角也有一座，还有其他五六座我不知其名的上帝的殿堂，也都离此不远。我喜欢去教堂。我闻着熏香散发出来的虔诚的香气、熔化的蜡烛、灰尘、清漆、上了年头的法衣、上了岁数的女人和上了年头的恐惧，心胸如此宽广又如此狭隘。我听着音调单一的连祷，ab omni peccato libera[1]，神父和老妇人之间千篇一律、一成不变的对话，a subitanea et improvisa morte[2]。老妇人们戴着面纱，低声下气，为的是得到更多的赞许；她们跪在教堂的地板上，te rogamus audi nos[3]。我听到辅祭的铃声响起。我站在门边，陌生人一般，近似于一名乞丐。我站在信众之外，这是故意为之。我看到在圣徒塑像前燃烧着的蜡烛。有一次我也买了一支蜡烛，在一个尚未装饰，还不知将被献给哪位圣人的神坛前点燃了那支蜡烛。我把蜡烛献给了那位不知名的圣人，就像罗马人为不知名的神灵建造了一座庙宇一样，因为比起一位一直

1 拉丁语，意思是“宽恕我们的一切罪行”。

2 拉丁语，意思是“（免除我们）突如其来、难以预计的死亡”。

3 拉丁语，意思是“我们恳求您聆听我们”。

不为人知的神，我们没有认出一位圣人的可能性更大。也许一位不为人知的圣人就生活在我们中间，也许我们会从他的身边经过，也许他就是过道里叫卖报纸的那个人，那个大声吆喝着重大抢劫案的头条新闻、吆喝着关于战争威胁的最新观察的人。又或许圣人就是特里同大街拦截交通的警察，是那个被判处终身监禁、永远无法再穿过罗马的人，不过意大利商业银行行长不太可能是位圣人，哪怕他们的大楼就得意扬扬地矗立在科尔索大街上。他不可能是圣人，更不可能属于不知名的那一类，但虔诚的人说，在上帝那里没有什么是不可能的。也许真的如此，就是银行家也会得到上帝的召唤，但是教宗不会到他们其中的任何一位那里去帮他们洗脚，因为教宗不知道他们是圣人。他们就住在他的附近，教会永远不会知晓他们的名字，永远不知道他们曾经生活在自己的周围，不知道他们就是圣人。但也有可能根本就没有圣人，就像再也没有诸神一样。我不知道。也许教宗知道。就算他知道，他也不会告诉我，我也不会问他。清晨的愉悦是美好的。我的鞋子擦得光亮，光亮得如同太阳的反光。我让理发师帮我刮了胡子，他还用润肤露滋润了我的肌肤。我穿过小巷，走在石板上的脚步在小巷中发出欢快的回响。我买了报纸。报纸散发着印刷厂的新鲜墨香，它按最新价格对世界上的精神与商品进行了评级。我走进巷子里的咖啡馆，站在柜台前，置身于男人中间，置身于这些狡猾老练、胡子刮得干净、头发梳得整齐、穿着干净的衬衫和熨得僵直的衣服、散发着浓重香水味的男人中间，我和他们一样，喝着热气腾腾的蒸汽咖啡机做的浓咖啡。我喝的是加了糖和奶油的卡布奇诺，我喜欢站在这里，站在这里让我很开心。在报纸的第六页，我发现了我的照片和名字，我很高兴在意大利报纸上可以看到晚上要演奏的交响乐原作者的照片，尽管我知道没有人会看这张照片，最多会有几位作曲家仔细打量这张照片，寻找我愚蠢的表情，寻找我失败、平庸或疯狂的证据——然后照片随着报纸会变成废纸、包装纸或其他用途的纸。我觉得这样很好，我举双手赞成，因为我不想一直像今天这样活着，我不想永远如此这般地活在世间，我想生活在永恒的变化中，我害怕的是消失不见。所以，最后一次排练时，我要去拜访音乐的守护神圣塞西莉亚。她会仁慈地对待我吗？我没有向她敬献过一支蜡烛，我向她展示的音乐也许会令她不快。我会去库伦贝尔格这名博学多闻的魔术师那里，我会去一百名演奏我的音乐、令我紧张害怕的音乐家那里，我可能会遇到伊尔莎·库伦贝尔格，她貌似没有什么心理波动，她接受生与死就像接受太阳大笑和雨水落下一样自然。我感觉得到，她不是守护神，但也许是音乐女神，或者说是波吕许谟尼亚[1]的副手，在逃避的、严肃的、漠不关心的面具下，她是白天的缪斯。在穆拉特街上，我充满敬畏地站在殡葬服务公司的门口。死亡充满了吸引力；那些丧葬用品是多么可笑，还有人来买这些用品，为的只是带着尊严被葬在墓中。丧葬公司的经理是个英俊的胖子，顶着一头染得漆黑的鬈发，好像他的职业就是要否定所有易逝的事物。他打开店门，他的猫正躺在店里的棺材上，躺在对腐烂、分解和化作黄土报以蔑视的青铜花环和铁铸蜡菊上，做着梦。小猫欢快地走向那名经理，他充满爱意跟猫咪打着招呼："你好，亲爱的猫咪。"这位先生害怕老鼠吗？他是否害怕老鼠在夜间啃食这丧事的奢华，在纸做的寿衣旁来一场丧席，摧残这怒放的人造花？

游方神父的旅舍食堂里，他坐在长饭桌的最后面，全身笼罩在暗黄色的浑浊光线中。由于食堂的窗户面向一方狭窄的庭院，而且窗帘还未拉开，所以食堂依旧昏暗，只有几盏微弱稀疏的灯光为昏暗抹上些许亮色，为几缕日光染上了棕色的朦胧。他

1　希腊神话中司掌颂歌和哑剧的缪斯。

们都显得非常疲惫，仿佛刚刚在黑夜中做了一场糟糕的旅行或是穿越了整个暴风雨，实际上他们一直躺在屋里——不管有没有睡，他们都在床上躺着，不管是睡着还是醒着；不管是睡着或是醒着，他们都为身处罗马这个基督教世界的首都而感到自豪。有些人已经去做了早弥撒，现在回来吃早餐。早餐包含在住宿费中，像神学院、医院和教育机构的所有早餐一样没有味道，咖啡像洗碗水一样淡，果酱没有颜色，没有水果，面包干得掉渣，他们努力把它咽下去，一边研究导游手册，摘录下来他们想去或是想了解的地方的地址。旅舍管家问阿道夫是否想参加城市之旅，参加者将去拜访所有的礼拜场所、烈士坟墓、启示之地、显现之路，教宗还会接待参加游览的人。阿道夫表示感谢，然后拒绝了，他想一个人待着。他们是神父，他们已被授予了圣职，主教呼叫他们的名字，他们走上前去，回应道："Adsum。"[1] 主教询问副主教："你知道他们是否德配其位？"副主教回答说："在承认人类弱点的基础上，我知道并证明，他们无愧于这个职位的重任。"主教喊了一声："Deo gratias。"[2] 他们就此成了神父，被抹上神油，承诺服从主教和他的继任者，

1 拉丁语，意思是"到"。

2 拉丁语，意思是"感谢天主"。

因而得到了赦免的权力："Accipe Spiritum Sanctum, quorum remiseris peccata, remittuntur eis, et quorum retinueris, retenta sunt。"[1]而他还不是神父，只是个执事，比他们低一级，他们是他的上级。他看着他们吃面包，看着他们如何制订一天的计划，计划如何充分利用在罗马的时间，而他想知道是否是上帝选择了他们，是否是上帝委派他们，他们这群野心勃勃的乌鸦和胆小的稻草人。他对此心存疑惑，因为面对世界的不幸，为什么上帝没有做得更多，为什么他的仆人没有做出更为坚定的抵抗？阿道夫是在经历了巨大的不幸之后来到他们身边的，如今他看到，即使成为一名神父，他也很难阻止新的不幸的出现，事实上，他甚至不确定，自己是否可以做到像法利赛人[2]那样，用其并非无可争议的墨守法规的原则，与不幸保持着距离。他扪心自问，如果说别人得到了上帝的召唤，那他是否真的得到了上帝的召唤？他没有找到答案，对于他是否应该寻找他的母亲，是否应该面对他的父亲的问题，他也同样没有找到答案。也许他爱他的父母，也许爱父母是一种责任，对一名神父来说，爱父母也许是一种

1 拉丁语，意思是"接受圣灵，你赦免他们的罪，他们就被赦免"。

2 古犹太教的一个派别。该派标榜墨守宗教法规，即使面对毁教的行为，也不可介入，因为这也是上帝的旨意，而基督教则视他们为言行不一的伪善者。

特殊的责任，就像对一名神父来说这并非一种特殊的责任一样，因为神父必须平等地爱所有的人。父母生了他，但他的灵魂归于上帝，他的父母生他不是为了上帝，不是为了侍奉上帝，不是为了履行上帝的戒律；他们生他是出于情欲，因为他们是感官的动物，又或者是由于粗心大意，或者只是因为他们想有一个孩子，或者是因为在第三帝国生孩子很流行，因为元首喜欢孩子；也许所有这些原因都有，他是欲望、粗心大意、对后代的渴望和对赢得元首青睐的渴望混在一起的产物。可是这件事终究也离不开上帝，就算没有人看到也没有人想到上帝，因为没有一个生育不是一个奇迹，在上帝高深莫测的建议下，就是在路边强奸年轻女子的酒鬼也有了孩子。但执事阿道夫问道："为了什么为了什么为了什么？"在用愚蠢的毫无意义的方式剥夺了欢乐的旅舍，在用荒谬的尖酸的方式营造出虔诚的旅舍，在旅舍昏暗的晨光中，他没有看到基督现身，他无法像彼得那样问基督："主啊，你到哪里去？"

他们在车上准备了所有的午餐：面包、冷烤肉、野鸡肉、水果和酒。他们想去卡西诺，但不是去那儿的修道院，而是打算去游览那儿的战场。他们已经与其他德国人约好在那儿见面，那些德国人曾经参与过那儿的战斗，会为他们解释一切，但他们迟到了，因为他们必须先去见犹太扬。他们打算邀请他一起去，他应该不会对战场无动于衷，这样一来他们会走得更近，再次感受到拥有共同理想的温暖，还可以一起自豪地重温百折不挠的精神。但这里的主角埃娃阻挠了一切，她拒绝参加，拒绝参加团聚，拒绝参加远足。她想待在自己的房间里，那个面对院子、闻得到厨房气味、听得到厨房嘈杂声的房间，或者她想回德国的家，想回到那里的一个狭小的房间。他们很生气，恳求她："你为什么不肯见他，他该怎么想？"她无法向他们解释，他们已经开始享受每一天，他们已经认了命，接受了所有的溃败、背叛和动荡，对他们这样的人，她无从解释，因为她和犹太扬的婚姻关系与第三帝国密切相关，他们的婚姻纯粹是为了这种信仰才存在，也只能从这个源泉中得到滋养。当希特勒去世时，当帝国崩溃时，当驻扎在德国土地上的外国士兵嘲笑元首时，嘲笑元首的远见卓识和对未来的展望时，他们的婚姻也随之解体，他们的婚姻关系不复存在。对于那些无法理解这一点的人，对于那些无法想象这一点的人，对于那些可能会持有不同看法和想法的人，她也没什么好解释的。这种情况下，一个人能做的就是保持沉默，不要再让自己的悲痛蒙羞。对于已经发生的事情，对于无法弥补的事情，错既不在她，也不在犹太扬，他们都不应对此负责，但每个幸存者都会有的负罪感，他们不可避免地要有所分担。埃娃背负的就是这种负罪感，她的负罪感与打开了通向灾难的道路无关，而是侥幸幸存下来的负罪感，这种负罪感拒绝从她的意识中消失。她现在担心这种只是因为活着就会拥有的负罪感，犹太扬应该也必然会有所承担，但这不是她想要看到的，因为在她看来，犹太扬是无罪的，是瓦尔哈拉英灵殿的英雄，但这样的负罪感，每个活着的人都会有。犹太扬寄来的信，还有他活着的消息，让她感到害怕，而不是高兴。但她可以向谁述说，她又能向谁展示她的恐惧？她的儿子是她的敌人。他是给予她最多苦痛的敌人，如果苦痛这个词真的还有什么含义的话，如果她虔诚地信奉天主，她会诅咒自己的儿子。但虔诚地信奉天主的人是他，她作为一名异教徒，没有可供支配的诅咒。异教徒是贫穷的，她不相信诅咒，不相信什么褫夺祝福，她相信的是种族的生命，对于那些亵渎种族生命的人，等待他们的只有死亡。可是她不能杀死他。她不再拥有这种权力。她只能忘记他。遗忘需要自己的时间，而她正在遗忘，但现在犹太扬的出现让所有被遗忘的事情、所有的崩溃、所有的失落、所有的放弃卷土重来。她不想看到犹太扬，她留在宾馆里，就仿佛被狠狠鞭打过了一样。

在去犹太扬住的宾馆的路上，迪特里希握着方向盘，普法拉特两口子则坐在车里一直想：咱可不能告诉犹太扬啊，最好婉转地跟他讲，他老婆疯了。话说回来，经历过这么多事后，她要不疯才奇怪呢。我们能做的都已经做了，这事可不好怪到我们头上，谁都不能因为任何事情责怪我们，我们一直在帮她，这点犹太扬肯定看得出来。我们把她给带到这边了，现在轮到犹太扬来决定该拿她怎么办。迪特里希想：他住的宾馆可比我们住的好得多了，他肯定很有钱，在奥尔登堡的时候我就很羡慕阿道夫，因为他父亲比我父亲厉害多了，我想知道他现在是不是还很厉害，是不是仍然比我父亲厉害，他是怎么从敌人手下逃出来的？他是怎么一路拼到今天的？如果他是老大，他会夺取权力吗，会想要继续奋斗吗？是不是我们现在就可以向他站队靠拢，还是这样做的风险太大？弗里德里希·威廉·普法拉特说："现在讨论他回不回来的问题有点太早了。他说不定还得再耐心等上一两年，等到大家看得更清楚了再回来。统治权会重新回到我们手中，我们会得到一支新的军队，我们可不能小看啊，波恩那帮人在这方面做得还是不错的。不管怎么说，我们现在必须先找到前进的道路，一旦军队到位，也许真正的国家力量的机会也就来了，他们又可以重掌大局，对叛徒展开清算。""对，要清算他们。"迪特里希说。

他的脸一下子绷了起来，手紧张地握住了方向盘。他差点撞到了一位先生，这位先生拿着按外交礼仪卷好的伞，正在平扎纳门这块儿过马路，显然在这样的危险时刻还是得选择相信理性的力量。

他身穿浴袍接待他们。他擦了药酒，还在一头灰色的卷毛上洒上了香喷喷的护发水，看上去像一名成功的老拳击手，为了一大笔钱再次爬上拳击台。他周遭的富丽堂皇让他们目眩神迷。他们站着那儿，像是来求人办事的，像乡下的穷亲戚，就跟从前站在他身边一样，没什么变化。他看出来了，他感觉到了，这一切早就在他的算计之中。他们看着丝绸面料包裹的墙壁，感受着脚下厚实的地毯，被他的行李所迷惑，他们无法不注意到躺在床上的那只大癞皮公猫，这只猫简直是财富上的王冠，是无拘无束的大老爷范儿的标志。“这是贝尼托。”犹太扬为他们介绍这只猫，看到他们惊羡的目光还有小心隐藏的震惊，他感觉得意扬扬。弗里德里希·威廉·普法拉特面对那只癞皮猫心怀恐慌，但是他尽力不表现出来。对他来说，似乎他梦到的《吕佐夫狂野大胆的狩猎》中的那些黑色骏马化身成了这只癞皮猫。犹太扬没有问起埃娃。他一眼就看穿了普法拉特两口子。他眯着眼睛，眯成了奸诈恶毒的猪眼，他的头搭在宽阔的脖子上，像只野猪。面对这名老拳击手，拳击台上的对手最好小心为妙。如今埃娃成了那个穷亲戚，普法拉特一家成了施舍的一方，这样的事以后不能再容忍。犹太扬决定为埃娃提供关照。他会搞些钱送给埃娃，让她买栋房子，让她不用依靠任何人。普法拉特打算讨论埃娃的情况时，他挥手止住他们。他会搞定一切，他做了一个大佬的手势、独裁者的手势。他没有提出要看埃娃的要求。他理解埃娃。他明白为什么她没有来，他跟她其实抱有同样的想法。他们两个是无法面对面的，他们无法看着对方，他们不可能在什么也不懂、什么也不明白的普法拉特家这帮市侩前看着对方，不过也许犹太扬可以秘密地会见埃娃，像去看一个他害怕看到的隐秘悲伤的情人。他暴露出了自己的软肋，也未加遮掩，他问起了阿道夫。迪特里希解释道，阿道夫跑去做神父了。这像是一拳打在了犹太扬的颈动脉上，他踉跄了一下，脸扭曲到一块，脸色变得苍白，皮肤涨红，额头和脸颊上火冒三丈，青筋突起，看上去像中了风。他紧紧抓住自己的喉咙，像是被噎着了，接着他的怒火一下子爆发出来，连篇脏话冲破堤坝，污言秽语汹涌而出。他用痰沫淹没了他们，他冲着他们咆哮怒吼，大骂他们是一群跟屁虫、投机分子、势利小人。而普法拉特一家这会儿像温驯的家猪面对一只野猪那样战战兢兢的，丝毫不敢僭越半步。他指责他们，指责他们是叛徒，指责他们是失败的根源，指责他们背信弃义，指责他们临阵脱逃投敌，指责他们向敌人摇头摆尾。他们就是一帮胆小鬼、一堆接别人唾沫的痰盂、一伙“德奸”、可怜虫、舔屁股的下三烂、癞皮狗；他们会在地狱门口鬼哭狼嚎，在神父面前抽抽噎噎；他们来罗马，就是为了去亲教宗的脚丫子，求教宗赦免自己。但是历史不会饶过他们，德意志会把他们钉上耻辱柱，日耳曼会将他们驱逐流放，他们作为民族活该消亡。元首也看出来了，元首领导的是一个懦弱的民族、一个烂到根子的种族，这是他的悲剧。他们垂首聆听，大市长垂首聆听，安娜夫人、迪特里希俯首帖耳，垂首聆听，一言不发。他们心惊胆战，可是俯首帖耳地听着，就像以前一样，老大犹太扬发言，大佬怒吼着，他们俯首帖耳。是的，他们觉得很舒服，有一种深入骨髓的快感，像是刀割在腹部和生殖器上激起了肉欲一般，他们顶礼膜拜。他停了下来。他精疲力竭，以前他是不会这样精疲力竭的，以前这样的怒吼只会让他更为强壮。汗水贴在他的鬓发上，汗水打湿了他浴袍下的丝绸睡衣；他的脸还红得像猴子屁股。可他是条硬汉，他没有倒下，很快又恢复如初。他拍着大腿笑道，这个笑话够大，这个笑话够狠，既然他现在为神棍们送了一个儿子去教堂，他当初就应该把更多的神棍送上天。接着，他走开给自己倒了一杯白兰地，一饮而尽，还问他们要不要，只有弗里德里希·威廉·普法拉特要了一杯。迪特里希在一旁道着歉，因为他要开车。对这样的节制，犹太扬只能嗤之以鼻。“我们都生了什么样的孩子？”他叹道。接着他似乎想起了什么，想起某件有趣的事，他走到床边，从贝尼托爪子下面扯出了一张意大利报纸，报纸是宾馆随早餐一起送过来的。犹太扬翻看过报纸，因为看不懂意大利语，他就只看了看照片，读了照片下面的标题，正好看到了他的外甥齐格弗里德。这个外甥他其实已经记不太清了，但这应该是他的外甥，齐格弗里德·普法拉特，现在他把这张照片递给弗里德里希·威廉·普法拉特，满脸的愤怒和不屑。由于没看懂照片的题文，他以为他连襟的儿子是个拉小提琴的，他也承认这至少没有一个神棍那么恶心人，不过也够恶心的，这是堕落，是对家族传统的背叛，是对出身的背叛，是对奥尔登堡学校教育的背叛。就这样，犹太扬也小小地报复了一下。普法拉特接过报纸，这突然而至的攻击让他有点不知所措，他说，齐格弗里德不是拉小提琴的，是作曲家。然后他对自己的话感到生气，因为对犹太扬来说，都是一路货色，不管是跑到咖啡馆拉弓，还是为音乐会作曲，这些玩意儿都不是正经男人该干的事儿。不过，在一张罗马报纸上看到儿子的照片给他造成了一些别的影响，也许是想到了他的书架、《歌德全集》和瓦格纳传记，他为齐格弗里德感到骄傲，他为自己作为齐格弗里德的父亲感到骄傲。他把报纸递给安娜，安娜像个母鸡一样咕咕直叫，像是鸭子的孩子跳进了她的世界，蹦向池塘，去水里游泳。迪特里希弯腰越过她的肩膀看了看他的哥哥，咕哝了一句“真不赖”。这句“真不赖”可以表达惊讶、欣赏，但也可以表达厌恶。所以犹太扬因为有个虔诚的后代而出丑，而普法拉特夫妇因为有个拉弓或是作曲的儿子甚至有可能受人尊敬，尽管没人知道齐格弗里德的想法是什么，背负着什么样的重荷，可能生活在什么样的泥潭中——也许他生活在小资的、犹太人的社会中——以及他是怎么用贿赂的手段在报纸上得到宣传的。犹太扬穿着浴袍穿过房间，像个拳击手激动地走过拳击台，抗议拳击裁判团的不公。他严词拒绝跟他们一起前往卡西诺。那些没有了声息的、没有战斗的战场，他嘲笑道，有什么好看的。那里的鲜血已经被泥土吸干，那里的尸体已经被埋了下去，那里的野草已经又长了出来，那里只有驴子在吃草，只有游客们在驴子的草地上可笑地四处乱爬。卡西诺战场跟柏林战场比起来算什么东西！在柏林进行过一场战斗，这场战斗从来就没有结束，而且永远也不会结束。它会一直继续下去，在精神世界里继续战斗下去，他说不定更愿意说，在空中一直战斗下去。但是犹太扬忘了小高特力在学校学到的关于卡塔隆尼平原战役[1]的传说，他记得是在空中打过仗，但是他想的不是鬼魂，因为鬼魂不存在；他想的也不是死人，死人是有的，但是他们已经打不了了；他们死了，所以应该是飞行器，当然应该是飞行器在空中打仗。他们会继续在空中打仗，而且最终他们会用新的武器打仗，用原子弹的力量，因为他们还没有征服柏林。“你相信战争吗？”普法拉特问犹太扬。犹太扬说，他一直相信战争，否则我们还能信什么。普法拉特也相信新的战争，战争一定会有的，正义有这样的要求，但是普法拉特认为时机还不成熟，他认为战争暂时对德国还没有什么用，他估摸着现有的机会把握太小，不过他没敢跟犹太扬说，因为他害怕他的连襟会把他当成胆小鬼。“你到时候会回来吗？”他问犹太扬。犹太扬说，他一直都还处在战争中，他一直都拥护德意志。然后他自贬身份，为他们做了一场表演；他打电话给付钱给他的那个国家的外交代表团，然后混着法语、英语和阿拉伯语预定了使团的用车，但是他表现得就像一名暴君正在发布命令，一张嘴就决定了中东当下的战争或和平。弗里德里希·威廉·普法拉特和

---

1 公元451年发生在西罗马帝国、西哥特王国的联军与阿提拉的匈奴人联军之间的一场战役，也是西方世界与东方世界之间的一场重大战役。传说在卡塔隆尼平原上，每个夜晚人们都会听到空中传来大战重演的声响。

安娜夫人没有注意到这是小高特力的骗局，他们再次被姐夫或者连襟的伟大所吸引，然而迪特里希·普法拉特抿紧了嘴唇，虽然他也没搞清楚这段混在一起说的话是什么意思，但是他突然意识到，这位姨父的伟大时刻已经一去不复返，犹太扬现在只是一名生存堪忧、卷入黑钱的冒险家。有个声音警告迪特里希要“小心”，犹太扬对他的前途可能有害。如果犹太扬愿意高举旗帜，重新召唤国家集会的话，迪特里希其实很愿意站在犹太扬的身后进军，而且理所应当要在他的身后搞到一个前途光明、近水楼台先得月的位置。如果联邦还有位置空着，迪特里希通过考试后也会去申请。只有在迪特里希没有工作的时候，只有当他无车可玩的时候，只有在他成为学院无产阶级的时候，只有在经济危机发生的时候，迪特里希才会盲目地站在一面错误的旗帜后面前行，才会什么也不想地参与到每场错误的战争中。

齐格弗里德去看排练去晚了；他是故意去晚的，他害怕，害怕自己的音乐，害怕库伦贝尔格。他走路去的，因为他坐错了车，方向还坐反了。他跟在一个小孩后面走，他在梦游，靠近音乐厅时，他的脚下似有荆棘丛生，腿灌满了铅。现在他站在衣帽间前面的前厅里，踌躇不前，几件雨衣像是被绞死的人一样在悲伤的挂衣钩上晃荡着，几把雨伞像喝醉酒的人一样斜靠在墙上。一名清洁女工在吃面包，面包里夹着火腿肉，高温下里面的油脂熔化了，恶心地挂在面包边上。女工敞开着的衬衫被汗水浸湿了，她的乳房无牵无挂，恶心地吊在衬衫里。齐格弗里德想到女性的生殖器，想到她生过孩子，潮湿而温热的女性生殖器让他恶心，潮湿而温热的孩子让他恶心，潮湿而温热的生命让他恶心，隐蔽与恶心让他感受到生命的贪婪，而我们都深受这一贪婪的诅咒。隐蔽与恶心让他感受到繁殖的欲望，而最穷苦的人也难逃这一欲望的诱惑。隐蔽与恶心让他触摸到这一永恒的表象，它却并非永恒；隐蔽与恶心让他感应到贫困、恐惧和战争的潘多拉之盒。他听长号的声音，他的长号，长号对他发出威胁；他听竖琴的声音，他的竖琴，竖琴似乎在颤抖；他聆听小提琴，他的小提琴，他觉得它们在尖叫：他的音乐变得陌生、陌生、陌生。他的音乐让人心怀恐惧。他在走道里上下来回。走道里的镜子映出他的身影，他觉得自己丑陋不堪。他想：我看上去像个鬼魂，却不是音乐之魂。他完全没有试着放轻自己的脚步，而是在走道上铺的坚硬的油毡地板上用力发出声响，似乎想要干扰排练，似乎要冲进大厅大喊：“停下！停下！”

伊尔莎·库伦贝尔格向他走了过来，她穿着一身矢车菊蓝的热带礼服，再次显得年轻起来，身形紧绷、没有赘肉，在他眼中显得非常友好，因为她没有小孩。他想：她没有生过小孩，她生的小孩就像罗马公园里的雕塑生的小孩一样少，也许她真的是音乐女神，是缪斯波吕许谟尼亚，阅历丰富，又如少女般贞洁。但是他搞错了，伊尔莎·库伦贝尔格今天是一位无名的忙碌女神，因为有位先生紧跟着她走了过来。那位先生看上去像一个重要的俘虏，或者更像一只忧伤的鸟。她向齐格弗里德介绍，这是一家重要电台的音乐部负责人。或者应该说她是向这只鸟介绍齐格弗里德，因为这只鸟的位置更高。伊尔莎·库伦贝尔格与这只鸟说的是法语，他们的法语说得很流利、很快，而且悦耳动听，也许这只鸟是法国人，伊尔莎·库伦贝尔格学过法语，也许老奥夫豪斯给他的女儿请过法语家庭教师，也许伊尔莎·库伦贝尔格在移民后学了法语，也许两者都有，但是齐格弗里德再次为自己感到羞愧，他像个没受过教育的人一样站在那里，奥尔登堡啥也没教，他的父亲从来没有为他考虑过学法语的事，对于弗里德里希·威廉·普法拉特来说，法语什么也不是，说好法语什么用也没有，也许他只对法国女人有点感觉，不过那也纯粹是把她们当作战利品。因此，现在齐格弗里德站在那儿结结巴巴地、努力地寻找着词汇。他没听懂这只鸟在跟他要求什么，但是这只鸟有个什么要求，因为伊尔莎·库伦贝尔格一直对着他点头，然后示意齐格弗里德表示同意。齐格弗里德表示同意，可是不知道是跟谁意见一致，他恨不得掉头就跑，任凭音乐女神和主管音乐部的那只鸟在原地站着——哪怕他们吃掉对方或者睡在一起。这时，齐格弗里德听到了他的音乐的终弦响起，听上去像是所有的希望变成了泡影，像一排巨浪迎头拍打在船上，只剩下船板和水花。库伦贝尔格出现在了走道上。他满头大汗，擦拭着额头。他用一块红色毛巾抹去额头上的汗水，看上去很奇怪，他这样子看起来不像是一位指挥，更像一位农民，刚在田里劳作完就走了过来。有几个人跟在他后面，他们是记者、手中拿着笔记本的批评家、一名马上用闪光灯扫射人群的摄影师。库伦贝尔格看到齐格弗里德垂头丧气的样子，便握住他的手说："勇敢点儿！勇敢点儿！勇敢点儿！"但齐格弗里德心想：勇敢？我不是没有勇气。但是我也不需要勇气，我需要的也许是信心。我有信心，我相信的是，所有的事情都毫无意义。或者不是所有的事情都毫无意义，但是我在这里毫无意义，和这些人聊天毫无意义，我们在这里由着别人拍我们的照片毫无意义，人工的闪光毫无意义，我的音乐毫无意义。如果我信点什么，也许我的音乐就不一定是毫无意义的。但是我应该信什么？相信我自己吗？相信我自己会是个很理性的选择，但是我没法相信我自己，就算我有时候试着相信我自己，我也会感到羞愧，人应该相信自己，可是不应该让自己感到羞愧。库伦贝尔格相信自己吗？我不知道。我猜他相信自己的工作，他的工作也值得他相信，但现在他的工作是我的音乐，我自己都不相信的音乐，他的工作还值得相信吗？他刚刚看上去像个农民，还挺可爱的，像是刚从田里的劳作中走出来。但他是在什么样的田地里劳作的？在哪块农田里？谁会去收获果实？

库伦贝尔格向大家介绍齐格弗里德。批评家们跟他对话。他们用很多不同的语言跟他对话。他听不懂。他听不懂他们说的语言。他和他们在一起，他不和他们在一起。他已经飘到了远方。

圣彼得大教堂已近在眼前，阿道夫向着教堂走去，大教堂的全貌完整地呈现了出来，站在这里看大教堂的穹顶，穹顶似乎变小了，让人不禁生出一丝怪诞的失望情绪，而在其面对的纵深方向，是气势恢宏的建筑立面，是以坚实的立柱营造的建筑结构，其前景由柱廊组成，而柱廊又与教堂对面的协和大道上的方尖碑式的路灯连成一体。至于通向大教堂的协和大道的两旁，不管是左侧还是右侧，都林立着气派的保险公司总部、大型国际公司的行政大厦和蓬勃发展的信托公司的驻外办事处。这些大楼都带着严整、色调冷峻的建筑立面，此刻在阳光的直射下不带一丝阴影，无聊得跟被公布的资产负债表一样，让人想到昂贵的租金和把钱币兑换商赶出圣殿的耶稣[1]。阿道夫面对的就是这么一幅世人皆知的、崇高的、极度神圣的又极度世俗的——又怎么会有其他可能——景象，摆在他面前的是个庄严肃穆的宗教舞台，是个古老而受人敬仰的舞台，是个业务繁忙的舞台，没有一个朝圣者不是带着虔诚的战栗踏上这方舞台的，没有一个团体游客不是带着艰巨的游览任务登上这方舞台的。面对所有这一切，阿道夫突然感到极度的焦虑。他有资格进入圣地吗？他可以通过检查吗？他的信仰会越发坚定吗？一辆小巴士把他和其他游客扔在这里，就像把一整笼家禽放到了草地上，他们立即争先恐后地用爪子抓刨着知识点，抓刨着具有持久性的体验，绝不让任何米粒大小的奇观躲过他们的视线；他们争相按下照相机的快门，包着三明治的油纸已经开始沙沙作响，他们正在打开随身携带的食物，以满足贝德克尔星级宾馆[2]所激发的饥饿感。而其他人则身手矫捷地冲进了纪念品商店和文具店，似乎那里

1 《马可福音》第 11 章第 15—18 节讲到耶稣进入圣殿，赶走了里面做买卖的人，推翻了兑换银钱之人的桌子和卖鸽子之人的凳子。

2 德国的贝德克尔旅游指南给不同的宾馆做了评级，类似于法国的米其林评级。

的东西和找关系搞到的小肥差一样值得拥有。这些出了门的鸟，飞出了家乡的笼子，飞出了习惯的畜栏，在他们还未踏入圣彼得大教堂的时候就已经向家人送去了问候。阿道夫感到难过，他像是人潮中一块随波逐流的纸片，被人们推过来推过去，不时还有人跟他这个小神父搭讪，没来由地向他询问一些没有意义的问题，因为他们想当然地觉得这就是他的工作。不幸的是，他愚蠢地把注意力放到了协和大道的路灯上，这种方尖碑的样式让他联想到另一种路标。不过不是这种顶着工厂制造的廉价灯的路标，而是一种装饰柱，顶端喷吐着火和烟，燃烧着发出炽热的光芒，这样的火柱布满了一整条街巷。作为一个特权阶层的孩子，作为他父亲的儿子，他曾经满怀自豪地乘车穿过那条街巷，那是纽伦堡，协和大道让他想起了纽伦堡，让他——不幸地——想起了纳粹党代表大会所在地，只是比起这条通往大教堂的大道，当初的那座阅兵广场对那个男孩来说似乎更为辉煌，虽然今日的他并不期待也不希望看到通向大教堂的路也如此这般辉煌。但通向大教堂的路想要拥有辉煌，并与纽伦堡的辉煌进行较量，甚至压过纽伦堡的风头，尽管后者的辉煌遭到了普遍的拒绝和鄙视，尽管后者火柱上的火焰烧毁了无数房屋、点燃了大小城市、焚烧了大小国家。当然，在这样的辉煌世界中，没有人期待看到道路两旁陋屋林立；在这样的辉煌世界中，无人可以容忍这座广场出现赤裸裸的贫穷；在这样的辉煌世界中，拿着锡碗祈求面包和神的祝福的乞讨修士，应该已经彻底消失；这些新的建筑，这些房屋，都是明智的土地开发和成功的投机的明证，它们不也正是这个辉煌世界取得胜利的最佳明证？它们不正是术士西门[1]在与彼得的对抗中赢得最终的胜利，并在这座城市中竖起的迟到的标志？

广场是椭圆形的，阿道夫想，尼禄的马戏场是不是就建在这里，广场中央的方尖碑是否见证了四马战车在它周遭的风驰电掣——就是今天，四马战车赛还是人们在电影中乐于看到并从中获取感官刺激的场景，彼得也是在此被钉上十字架的吗？头朝下被钉在十字架上的彼得，最终以悲剧性的姿态战胜了尼禄，战胜了尼禄的七弦琴，战胜了尼禄所有的歌手以及尼禄之后所有的皇帝。在柱廊的屋顶上，贝里尼的圣徒们如同兴奋的围观者，以戏剧化的姿态向椭圆广场挥手致意。如今这里再也没有人被钉上十字架，再也没有猎杀动物时的咆哮怒吼，再也没有持网角斗士与剑客的相互逐杀，再也没有赛道上在马夫奋力鞭策下回转疾驰的骏马，在激烈的竞

1 《圣经·新约》中提到的一个人物，他曾试图向彼得购买转授圣灵之力的权力，被视作用金钱购买权力的代表。

争中互相角逐的，只有旅行社的大巴。他们提供廉价的旅行项目可以让您飞速地浏览罗马、梵蒂冈、教宗和使徒之墓，而且还附赠卡普里的蓝洞、提比略的城堡、佛罗伦萨的波提切利的画作《春》、威尼斯的贡多拉之旅和比萨的斜塔。其他游客则步行而来，他们成群结队地穿过广场，有寄宿学校的女孩，她们蓝色的校服下是颤动着的小乳房；有举着旗子的童子军，光着膝盖，戴着宽大张扬的帽子，围着牛仔领巾，怀揣着所有男孩的渴望；有身着灰色和黑色长袍的苍老的宗教团体，在这些灰色的鲈鱼和黑色的丁鲷鱼之间偶然会冒出条小鲤鱼，梦想着有朝一日可以跳过龙门；有神父带领着的教区民众，这样神父至少有一次离开村庄的机会；有厌倦了午后桥牌聚会的英国女士俱乐部和美国女士俱乐部；有德国的旅游团，他们在导游的催促下不停地往前走，说快就得快，还有很多东西要看，在卡西诺午餐已经定好了，快快快，孩子们依旧在后面拖沓流连，他们小心翼翼地把手伸向两侧的喷泉，充满期待地把脉搏置于清凉的流水下，那一边母亲们带着新的下一代匆匆走上通往教堂的台阶，摇晃的手臂中抱着穿着白色花边衣服的受洗的婴儿。“喂养我的羔羊，喂养我的羊。”在基督的眼中，他们无知、无助而脆弱，耶稣希望保护没有得到保护的人，而彼得，就是在马戏场这儿，被头朝下钉在了十字架上，埋在名为梵蒂冈山的山坡上。就算矶法[1]是磐石，是不可动摇的根基，“阴间的门不能胜过他”[2]，他终究葬身在了梵蒂冈山上，狼则愉快地假装成牧羊人，强盗乐意装扮成放牧者；国王、暴君、独裁者、总统喂养他们的羔羊，剪下羊毛，为了自己的利益屠杀羊群，然后有理性的传教士出现了，他们高呼“你们不是羔羊，你们是自由的，你们不是羊，你们是人，脱离羊群，抛弃牧羊人”，可是他们把羊群赶进了何等的恐惧，赶进了什么样的沙漠，羊群渴望的是羊圈的神秘气息，往往还渴望着屠宰场的血雾。阿道夫走进了大教堂的大门。他所受的教导也亦步亦趋地跟着他。他所受的教导其实并不完整，而且突然就中断了，他也一直抗拒那些教导。此时他曾受过的教导又出现在他身边，如影随形。当他独自一人时，当他和某人说话时，和他的同僚执事说话时，和神学院受过教育的教师说话时，和他的告解神父说话时，阿道夫就可以摆脱奥尔登堡的过往，摆脱它的陈词滥调。然而，当他在人群中移动时，当他被群众包围时，群众又让他迷惑，使他感到不安，让他忍不住想到纳粹教导员们所讲授的学说，即利用群众、蔑视群众、控制群众

1 耶稣为彼得取的名字，意为“磐石”。

2 出自《马太福音》第 16 章第 18 节。

的学说。纳粹的高官们也牧过羊，还取得了巨大成功，羔羊们曾贪婪地拥向他们。阿道夫真心实意地要求自己无视世间的熙熙攘攘，无视历史的癫狂运作，然而一次又一次，仍有一桶血留了下来，那是被害者的温血，令人作呕。当世界与历史向他靠过来时，当世界与历史渗入了他的思考时，他怀疑自己是否真的可以通过穿上神父的长袍，把自己与所有这些谋杀分割开来。不管他如何全心全意地奉献着自己，他怀疑自己是否又一次掉进一个组织的陷阱，而这个组织就算并非心甘情愿，也不得不以一种相当诡异的、悲剧性的方式，继续与所有杀人的无赖为伍。难道说救赎只存在于拒绝之中、逃避之中、孤独之中吗？难道成为隐士是逃脱这一刑罚的唯一可能吗？但这样孤独的人，在阿道夫眼中缺乏应有的力量，因为阿道夫需要一种支持，因为他对自己感到害怕；他需要集体，但他对集体的价值心存疑虑。石柱的辉煌石柱的辉煌石柱的辉煌，伯拉孟特[1]、拉斐尔、米开朗琪罗，这里谁没有在想着他们的杰作，但他们建筑的石柱耀眼而冰冷，灰泥装饰华丽而冰冷，地板的精美令人赞叹而冰冷。查理大帝骑在马上，一个冰冷的人，骑在一匹冰冷的马

1 意大利文艺复兴时期的著名建筑师，是圣彼得大教堂的主要建筑师之一。

上，阿道夫大步走进中殿，那里有一块斑岩板，查理大帝曾在上面加冕，火山岩、石英、长石和云母，冷冷冷。神圣罗马帝国的皇帝们在此被涂上圣油，他们把抹上圣油当作获得了特许权，获得了掠夺的特许权，可以光明正大地增加自己的权力，掀起恐怖的战争，冰冷的宝座是他们用偷来的黄金堆砌而成，被践踏的是大战后的草地，躺倒在战场上的是被砍杀的战士们僵硬的尸体。为什么教会与皇帝和将军们扯上了关系？这些身穿紫衣，身穿燕尾服、挂满勋章的制服、独裁者外套的人，教堂为什么要理睬他们？为什么没有人认清他们的真面目，看不出他们与上帝结盟就是为了可以滥用十字架进行肮脏的交易，满足自己的色欲，满足自己肉体的欲望，满足自己对黄金和土地的追逐，满足自己对统治的无耻渴望？教堂中殿两侧布满了小礼拜室，神职人员在祭坛上忙碌着。他们读着弥撒、做着祷告，他们沉浸在精神的奉献中，他们是行为纯洁的虔诚信徒，然而他们同时也是雇员或官员，他们正在履行着自身的职责，完成自己的工作定额——一旦有人以这样的方式看待他们，所有的神奇魔力就被一扫而空，祭坛与一家宽敞的百货商店中的柜台相差无几。左边或是右边都立着忏悔室，像是实木做成的小城堡，坐在神圣的忏悔室中的告解神父似乎变成了大银行的职员——信徒们可以再次用各种语言忏悔他们的罪过，他们也会得到用各种语言给予的宽恕。阿道夫觉得连忏悔室周围的空气也是冰冷的；冰冷的，像是钱庄里的大理石板。

在这宽敞辉煌的崇高中，阿道夫感到孤独，他看不到这里有什么崇高之处，除非你是从傲慢的层面解释崇高的意思。他感觉上帝抛弃了他，他对上帝的信仰抛弃了他，他的怀疑在折磨着他，也许他是遭到了魔鬼的诱惑，可魔鬼也许根本就不是魔鬼，因为魔鬼怎么可能进入上帝的殿堂，魔鬼怎么可能进入彼得的城堡，魔鬼怎么可能进入这片一再得到神化的圣地；使徒石棺上方燃烧着一盏油灯，给这个寒冷的房间带来了一丝温暖，但朝拜者的巨大雕像遮住了油灯温和的沉思之光，让人怀疑自己看到的是一名商务顾问的墓碑。阿道夫看到了广受赞美的《圣殇》——圣母马利亚哀痛地抱着基督尸体的雕塑。只是在这个时候，他才恢复了信心与呼吸，对沉浸在混乱的思想、混乱的痛苦、混乱的震惊中的他来说，这是一种解脱，他将其解释为怜悯，解释为强大的、无所不包的爱。阿道夫想去爱，即使他不得不强迫自己去爱，他想用善良和爱去对待每一个人，他甚至想用善良和爱去对待他的父母，甚至他自己的父亲——一个最让人无法去爱的人。在备受赞美的《圣殇》前——其美名当之无愧，阿道夫做了祈祷，他祈求爱的力量；在这座基督世界最重要的教堂里，他没有再做别的祈祷就离开了。这位高大、憔悴而贫穷的执事，这位小小的迷惘的执事，这位遭到太多富丽堂皇打击的执事，离开了圣彼得大教堂，这里的空气和景象令他再也无法忍受。

我忘了我跟阿道夫约的几点见面。是中午，还是下午？我不记得了。我已经忘了。也许我不想记得。我不想见阿道夫，可最终我还是去了约定的地点，我已经中了他的圈套；我很恼火，因为我现在进了他下的套子。阿道夫搅乱了我的自由，他搅乱了我对生命的直观感受，他搅乱了我从生命中获得的延绵不断的惊喜。他让我想起青年时代的所有压抑，他唤起了我对过往的回忆——家人、晨练，还有国家政治教育机构中的民族主义课程，就算阿道夫如今和我一样，摆脱了那些日子和口号的束缚，切断了与家庭的联系，在神学院中过着属于他自己的生活，也仍旧受到家庭的羁绊。家庭就像一种永远无法去除的气味，哪怕是神父的长袍，也无法将其隔绝，就像一种附着在皮肤上的汗味，不管怎么洗都洗不掉。这种气味也附着在我的身上，犹太扬-普法拉特-科林斯波的臭气——科林斯波两姐妹是我们各自的母亲。这种气味代表的是一个世纪的民族主义的愚蠢、军事化的渗透、德国市民阶层的局限，不幸的是，当它最终突破其狭窄温床的限制时，它变得自大而癫狂。出于软弱，我现身于此，准备和他见面。阿道夫身着神父长袍令我感动。我觉得那是他出于恐惧而套上的伪装。他想要逃走，而且希望永远不会被人认出，这才用这种方式伪装自己。他要逃到哪里去？对我来说，逃跑本身就已经足够了，对他来说，也同样如此吗？他愿意跟我一样，永远在逃跑，永远置身于知其所来却不知其所往的路上吗？我在这条路上找到了乐趣，或者说我自以为如此，但阿道夫还没能掌控他的新生活，还没有彻底切断家庭的束缚，彻底切断奴性传统的束缚，至少在我眼中如此。我不顾自己已然信仰的利己主义——有时在我看来，自私自利是自我保护的唯一办法，尽管一个人是否应该保护自己仍然是个问题——我不顾所有保全的本能，仍然想要站在阿道夫身边，为他提供帮助。但是我做得到吗？我掌控了自由的生活吗？然后我想：如果阿道夫和我都不能掌控自己的生活，那么我们就应该联合起来，反对那些肆无忌惮、想按照自己的狭隘程度进行统治的人，反对真正的普法拉特人、真正的犹太扬人、真正的科林斯波人，也许我们可以改变德国？但是，在我这样想的过程中，我已经觉得改变德国是不可能的。人只能改变自己，这件事必须每个人为自己来做，只能靠每个人单打独斗，我祝阿道夫下地狱。

我走过圣天使桥，来到圣天使城堡。那些站在底座上的天使，那些长着大理石翅膀的天使，看起来就像过于沉重的海鸥，它们的身体里带着铅，或者带着沉重似铅的思想，再也无法升空。我无法想象这座桥的天使在天空中翱翔。他们永远不会在罗马上空翱翔，永远不会推开我的窗户，永远不会来到我的床边，永远不会用他们的翅膀为我带来幸福，永远不会为我点燃浩瀚的天堂之光。浑浊、发黑、发咸的台伯河水从古老的桥拱下流过，它从我的脚下流向奥斯蒂亚，流向大海，许多遭到诛杀的遇难者与河水一起流过。这是一条阅历丰富的古老河流，但河水完全激不起我在水中翻腾的欲望，因为河水像一个花痴丑老婆娘的腥臭洗脚水——它对我其实还是有着某种吸引力，也许有一天遭人诛杀落入河中的就是我！

阿道夫还没有出现在圣天使城堡门口。我很高兴。我来早了。现在我想起来了：我早到了一小时。我很高兴我早到了一小时，我站在圣天使城堡门前，无牵无挂，这一小时成了免费赠送的礼物，这是自由！太阳下，一名导游坐在凳子上。他正在读《前进报》。也许他在梦想一个公正的世界。他把职业的鸭舌帽朝后推了推。他的脸看上去很富态，他看起来既严肃又愚蠢。他的鞋子很旧，但刷得锃亮。偶尔他会把口水吐到那双刷得锃亮的鞋子中间。

一辆马车正在等着。也不知道这辆马车是已经有人预定了还是空着的，或者它只是为了等待而等待。马车夫坐在满是尘土的坐垫上睡着了。他的嘴张开着朝着天空打哈欠。一只昆虫在他身边嗡嗡作响。对于昆虫来说，马车夫的嘴一定是地狱的入口。马车夫的嘴是一种威胁，也是一种诱惑。那匹马的额头和耳朵上都戴着一张防蝇网。它注视着人行道，带着空洞失落的表情，像一个老道德神学家。当导游向鞋子中间吐口水时，马不以为然地摇了摇头。

圣天使城堡的门前还停着一辆黑色的大车。一辆真正的地狱之车。也许魔鬼在教宗的旧公寓里仍有旧事未了。我觉得这辆车很眼熟。我一定在哪儿见过。但谁以前没有见过魔鬼的马车呢？司机穿着军人的制服，以军人的姿态站在车旁。他穿着吱吱作响的皮鞋、鼓鼓的马裤和一件贴身的外套。他的脸棱角分明，皮肤黝黑。他的眼睛看起来很冷，同时满是猜忌。那是一个士兵和警卫的眼睛。这个司机让我感到毛骨悚然。我不喜欢他。

我走到台伯河的河岸上。我靠在护栏上，看到水面上躺着一艘游船，这如画般的美景是一种欺骗。水流迟缓的河面上，游船晃动着，看起来好像是挪亚方舟。一艘美丽而肮脏的挪亚方舟。船上有各式各样的小动物，有尖叫的小鸭子和小鹅，有小猫，有纯种或是混种的不同品种的小狗，它们在甲板上绕着圈，打着转，相互之间相安无事。河滩上满是干草、排泄物和闪闪发光的金属碎片，有座陡峭的楼梯通到头顶的桥上。河滩上有两个青年正在追赶一个少年，追上后将其粗暴地摔到地上。这个少年和两个青年都穿着紧身三角裤和鲜红耀眼的泳衣。那个少年很美。但那两个青年的皮肤带着斑点和病态，他们的脸显得粗俗而邪恶。我知道他们是哪种人。他们令我作呕。他们是娼妓和勒索者，他们懦弱、凶残而卑鄙。可是我很孤独。我想做一个孤独的人，但有时我渴望亲近，渴望触摸，渴望牧群和牧栏的气味，渴望一个由不同躯干共同组成的世界——我曾经拥有过这样一个世界，但是被我放弃了，我以为可以就此摆脱这种世界里的强制的生活。我说的是奥尔登堡的那个男孩世界，在那个世界中，你可以闻到集体宿舍的气味，可以看到接受斯巴达式训练的男孩们，赤裸着身体在清晨薄雾中的森林跑道上、在霜冻的地面上追逐，还有男孩成长为男性后所组成的世界——属于这个男性世界的有堡垒、营地和疗养院，还有士兵之间的战友情谊。所有这些都被我放弃了，我很孤独，我愿意孤独，库伦贝尔格赞赏创造者的孤独，但是我的出身和我接受的教育把我与这些男孩联系在了一起，这是一种黑社会般的联系，展示着我仍然试图摆脱的罪恶的一面。其中一个青年抬起头，看到我站在高高的护栏旁，他抓住他三角地带的前端，用一个猥亵的手势引诱我下台阶，下到岸边和游船上。这家伙的拳头像爪子，肌肉膨胀，但它们并没有显示出真正的力量，而是暴露出了退化和松弛。他让我感到非常恶心。另一个青年也让我感到恶心。但那个美丽的少年躺在他们中间，被粗暴地按倒在地，他不是被雄鹰抓到，而是被可怕的污秽的秃鹰抓住了，宙斯–朱庇特已死，伽尼墨得斯[1]应该也死了。我诅咒自己，我朝着死人堆一路向下。

一路向下，他向着地牢走去。向下的路原是一条防御甬道，甬道中零星亮着几盏稀疏的灯，显得昏暗阴森。蜿蜒而下的甬道，向着教宗城堡[2]的内脏地带渐行渐深。随着脚步的深入，前方的拱顶变得更低，坟墓的空气扑面而来，让人不得不弯腰前行。隔离的活板门后是更幽暗的洞穴，无底的深井令人心惊胆战：杀人坑、死亡井、挂在墙上的铁链、禁锢脚踝的铁环、固定手臂的铁铐、勒紧躯干的带钉子的铁扣、吊在天花板上的各种刑具、拉伸台、碎骨机、剥皮的工具。旁边有张石床，捆在石床上的人被丢弃在此直至腐烂；那些被判了死刑的或是

1 特洛伊国王特雷斯之子，因年少貌美被化身成巨鹰的宙斯从伊达山上掠走。

2 指圣天使城堡。圣天使城堡紧临罗马教廷所在的梵蒂冈，与圣彼得广场的直线距离不到一千米。很长一段时间，圣天使城堡都被用作罗马教宗的避难所。教宗还把城堡改造成自己理想的寓所。

被遗忘的人，即使是在这块坚硬的、无知无觉的花岗岩上，也留下了腐肉和骨骼的图案。地牢的上面是宴会厅、舒适的寓所、装饰精美的小教堂，处处透出艺术的觉醒；还有美丽而虔诚的塑像、精雕细琢的祈祷凳、切利尼[1]的银烛台；还有图书馆任人在书海中欢欣流连，学习知识，陶冶情操；也许还可以在此聆听音乐，呼吸晚风。在城堡之上，有天使盘旋，大天使米迦勒凝视着太阳，远眺着群星的闪耀光芒，俯瞰着这座永恒之城，将这闻名于世的全城美景尽收眼底，并将他的火焰之剑收入鞘中。

阿道夫到了地牢的最底层。原始的岩石中嵌入了某种古希腊双耳陶罐，犯人以站立的姿势被置于其中，但是他的头仍然留在地面，他的下身排出的污秽会慢慢地沿着身体上升，将身体包围，污秽会一直漫到这被高声定罪的犯人的脖子。无论是谁在闷声燃烧着的火炬光下看到人头——只看得到人头，因为在身体的泄殖腔的帮助下，人头被分离了出来——都会喊出“Ecce Homo[2]——看，有个人”，而狱卒会跪下来，将这件发生在最底层地牢中弃儿身上的事情当成基督的奇迹。阿道夫在坑边跪下祈祷。他的祈祷比他在圣彼得大教堂的祈祷更为热切，

1　意大利文艺复兴时期的金匠、画家、雕塑家。

2　拉丁语，意思是“看这个人”。

他为那些无名囚犯的灵魂祈祷。他的黑色长袍接触到了灰尘，石头压着他的膝盖。他信仰坚定。这个世界需要救赎。他信仰坚定。人需要再次得到救赎。他站起身来，感到自己的力量以一种奇怪的方式得到了增强。他想重新站起来，想看到光明，那种经历黑暗之后才能看到的光明，这时他听到了脚步声，脚步坚定。这是一个无所畏惧的人的脚步声，这个人不受任何东西的压迫，他欢快地走过自己的房子，而他的房子是一座地牢。阿道夫突然感到羞愧，好像是为了自己在此流连而感到羞愧。他想穿过神龛逃走，但神龛的另一个出口被堵上了，于是阿道夫躲在神龛里，但他可以通过神龛墙上的一道豁口向外看，看这名来到地牢最底层却安之若素的游客。

游船主像个半人半兽的农牧神，挺着个大肚腩，皮肤上满是皱纹，样子很狡猾。我把伽尼墨得斯带进了舱房，从他的性器上取下了红三角。我看着这个少年，他很美丽；凝视着他的美丽，我满是幸福和悲伤。

他们已经抵达卡西诺修道院，正在原战场上愉快地享受着野餐。酒在传递着，女士们怕喝出毛病来，但先生们说，他们那时喝的酒要比现在多得多，而且喝的都是酒窖里最好的酒桶里的酒。有个人对当时的情况记得还相当清楚，他当时是团里的副官，曾在此俯瞰全局，今天他再次在此指点江山，那里是修道院，他们躺在这边，而那边是敌人。从各个方面来看，那都是一场公平的战斗。战斗摧毁了这所古老的修道院，但它是在一场公平的战斗中被摧毁的。每个人都进行了公平的战斗，甚至包括敌人，死者也是公平地战死的。迪特里希·普法拉特支棱着耳朵倾听着叙述者。山对面寺院新刷的白墙被照得十分明亮。战斗的废墟在哪儿？脚手架表明这里将有建筑拔地而起，在田园诗般的风景中听人讲述一场公平的战斗，是一次非常美好而且令人振奋的经历，特别是与这里的战斗一比，此前的任何战斗都只能令战神蒙羞。弗里德里希·威廉·普法拉特也被激起了谈兴，跟着聊起了凡尔登。他讲述了壕沟战的情况。战壕里进行的战斗没有那么公平，也许是因为那时人们还没有那么多的体育意识，但战争也打得很体面、很正派、很公正。敌人得到的憎恨体面而公正，敌人遭到的射杀体面而公正，当人们如今回想起这些时——原来战事中可供讲述的不仅有死亡，也有些愉快的经历，还有大屠杀中的趣闻逸事。他们从车上取来了食物和酒瓶。食物摆放在一块白色桌布上，是细心的女主人安娜夫人带来的。他们愉快地互相敬酒，年老和年轻的战士，女人们也喝着酒，阳光灿烂，一头驴子站在一边，对着苍蝇甩着尾巴，嘶叫着：“咦哈，最后还是你们赢了！”而迪特里希坐在那里，头颅高抬，他的十字架弯曲了，他决心不拒绝祖国的任何召唤，正如任何一个正直的人那样，从不拒绝祖国的召唤；然而，迪特里希那时可能会成为政府不可或缺的人，他不是一个懦夫，但他有野心，他想到了自己的事业发展。

我看着这个少年，高兴又难过。我没敢对他说一句话。我不敢碰他。我不敢抚摸他的头发。我满腔的苦闷——苦闷中交织着快乐与忧伤，交织着既快乐又忧伤的孤独。最恶心的那个青年进了舱房，水滴下来，他发出台伯河水的臭味，跟整艘游船发出的臭味如出一辙。水在木板下腐烂，水在木板下汩汩流淌，就像无数张贪婪的嘴。堕落的青年站在我的面前，他的皮肤上散布着斑点；发脓的青春痘在早早松弛的脸庞上绽放出红色的毒花；他的眼睛浑浊，仿佛潜伏的野兽，闪烁着狡诈和凶狠；他的头发被腥臭的水弄成一绺一绺的。我厌恶他。他一丝不挂，我厌恶他。我恨我自己。我的少年已经从门口溜了出去。我恨我自己。厌恶之情在船舱里与我独处。我恨自己，我把自己压在他已被玷污过的身体上，我把手臂放在他湿润的脖子上，我把我的嘴压在他卑鄙的用钱就能买到的嘴上。我感受到的是欲望和过往，是记忆和痛苦，我恨我自己。

透过墙壁的豁口，阿道夫看到犹太扬走入最底层的地牢。他认出了他。他认出了他的父亲。他吓了一跳，他想冲向他，可是他无力移动脚步，仿佛全身被麻痹，僵住了，虽然他还可以继续近距离地观察。

犹太扬穿过圣天使城堡，他看到了武器、装备和战争工具，小高特力感受到了历史的颤抖，实际上犹太扬百无聊赖地穿过大厅，古代的就没有什么好看的新东西，这点他早就知道了。他并不为此感到惊讶，他觉得自己的行当在此得到了认可，他像是一个久别故土的人回来参观自己的老房子一样，确实更加自信且百无聊赖地向下走进了地牢。在最底层的地牢中，他平静地走过岩石中的竖井，走到活生生被埋葬者的坟墓前。战争和地牢，囚禁和死亡，它们一直存在，彼得死在了酷刑的十字架上，他的官员们也下令对他们的敌人施以极刑，这样的情况会一直继续下去，没什么不对。人性本来如此。是谁在谈论不人道的问题？犹太扬听了一会儿，由于周围一切都保持沉默，没有一个人的脚步声，他遵循自己的生理需要，在那个最可怜的囚犯的双耳陶罐里释放了自己的急务。

阿道夫看起来像面对他父亲挪亚裸体的含，但像闪和雅弗一样，他用手遮住了脸。

他的母亲埃娃用手遮住了脸，她不想看到那片蓝天，她不想看到欢快的罗马的太阳。她站着，这名穿着黑衣服的女人，这个来自北国、来自雾国的幽灵，这个被流放到罗马的幽灵，这个盘算着如何复仇的女人，这个正在思考着可怕的复仇计划的女人，这个二十世纪神话的真正守护者，这个哀悼元首的女人，这个永远相信第三帝国及其复活的女人，她站在窗前，在她面前是德国人青睐的宾馆的院子，院子里有一座空瓶子堆成的山。为了能够及时赶到卡西诺参加那儿的野餐，普法拉特夫妇匆忙离开了，几乎没有告诉埃娃与犹太扬会面的情况。她没有收到任何关于她的只言片语。她一个人。在院子里，厨房的伙计和厨房的女佣在唱黑人歌曲，埃娃听不懂，歌曲的节奏折磨着她。在埃娃门外的走廊上，一个女仆对楼层的服务员说："这个老女人从不出门，她为什么来罗马？"侍者也不知道为什么这个老女人来罗马。他对女孩喊了一句色情挑逗的话。女孩发出一声尖叫，心醉神迷地看着穿着白色制服的服务员的白色背影。然后女孩敲了敲埃娃的门，进了门，怀着恶劣的心情开始扫地。埃娃站在扫帚前，站在垃圾前；她不知道该去哪里。女孩打开了窗户，黑人歌曲的声音更大了；黑人歌曲的声音更狂野了，黑人歌曲渗入了房间，挤入了埃娃站着的那个角落。

阿道夫哭了。

我顺着满是伤痕的台阶从河中爬了上来，我很高兴，我是从水里爬出来的，我从古老的、友好的、迟缓的、浑浊的、流动的台伯河里爬了出来；岸上的时间已经停滞。马车夫睡着了，他张着嘴，昆虫在地狱之门前嗡嗡作响，马痛苦而深沉地看向地面，导游继续读着《前进报》，继续往他那双刷得锃亮的鞋子中间吐着口水。只有那辆写着阿拉伯字母的黑色大车离开了。我很高兴它开走了；我不用再看到那个军人般的司机，不用再忍受他冰冷警惕的目光。魔鬼可能已经做完了他在教宗城堡里的要务；圣天使桥上的天使仍然无法飞翔，但在我的眼中，他们不再显得笨拙和心思沉重，在我的眼中，他们姿态轻盈、飘然欲飞。与诸神亲近过的古老河流啊，如今我也得以一亲其浑浊河水的芳泽，神话元素潮湿缠绵的拥抱让我心花怒放。

他走出了城堡的大门，太阳似乎晃瞎了他的双眼，因为他竟然没有看到我。他脸色苍白，有一瞬间，我觉得在他脸上看到了我自己的苍白。阿道夫不是我的倒影，又或者他正是我的倒影，一面盲目的镜子，在这面镜子里，我们可以发现各自的不同和相似。当他注意到我时，他气鼓鼓地向我冲了过来。愤怒的脚步几乎要撕裂他的长袍。布料和灰尘在他身后旋转，他的鞋子，粗糙的农民鞋，在罗马的石头路上看起来怪异而可怜。他喊道："我看到他了。"他的话会让人以为，这位神父见到魔鬼了。他指着大门。“他在那儿。”他喊道。我明白他的意思；他见到了犹太扬，他的可怕的父亲。他跟犹太扬说过话吗？我问道。他的脸烧了起来。他为此感到羞愧。所以他没有跟他的父亲说话，他把自己藏了起来，我想：他害怕他的父亲，他在躲避。一个精神分析师会说，他在躲避天父上帝的面容，躲避那个古老的犹太人的复仇之神，他还没有获得自由。我对阿道夫漠不关心，他让我心烦，他对我来说依旧是那个族群的成员，那个我一点都不想扯上关系的族群的成员，但他的困惑、他的努力、他对道路的探索都让我感动；不过他的道路并不通向自由，我本想帮助阿道夫，我本想带着他走向自由。可他想获得自由吗？我带着他向桥上走去。他很压抑，我向着他的压抑发起进攻，我喊道：“罗马难道不是很美吗？”我指着河和河岸，仿佛它们属于我。我喊道：“看看台伯河，它难道不美吗？多么古老的一条河，它难道不让人心情舒畅吗？我刚刚在台伯河里畅游来着，摸摸我的头发，它们都被台伯河的一河好水打湿了！”我的头发一绺绺地垂下来。他现在才看到。“看看这里的天使，”我喊道，“想象一下他们翱翔的样子，他们鼓动黑色的大理石翅膀，飞向卡比托利欧，与古老的诸神共舞。你听不到吗，潘神在吹萨克斯风，奥菲斯和着班卓琴在唱丛林小曲！”真的，我突然发现丰满的天使很美；真的，我看到他们在飞翔，我看到他们在跳布吉乌吉舞；我向他们挥手致意，天使也是朋友，我欢欣鼓舞，我自由了。天空闪闪发光，是一个高高的蓝色穹顶。是我让天使和诸神充满了天空；天使和诸神友好地栖居在天上，这是因为我想要他们如此，因为这样可以让我开心，因为我愿意如此挥洒我的想象力；我让天上的爵士乐队在卡比托利欧山上演奏音乐，我梦到音乐，我梦到舞蹈。飞行员报告说，从上面看，天空可能是黑色的，在包围着我们这个愚蠢的地球的冰冷虚无中，只有一层薄薄的拒绝的面纱——我为我的梦感到高兴，因为我是自由的，可以自由地做梦，我有做梦的许可，我自己批准自己做梦。我真想把阿道夫扔进台伯河，我真想让他接受快乐的洗礼，但他什么也不回答我，默默地走在我身边，用他那双粗糙的执事鞋敲打着桥上的石头，只是时不时地盯着我看，态度奇怪坚定，带着询问、试探和挑战。我想，无论如何都要为他做点什么，所以我请他去吃冰激凌。

他只喝奶，经过消毒、仔细加热到精确的乳房温度的儿童奶。一位儿科护士照顾着他，她调整轮椅上的坐垫，将信将疑地检查奶的味道。她的蓝白条纹的护士服上也散发着奶味、哺乳味、消毒尿布和卫生粉的味道，而他则用羊皮纸色的手小心翼翼地把杯子拿到他羊皮纸色的脸前，用温和的奶油轻轻地浸润了他剃刀般的薄嘴唇。阳光明媚，但光线都被挡在了房间的外面，一台大功率的电炉散发出让人无法忍受的热量，再加上无聊的奶味，搞得每位到访者都昏昏欲睡。他自称奥斯特里茨，也许他的名字真的是奥斯特里茨，但很难想象他有什么真正的名字；没人知道他是不是拥有哪家锻造厂，或者他是不是哪位大股东的代表，或者他是哪家工厂的代表，也许他拥有所有的军工厂、所有的控股权，或至少代表所有的大股东；他的仓库在哪里始终是他的秘密，他如何运送货物只有他知道，但武器总会送到，枪炮总会准时到达港口。奥斯特里茨是讲规矩的、值得信赖的，他与全世界所有政府和所有颠覆者的关系，就像他的信用一样，富有传奇性质。和犹太扬一样，奥斯特里茨也戴着蓝色的眼镜，于是他们俩都能带着一种傻乎乎的神秘和幽灵般的蓝色相互怒视。他们看起来就像炼金士培养出的一对阴郁小人儿。儿科护士用小推车把一车烈性酒和冰块、搅拌杯一起推到犹太扬面前，他愉快地听着，除了折磨着他的热量和散在空中的奶汽让他想要喝烈酒——这就是大人给小孩子的一点甜头。很多保存完整的杀人工具正在以惊人的低价出售，感觉好像有一些匿名赞助人、默默造福人类的慈善家或神秘的死亡之友，自愿承担部分损失，以便为弱小但英勇的民族、并不富裕的国家提供武器，从而保证战争的威胁即使在偏僻遥远的地方也不至于消失。战争的火苗一直得到精心的维护。也许有一天，这个火苗会突然爆发，重新点燃这个世界。投资是值得的，死亡是一个稳赚不赔的债务人。犹太扬明智专业地选择了沙漠中可能会需要的东西。他的授权得到了认可。但他为了抵抗高温，抵抗令他呼吸困难、让他恶心的奶臭而喝了威士忌，现在酒劲上来了，他的火气开始往外冒，他只能为他那些闪米特和摩尔族的废物们采购，这让他很生气。他只能为他在沙漠堡垒中操练的家伙们采购，这让他很生气。他渴望回家，渴望回到德国森林中去，渴望拥有更广泛的关系和更重要的任务，让他能够向奥斯特里茨派下更加丰厚的订单。在奥斯特里茨的嘴唇上方，在羊皮纸般衰老的皮肤上，他喝的奶留下一条白色的胡子。他对重要的德国市场的动向自然了如指掌。他要不要给犹太扬展示一下市场变化的曲线？犹太扬是个老顾客了。但奥斯特里茨可以等。可能性还在酝酿，但他认为犹太扬只能算是位居二线，目前他还没有登上前台，何况也没人知道他何时何地可以再次跃居前排，所以他没有把他所知道的一切都告诉他。但他确实提到了一位冯·托伊费尔沙默将军，说这位将军属于忠诚可靠的一类，现在又重新出山了。他还提到了那位小大夫的名字，小大夫过去是给大大夫传话的，现在他想用理想主义的眼光在国家政治中扮演医生的角色。犹太扬认识他们，他还可以清晰地看到他们的样子，那位将军长着一张学生脸，圆圆的眼睛，耳朵立着，总是张着准备叫唤的小嘴巴。犹太扬记得看到这位将军在元首面前跳舞，一直弯着腰，完全是一副模范学生的样子，而且随时准备坚守阵地，直至最年长的人民军战士也战死为止。另一个人犹太扬也认识，那个小大夫，他也时刻准备坚守阵地，直至最年轻的希特勒青年军战死。犹太扬当初在任时就认识他，他有时候会给犹太扬带来大大夫的消息，是个自以为是的傻子，长着一张老鼠嘴，一只微笑的老鼠的嘴。犹太扬不喜欢他，不是因为他让人想到一只老鼠，而是因为他曾经上过学，被看作一个野心勃勃的知识分子——看，他们已经结盟了，或者说是他们两个已经偷偷玩上了，至于他们是不是按照他的想法为他准备着帝国，那就未必了。他也许已经死得太久了，他必须回去，他必须出现在德国，为了可以留在德国的游戏中，他得好好盯着这两个男学生和模范生，而这意味着，犹太扬最终还是要让普法拉特来操作安排，撤销判决，正式或是默许的无罪释放，犹太扬再也不用害怕陪审团了，他们都能理解他，而且也要为他们自己的未来着想。让犹太扬痛苦的是，他暂时还需要普法拉特的支持，因此他必须友好地和普法拉特相处。他的拳头在两个玻璃杯之间猛地砸了下去。听起来好像炼金士培养小人儿的烧瓶被打碎了。儿科护士吓得跑过来，但奥斯特里茨平静地挥手让她走开。他从一个小绒布袋里拿出来一把新的无声手枪的模型,展示给犹太扬看。犹太扬——还是小高特力的时候就垂涎欲滴地站在枪支商店的橱窗前——立即爱上了这个方便实用的死亡使者，再也舍不得让其离开自己的视线。奥斯特里茨对法律很了解，他向犹太扬保证，出售、购买和携带枪支在意大利是违法的，但考虑到以后沙漠方面也许对这样的武器会有更多的需求，他还是将其作为样品留给犹太扬。“哪里？”奥斯特里茨低声问道,露出孩子气的笑容,对着无聊的奶盆流着口水，“哪里没有沙漠，没有丛林？”他并没有问哪里没有死亡。

冰激凌店在店铺的庭院中摆上了桌椅，人们可以在此小憩乘凉，远离街道上的喧嚣。齐格弗里德和阿道夫似乎是为了进行一场有教益的交谈，坐在了一起。他们坐在一个古罗马风格的凉廊中，在他们的周遭可以看到残留的柱基、常春藤的卷须和带着划痕的庭院守护神拉尔的忧伤面具。一座小小的喷泉溅起欢快的歌声，一棵棕榈树友善地在他们眼前晃动着，院子里还摆放着诸神、诗人和哲学家的石膏头像，摆放着半人半兽的森林之神、政治家、恺撒们残缺不全的头像，还有鼻子塌陷、耳朵残破的俊男与仙女们，它们用空洞的眼窝看着他们，看着他们如何铲开如西西里岛花岗岩一般坚硬的冰块。阿道夫，这位郁闷的执事，起初只是不情不愿地跟着齐格弗里德来到这里，但冰激凌熄灭了热腾腾的羞耻之火，转眼间，他被冰激凌的味道所折服，怀着一种健康的欲望吞下了人造冬季水果，水果刺激着他的舌头，融化出芳香。此时，齐格弗里德若有所思，只是刮着冰激凌，将它捣碎，让碗里的食物融化成红色的奶汁。阿道夫因味觉上的愉悦而神清气爽，觉得在这片树丛中一切都更自然、更无害、更容易解决。他转向齐格弗里德，问为什么他们不愿见他们的父母。阿道夫建议他们都去寻找各自的父母，站在父母前，告诉父母，如今他们就是如此这般，尽管与父母的期待并不一样，但是他们也可以为自己的生活方式做出辩护。齐格弗里德喊道："你疯了吧你！我根本就不想为我的生活做出辩护！我为什么要去向我的父母解释我的生活？这个问题我压根儿就没想过！"阿道夫回答说，人永远都需要为自己辩护，需要在上帝面前、在人类面前为生活辩护，为什么不可以也当着父母的面为自己辩护？"你以为你的父亲是一个神，还是你真以为他还算是个人？"齐格弗里德问道。他的话很恶毒。

阿道夫变得焦躁不安。“你说的都是些空话，”他喊道，“你和其他所有人一样都陷在了空话的牢笼里，只是因为你说了负面的、愤世嫉俗的空话，你就自以为比别人高明，可是在我看来，这些话一点意义都没有，最多就是让我看到你有多绝望！”齐格弗里德：“这是你在神学院学的吧，向别人展示他有多绝望，给他做心理建设，为他将来说不定会信仰基督教做好准备？”阿道夫：“我不是在说神学院的事。我说的是你。”齐格弗里德：“你不用管我。我想怎么活就怎么活。我谁都不需要。”阿道夫：“很好，你想为你自己活着。你觉得你已经找到了自己生活的方向。这对你来说就已经足够了。可是你为什么要如此不宽容呢？我们的父母可以用同样的理由说，他们在过着自己想要的生活，走自己的路，而且享受着这一切。”齐格弗里德：“他们肯定也会这么说。”阿道夫：“但你不赞成他们这样的生活？”齐格弗里德：“我不赞成，因为他们是出于自己的理念而且用自己的理念折磨他人，因为他们逼着我接受军事教育，因为他们发动了战争，因为他们给别人带来的是痛苦，因为他们不断地在破坏，因为他们把德国变成了一个狭隘、愚蠢自大的国家，一个充满监狱、刑场和绞刑架的国家。因为他们杀了人，就算他们自己没杀人，可是他们知道有人被杀，他们还是照样舒舒服服地待在家里。”阿道夫：

“那你就想不到他们说不定会卷土重来吗？”齐格弗里德：“我当然想得到他们会卷土重来！不管是白天还是黑夜，我都会在噩梦中看见棕皮狗和全国没用的家伙们又在行军了。这就是为什么我想要过我自己的生活，我要趁着民族主义之神还衰弱的时候，趁着它现在还无法阻挡我的时候，过我自己的生活。这是我唯一的机会。”阿道夫：“那你为什么不努力去制止这样的发展趋势呢，毕竟你也知道这样的结果是灾难性的？”齐格弗里德：“可我又能做什么？”阿道夫：“试着改变人民！”齐格弗里德：“他们是不可能被改变的。”阿道夫：“你得试试！”齐格弗里德：“你去试试！你们的教会可努力了两千年了。”阿道夫不说话了。他不知道该说什么了吗？他看出来了吗，已经没有希望了？但他又接着说：“你的音乐呢？难道你不想用你的音乐改变世界吗？”齐格弗里德说：“不。你做梦呢。”但阿道夫坚持问道：“那你为什么要谱写音乐，你为什么要作曲？”齐格弗里德：“我不知道。”

我不知道吗？他是对的：我谱写音乐是出于恐惧、绝望，是因为幽灵和可怕的梦境；我四处摸索，提出各种问题，可是我不知道答案，我没有答案，我无法给出答案；答案不存在。音乐是一座神秘的建筑，通向这座建筑的通道都已经关闭，只剩下一扇狭窄的门，只有极少数人可以穿过这扇门。坐在建筑中的人再也无法与留在外面的人沟通，即使对那些留在外面的人来说，这栋按照神奇形式建造的神秘不可见的建筑也同样重要。音乐的存在不是为了改变人，但它与同样神秘的时间之力交相呼应。也许在时间的长河中，音乐可以为巨大的变化做出贡献，但是一个世纪在时间的长河里算什么？千年又算什么？我们从转瞬即逝的生命的角度来衡量时间，但我们不知道什么是时间。也许它是善良的，比我们想象的还要善良，也许它是一个戈耳工[1]，其恐惧的面孔我们至今尚未完全辨认出来。撇开时间与音乐不谈，阿道夫打动了我，因为这不正是我的想法吗？我们这些渴望过上其他生活的儿子，难道不应该为这些其他的生活方式而战吗——哪怕从表面上看来毫无希望？我想向阿道夫伸出手。

但齐格弗里德说："在与迪特里希的斗争中，我们最终一定会落败。在与我们的斗争中，我的弟弟迪特里希永远都是获胜的一方。就算你是神父，你也一样会败在他的脚下。你会惨败，然后还会与迪特里希结为盟友，与这个秩序、国家和铁拳的代表结为盟友，否则迎接你的就只有灭亡。再说我根本就不相信你！我不相信你真的相信你的教条，我

1 可用来指称古希腊神话中的三姐妹斯忒诺、欧律阿勒和美杜莎中的任何一个。

也不相信你真的相信人类。你跑到上帝那里，你投奔了上帝，因为你需要一个主人，然后你会成为那些神父中的一员，没有信仰，只有失望和痛苦。在外表上，你会表现得像一名无可指摘的神父。但你会痛苦的。”阿道夫说：“我不知道。”

丑陋不堪的我，丑陋得如同卡利班[1]。这里没有镜子，没有魔镜；镜子会向我展示卡利班的脸和其“周身围绕着几条毒蛇”[2]。我看着阿道夫那件破旧不堪的长袍。我看着桌子底下他粗糙的农民鞋——尽管后者并不在我的视线之内。我为什么要折磨他？我何苦要把他打击得如此灰心丧气？是不是因为我自己已经灰心丧气了？或者让自己灰心丧气可以保证我继续当一名局外人，做水泽边潘神的牧笛？[3]我真的是在寻找一个祖国吗，还是我把全人类作为借口，是为了可以在抽象的全人类的浓雾后隐藏自己？我之所以爱罗马，是因为我在罗马是外国人，也许我一直想成为外国人，一个不断迁徙的旁观者。但是别人需要一个家，如果存在一个没有喧嚣、没有旗帜、没有游行、不强调国家权

1 莎士比亚剧作《暴风雨》中的重要角色，一个丑陋的怪物。

2 出自莎士比亚《暴风雨》第二幕第二场，此处引用朱生豪译文。

3 奥维德《变形记》第 698 节：山林之神绪任克斯为了躲避潘神的追求，化身为水泽边的芦苇。潘神只得用其制成排箫，聊以自慰，排箫因此也被称作潘神的牧笛。

力的祖国，只有自由人之间良好的沟通秩序、和睦的邻里、明智的管理，一个没有胁迫、不以傲慢对待陌生人和他人的国家，那这不也是我的家乡吗？但这样的家乡我是不会找到的。我对此没有信心。

我把音乐会的门票给了阿道夫。我告诉他，他可以穿着神父的外套去，但我不能去，我没有外套。我说："但你可能不愿意去"。他说："我愿意。"他说："我会去的。"

劳拉，那个带着迷人微笑的劳拉到收银台来上班了，因为她不会算，她又一次算错了时间。酒吧的门还关着，老板还没有来，没有一把钥匙可以插进店门的锁中。那些漂亮的服务员也都还没有来，他们都还没有穿上紫色的燕尾服，他们和家人在一起，正在帮助妻子们料理家务，和孩子们一起玩耍。他们疲惫而兴致全无地准备去上班，前往他们的衣食父母——同性恋们那里。劳拉站在门前，环顾四周，微笑地看着维内托大街，微笑地看着那辆无声驶来的黑色大车。这辆黑色大车仿佛一块无形的滑板滑行在无形的冰面上。她微笑地看着从车里蹦出来的司机，司机的腰杆挺得笔直，亮得像条闪电，他打开了后门，叭的一下并拢脚跟。劳拉微笑地看着犹太扬，她认出犹太扬是那个戴蓝色眼镜的男人，他不是同性恋。他早前已经来拜访过一次酒吧，这是个特立独行的家伙，对情况不甚了了，所以来的时候正好是一天中生意最清淡的时候。犹太扬原本也打算来看看劳拉，现在他看到她出人意料地站在街上，站在紧闭的门前，他立即明白发生了什么事，显然她算错了时间。他用英语说可能还没到时间，门还锁着，假装很可惜，说他是被威士忌引过来的。劳拉微笑着，她微笑发出的光芒穿透了他眼镜的蓝色，温暖了人心，愉悦了感官，她笑容的光辉也把那辆大车笼罩在内。像所有女人一样，发动机的大功率以及强大的如黑豹般轻盈的滑行对她来说是一种性的象征，轻而易举地为车主增加了更多魅力，使人很容易对车主产生女性化的服从。不是因为车主是个有钱人，是个钻石王老五的假设，而是从女奴的本能出发，推断出他是个有权势的人，是个拥有强劲马力的人，是个可以强力推动生活的马车的人，而且他还有一个在主人的威严下不敢分毫逾矩的司机。该做点什么呢？犹太扬想建议去隔壁的糕点店，他饿了，奥斯特里茨令人恶心的奶盆让他对奶油蛋糕胃口大增。他想象着，在甜蜜的氛围中，劳拉的大眼睛和她梦幻而妖娆的微笑在果泥和蛋糕上盘旋，甜蜜到他需要用白兰地来调和。当他邀请劳拉时，他却纠结于磕磕绊绊的英语，小高特力没有好好完成学习的任务。看到她也在冲着汽车微笑，于是邀请她一起去兜风。她让笔直站立的司机为她打开车门，然后上了车。于是，就这样，女人和微笑一起进了笼子。

他们缓缓向前滑行，宛如无形的滑板滑在无形的冰面上，其下，冥界正火光闪耀，魍魉们怒火汹涌，邪恶的地精们躁动不安，地狱的强盗们咬牙切齿，而他们满怀期待，点燃了无形的火苗，沐浴在火焰中，浪荡地摩擦着四肢。车穿过平扎纳门，驶入博尔盖塞别墅公园，被虏获的微笑浪费在了车内的豪华座套上，但座套可以让一个人幸福地穿过绿色林荫道。她身体向后倚去，她戴着蓝色眼镜的同伴可能就是她的法鲁克国王[1]，她的石油大亨。他有一双大手，他不是同性恋，他看得到她的腰，看得到她的脖子，只手可握的脖子。他痛恨这个生命，痛恨这类女人，他把她们算作战利品，或许在妓院里，只需要付钱，然后脱衣服，或者甚至不用脱衣服，只用发泄欲望，一口吸入女性的芳香，香水过剩的芳香，但仍旧可以从头到尾清晰感受着肉体的悸动。之后为了预防疾病，只需要用肥皂洗一洗，或者让医务兵打上一针预防针。而这位是个自由的交际花，用她的微笑暗

---

1 埃及最后一位国王，以生活奢侈、放荡不羁且情人众多而为世人所知。

示着女性平等和人权。呸，见鬼的人权，是个人都明白，他把手伸进裤子里，平等人权可以让人屈膝顺从，男人因此惨遭软化，战争计划就是这样被出卖的，帝国就是这样被摧毁的，小高特力知道这一点。犹太扬感到裤子里有一个柔软而粗糙、温柔而坚固的肿块，像只老鼠一样滑进手里，原来是奥斯特里茨给的无声手枪的牛皮套。他们从一片水面边滑过，来到矗立在水前的一座神庙前。爱神住在这里吗？她的家是否就在公园里？天上云层遮掩，树丛泛出死亡谷的蓝色，在飞往罗马的途中，犹太扬看到了这种蓝色，还为此吓了一跳，而德国的森林多么忠诚，而且无声无息，像在其中行进的车辆一样。在布满苔藓和松针的林地上走着的是行军靴，在国防军的灌木丛中，穿着黑色制服的同伴走在前面，乌鸦啼叫着，背叛背叛背叛；手枪紧攥在谁的手中，同伴倒在了森林的地面，背叛背叛背叛；乌鸦在满是疤节的参天橡树顶上高声尖叫，小小的花儿开在荒野上[1]，黑褐色的那朵是我的女孩，思乡思乡思乡。她不是黑褐色的，坐在他身边的这位，黑发如乌木，是个拉丁佬，也许是个犹太女人。她肯定是个犹太女人，是个

---

1 “二战”时期深受德国士兵喜爱的歌曲《艾瑞卡》（“Erika”）的首句歌词。歌词中吟唱的是对故乡和故乡的女孩艾瑞卡的思恋之情。

蚂蟥，血统的破坏者。她笑了，现在是张着嘴笑，红唇如血，她在笑话他。红唇如血，肤白如雪，她的面容白皙如雪，不对，她还不完全是白皙如雪，只是几乎是，这样的雪白只在家乡的德国森林中有，林中的尸体是雪白的，而这个公园是蓝色的，这个拉丁国家的公园是蓝色的，意大利灌木丛的蓝色，带着撕裂般忧郁的罗马的树林，茂盛得如死亡一般的蓝色，让他无法忍受。他开进了魔鬼的空地。他突然命令那名坐得像士兵一样笔直、几乎纹丝不动的司机把车开回维内托大街，回到出发点，回到起点，也许回到埃娃身边。这时，酒吧的门打开了，漂亮的服务员们已经穿着可爱的紫色燕尾服在空无一人的收银台前走来走去，犹太扬想把劳拉赶下车，司机拉开车门，以标准的笔直站姿站在车前，但劳拉还在拖延着、微笑着。她腰身纤细，脖颈细长，微笑着，黑发如檀，红唇如血，白肤如雪，露着迷人的微笑，这次带着满心的期待，他跟她约了晚上见面。劳拉微笑着走到收银台前，一边走一边安抚着老板的怒火。这个可怜的孩子不会计算，她的新朋友的古怪性格似乎给她许下了诸多承诺。

一身黑袍，影子戏台上的影子。刺眼的阳光刺透窗户。他们面对面站着，脸色苍白。他穿着黑色的神父长袍，她身着黑色的丧服；他脸色苍白，因为踏入她的房间令他紧张焦虑；她脸色苍白，因为他的出现让她惶恐不安。看到他，看到他身穿制服——代表着她所痛恨的某种权力的制服，这对她来说是一种折磨，因为她确信，这种权力与犹太黑社会、海外财阀结成可耻的联盟，帝国的崇高理想、雅利安人的幸福世界和日耳曼人的霸权地位，就是在他们的共同努力下，遭到阻挠甚至可能遭到永远的摧毁。如今，她已经习惯了背叛与自己公然对视，肆无忌惮地拒绝垂下头颅。德国女人无耻地和黑人吊着肩膀，国家的叛徒们做了部长。如今，她对这些都已经习以为常。还有什么是她不习惯的？就是那些具有德意志思想的人，他们讲话中的软弱和自私，她也已经可以淡然处之。这些人对一切都逆来顺受，哪怕在暗中他们唾弃一切，依然从形势的变化中攫取利益。但这个儿子呢？这个位于叛徒阵营中的儿子，穿着帝国的敌人罗马教会女里女气的裙子的儿子，他现在是不是与最国际化的小集团结了盟，像犹太人一样没有了祖国？这不仅是一道痛苦的伤口、一块心头的烙印，也是对她的控诉和斥责。这颗坏种子是从哪里跑出来的？她的族谱得到过仔细的保管，没人可以对她的雅利安血统提出任何疑问。可她还是没能阻止阿道夫的堕落。她把他送到纳粹的政治教育机构，可她还是没能阻止他的堕落。学校被炸掉了，他也走向了堕落，他在面临考验的时刻变成了背叛父母事业的叛徒。叛徒应当被处决。叛徒会被挂在树上或灯柱上。他们胸前会被挂上一块耻辱牌。她是不是应该把阿道夫赶出去？她和他之间再无任何共同之处，然而他是她的儿子，是从她身体里掉出来的一块肉，而现在他是陌生人，穿着虚伪的服装，把自己拴在十字架上，拴到了来自犹太土地的非日耳曼教义上。十字架挂在他的衣服前，挂在捆绑着他的链子上，他是以敌人的身份出现的，他根本不是她想要的后代，他不是祖先遗志的继承者，而是复仇者，但他是她的儿子，她早早地把他送出家门，希望他成长为一个男人，他却成了一个女人。她感到虚弱，她没有把这个叛徒扫地出门。她暴躁地问道："你想要什么？"而他，心脏剧烈跳动着，紧张得说不出话来，结结巴巴地说："来看你。"好像他可以拉把椅子过来，坐上去，聊几句，然后双方就会接受对方不同的方式和想法，但她不愿意为他提供那把椅子，更不要说给他什么母子贴心的时光。她转身回到窗前，再次盯着院子，再次看着堆积如山的空酒瓶堆。此刻的阳光下，空酒瓶子闪闪发光，醉醺醺地向她挥手致意，她又一次听到厨房工作人员在唱歌，唱着陌生而令人厌烦的黑人歌曲。"父亲在罗马。"阿道夫说。"那就不要让他看到你，”她喃喃地说，“他不喜欢神父。”“我见过他了。”他说。他笨拙地说：“在地牢里。”这句话一下子把她从石化状态中惊醒了过来。这句话是救赎，是升华，是宣布无罪释放，是在宣讲英雄事迹和英雄榜样。犹太扬在监狱里，他被捕了，旧的耻辱的判决生效了，即将得到执行，犹太扬将进入瓦尔哈拉英灵殿，他们的婚姻再次完美无瑕。“他在哪儿？”她喊道。当他说不知道时，她抓住他，扯紧那件她痛恨的衣服。“说啊，你倒是说啊。”他述说了他在地牢的遭遇，但向她隐瞒了犹太扬在地牢最底层冲着石头窟窿干的事。她一开始不明白他的意思，不明白他在说什么，什么地牢，什么城堡，教宗的城堡，教宗囚禁了犹太扬，犹太扬进了哪个洞里，他进去了，然后又出来了，他是个自由人，一位规矩的绅士，一名不折不扣的游客。当她差不多明白过来地牢里发生了什么事时，她觉得自己被愚弄了，可怜她还坐在房间里为英雄哀悼，这北国的厄里倪厄斯[1]笑了，她痛骂他们两个是娘娘腔，无论是儿子还是丈夫。两个地牢游客，在地牢里玩捉迷藏的游戏，地牢不是给人参观的地方，地牢是用来关被判刑

1　Erinnyen，字面意思为“愤怒”，希腊神话中的三个复仇女神之一。

的人的，地牢是人杀人或者人被杀的地方，但现在不是参观这座城市的地牢景点的时候，要知道这是一座犹太扬本来可以摧毁的城市。“他本来可以绞死你的教宗，他应该炸毁他的城堡，”她对站在自己面前的颤抖的儿子高喊道，“他本来是可以绞死教宗的，可不是他太蠢就是他是个胆小鬼，或者他本来就已经是个叛徒，结果元首对这些什么都不知道。元首被所有人骗了，没有人向元首说实话，没人告诉他教宗就应该被绞死。”她此刻怒火中烧。他是不是应该跪下来祈祷？他是不是应该为他的母亲祈祷，让她的恶言恶语得到宽恕？他说：“冷静点，母亲。”然后他发现这句话在她的斥责和无所顾忌面前是多么幼稚可笑。有那么一会儿，他以为她被魔鬼附身了，但阿道夫的信仰还不够坚定，不足以真的相信魔鬼的存在，他告诉自己，他的母亲不是被魔鬼附身了，而是被一个恶魔的念头附了身。他要怎样才能驱走这一执念？他不知道。此刻他孤立无援。他想：齐格弗里德是对的，理解是不存在的。他想离开，他现在必须离开，但他为母亲感到难过。他感觉得到，她在受苦受罪。他感受得到，她在自己的执念中燃烧，她的内心中就有一座地狱。这里没人需要魔鬼。她是她自己的魔鬼，她折磨着自己的灵魂和身体。他想要为她祈祷，此刻有没有正确的信仰并不重要。

犹太扬来了。他塞满了整个房间。他用他公牛般粗壮的身材塞满了整个房间。小房间变得更小了。房间缩到了一起。就仿佛墙壁相互靠近挤压，仿佛天花板沉向地板。犹太扬走向埃娃。他拥抱了她。他说:“你在哀悼？”她说:“我在哀悼。”她想：他来了，他来了，但他不是来自瓦尔哈拉英灵殿。他说:“我知道。”他把她领到床边。她任自己倒在床上，而他在她身边坐下。他看着房间，这个面向院子的小房间,他听到了厨房那边传来的黑人歌曲声,他看到她的人造皮革手提箱，坚固却廉价，这让他想到了他们曾经拥有过的皮衣柜。他说:“这是犹太人的错。”她回答说:“犹太人。”犹太扬看到自己的儿子穿着神父的袍子站在明亮刺眼的阳光下，一身黑，一身灰尘，可怜兮兮的，十字架的链子缠绕在手上。他冲着他们举着十字架，脸色苍白，他此刻看上去真的在祈祷。犹太扬说:“这是背叛。”她回答说:“背叛。”“犹太人,”他说，“国际犹太人。”她重复道:“犹太人，国际犹太人。”阿道夫看着他们坐在那里，就像希腊海滩上被蛇缠住的拉奥孔和他的儿子们；从他们的疯狂中孕育出来的巨蛇流着仇恨的口水,吐着带毒液的舌将他的父母整个吞下。他祈祷。他念着主祷文。她问犹太扬:“你会继续战斗吗？”他说:“我会处理他们的。我会处理他们所有人。”她看着他，她浑浊的蓝眼睛看到的东西比她的视力能看到的更多；她的视线从迷雾后走了出来，这一刻穿透了存在的迷雾。她不相信犹太扬说的每一个字。他不是来自瓦尔哈拉英灵殿。但埃娃看到死神站在他身后。死神并没有让她感到害怕。死神会解决掉所有的一切。死神会将英雄护送到瓦尔哈拉英灵殿。犹太扬看着她迷雾中的脸，他想：她已经变得很老了，我就知道。然后他想：她是我的战友；作为我唯一的战友，她终究还在。他感觉到她的手在他手中变暖。他说："我会回德国。我会和普法拉特谈一谈。我会处理这些叛徒的。我还是以前的犹太扬！"他依然是那个老犹太扬，他依然是那个伟大的犹太扬。在这个小房间里，他确实显得非常高大。他跟小高特力的影子一样大。犹太扬开始发号施令。他命令她立即离开。她应该回家去。他从自己硕大的钱包里取出给她买卧铺车票的钱。他把钱递给她。买房子的钱他会寄过来。然后他又拿出一把肮脏的意大利钞票，因战争而膨胀的大额钞票，他把钱塞在阿道夫合拢在一起的手中。这对犹太扬来说很有趣。他说："给你自己买点吃的。或者去喝个烂醉也行。或者去找个女人，如果你还是个男人的话。"阿道夫感觉手中的钱沉重无比，但他不敢拒绝。他手里抱着钞票、念珠和十字架。犹太扬把妻子为数不多的物品归在一起，然后扔进难看的廉价人造皮革手提箱中。她没有动。她任他处理一切。她很高兴他在发号施令，她很高兴他在采取行动，但她的双眼不相信他，她的眼睛看到死神就站在他身后，她的双眼看到他早已在前往瓦尔哈拉英灵殿的路上，即将与那里的英雄会合。不管他在这里做什么，做什么决定，这一切都已经无所谓了；她顺从地，无所谓地，挽着他的胳膊离开了房间，远离了院子里的黑人歌曲，远离了那个儿子，那个只可能是敌人的陌生生物。犹太人叛徒神棍。犹太扬已经用钱把儿子给打发了，用肮脏的、面额膨胀的钞票把他给打发了；当犹太扬带着阿道夫的母亲离开房间时，他甚至没有看阿道夫一眼。

在德国人青睐的宾馆的大厅里，他们迎面碰到了刚刚远行归来的普法拉特一家，他们晒得黝黑，从原战场上活蹦乱跳地回来了，个个精神抖擞、情绪高昂、大呼小叫——然后在这家宾馆见到了犹太扬。看到他的手臂挽着埃娃，弗里德里希·威廉·普法拉特感到惊奇和不安。“我带妻子去坐火车，”犹太扬说，“我不喜欢她的房间。我们以后再谈。”然后犹太扬愉快地注视着连襟不知所措、受惊的脸。普法拉特的表情让犹太扬忍不住开了个玩笑，他喊道：“你们去参加音乐会吗？齐格弗里德今天要摆弄小提琴！”

似乎是为了报复这个嘲弄，阿道夫，一道黑色的身影，紧跟着出现在犹太扬身后，穿过大厅。他憔悴的身形满是严肃和悲伤。他们又能跟他说什么呢？他们尴尬地把目光移开。他搅乱了属于他们的美好的一天。他的黑色身影是伯沙撒宫殿里的一个不祥预兆。[1]迪特里希在短暂的思考之后，匆忙地赶到他的表兄弟身边，说："你好，阿道夫。说不定哪天你会成为红衣主教。大家应该好好跟你相处。"

我没有燕尾服，但我可以买一件，或者我必须借一件，我想在罗马有人是靠租借燕尾服为生的，但我不想买燕尾服，我也不想借；我不觉得听音乐必须穿一件燕尾服。我穿上了一件白衬衫。特雷维喷泉在哗哗作响。我没有洗澡，我想让我的白衬衫带点台伯河的味道。特雷维喷泉哗哗作响。我穿上了一套深色的西装。这并不是一件罗马的西装。它没有意大利裁缝的柔软剪裁。特雷维喷泉哗哗作响。我的西装是一套德国西装。我是一个德国作曲家。我是一个在罗马的德国作曲家。歌剧院的喷泉哗哗作响。水落入池中。钱落入池中。诸神和神话中的生物并没有表示感谢。陌生人从他们应该参观的景

1 出自《圣经·但以理书》。巴比伦王伯沙撒在举办盛宴庆祝自己继承王位时，令人拿来宗教仪式用的器具当作餐具。因为亵渎圣物，墙上突然冒出一只人手，写下了一段文字，意为：上帝对于亵渎圣物的行为感到不满，伯沙撒将会遭遇死亡，而王国也将沦陷。后预言成为现实。

点清单上划掉了喷泉；他们参观过了喷泉，他们拍下了水和诸神的照片，喷泉已经被成功收录，已经被密封在了记忆中，成了旅行的回忆。对我来说，喷泉是个美梦。男孩们在钓钱，钩钓陌生人扔进水里的钱。男孩们都很漂亮，他们穿在修长腿上的短裤被卷了起来。我本想穿白衬衫和黑西装，带着点台伯河的味道坐在喷泉边。我本想看看那些男孩，我本想好好看看他们有多漂亮、多贪婪。

音乐厅前人头攒动。警笛声不停地响起。他的手套像优雅的白鸟。身穿蕾丝裙的公主们来了；还有戴面纱的德高望重的夫人们，理着嵌了钻石的发型，广告界的伯爵们和外交部的伯爵们、著名的婚姻骗子们、因为传递坏消息而头发灰白的大使们来了；白雪公主的母亲、灰姑娘的姐妹们，作为美容女王出场，摄影师们的闪光灯在她们身上不停闪烁。装腔作势的时尚大师们在野心勃勃的模特身上套上了他们新的商业梦想，将其推到灯光下，熟悉的银幕面孔对富有的少女们打着哈欠。他们都是来听音乐的，他们就是上流社会，你无法将他们区分开来，他们都戴着同一张面孔。批评家们则各自躲在各自设定的性格面具之后，出版商们像圆月一样尽情散发着慈祥的光芒。企业经理们此时也不吝展示一下他们病态敏感的心灵。一辆挂着红旗的卡车隆隆驶过。传单像一群嫉妒的灰色麻雀飞越警察的白色手套。丛林中的堡垒已经沦陷。有谁在乎？股票市场没有受到冲击。阿迦汗没有出现。他在海边的别墅里等待着北斋的巨浪。但企业高管来了一打，他们互相认识，互相问候，女士们都想成为女神。我没有帽子，否则就应该脱帽致敬。我的衣食父母和支持者都聚集在此，甚至工业界也派出了代表，工业界在著名的悲观主义哲学家的建议下，捐赠了一个音乐奖，在工业奖之后搞不好还会出现个工会奖，福特基金会之后再出个马克思基金会。赞助人越来越喜欢匿名，莫扎特曾是尊贵的统治者的侍从，而我，想要获得自由的我，又是谁的侍从？奥古斯丁的伟人们在哪里？那些在工作之余，为了治愈自己的灵魂，把自己交给了音乐的伟人在哪里？环顾四周，我没有看到灵魂。也许是因为衣服太贵了。

我那么酸溜溜，也许是因为我没有买一件燕尾服。我的音乐应取悦何人？我的音乐是用来取悦人的吗？它应该让人烦躁不安。但此处无人会因此而烦躁不安。

顶层楼座的入口处没有摄影师。只有年轻的男子和年轻的女子——奇怪的一点是，还有很老的人也从这道门进来。艺术家愿意相信自己是青年的同盟，他觉得只要顶层楼座中掌声不断，他就仍然拥有自己的未来。他们会鼓掌吗？这些骄傲而贫穷的年轻女子，我打动她们了吗？她们没有看我。那些贫穷的年轻男子呢？他们应当是大学生，是未来的原子魔法师，他们一直处在被绑架的危险中，在东西方两大阵营之间遭到撕扯和揉搓，但也许他们只是未来的审计师或牙医——而我渴望的毕竟是奥古斯丁所说的伟大听众。来宾中还有几位神职人员、几名年轻的工人。我会让他们烦躁不安吗？我原本很想把这些年轻人，年轻的研究人员、大学生、工人、教士、女孩，称为同志；但同志这个词在我年轻时就被强加于我身上，已经变得令人生厌。当我看到他们——学生和工人——时，我也想到"无产者与知识分子联合起来"，但我没有信心，我不相信从这样的联合中会诞生一个新的世界，希特勒、犹太扬、我的家族和我在军队中的服役已经让我对任何形式的联合失去了信心。我跟登上奥林匹斯山的几位老人打了招呼；他们混迹于年轻人中间，但都是独自一人，也许我的音乐会是为孤独的人办的。

库伦贝尔格在指挥室里等着我。他是真正古典的化身。燕尾服穿在他身上就像是套在了大理石的半身像上，胸前露出白色的衬衫、白色的领口和领结，上方是他的头颅，以奥古斯丁式的姿态观望着。他是个很有智慧的人。他没有傻乎乎地站在剧院前打量着他的观众。他已超脱于此。疯狂和虚荣对他来说又算什么呢？社会对他来说只有一个功能，那就是为音乐的童话城堡提供养料，仿佛社会就是神奇的音乐庙宇的女像柱，其功能仅在于为其提供支撑，至于为什么社会如此行事无关紧要。伊尔莎·库伦贝尔格穿了一件简单的黑色礼服。她的衣服也仿佛是直接在大理石上缝制的，像是一张紧致的黑色皮肤贴在一尊保存完好的大理石半身像上。库伦贝尔格想把我送去包厢。他看到我没有穿燕尾服，他肯定很恼火。他凌驾于习俗之上，他现在觉得，我拒绝穿燕尾服，不服从习俗，就等同于给了服饰和习俗一种不应有的意义。他是对的。我对自己也很生气。人们应该尊重游戏规则，避免冒犯和麻烦。更衣室里的铃声响了起来，乐队已经进入舞台，百位著名音乐家正在调试他们的乐器，而我不时可以听到我的交响乐中的几个音符，这些音符听起来像鸟在陌生森林里迷了路发出的啁啾声。我本应陪着伊尔莎·库伦贝尔格进入包厢，但我告诉她我已经把我的位置让给了一位神父。我没有说那位神父是我的表弟，直到现在我才意识到，在罗马的一个包厢里，阿道夫·犹太扬将会坐在我们的同乡伊尔莎·奥夫豪斯的旁边。他们在烧毁了她父亲的百货公司之后，又杀了他。对此阿道夫的父亲也难辞其咎：烧毁百货公司背后有他的身影，老奥夫豪斯的死亡也有他的参与。至于我的父亲，他的自我认知是，无论是谋杀还是纵火，他都没有参与。他当时只是在一边看着。当时坐在包厢里的是我的父亲。

他在自己的包厢里为演员们欢呼。但阿道夫·犹太扬和伊尔莎·库伦贝尔格现在同坐在一张沙发上，我却没有感到震惊。为什么他们不应该相邻而坐？既然悲剧已经终场，下面也该萨堤尔剧[1]上演了。

犹太扬把埃娃送上返回德国的旅程，他给她买了一张头等舱的床铺。如果说宾馆的房间是一个笼子，火车车厢则是一个更狭窄的滚动的囚笼，她站在囚笼中，北方的厄里倪厄斯，身穿黑袍，头发灰白，满怀着崇高的悲伤，此刻坚信她的丈夫即将回归瓦尔哈拉英灵殿。但在伟大的罗马火车站，在终点站上，在以附近的戴克里先浴场命名的站台上，在火车站内霓虹灯的照耀下，迷雾暂时消散了，雾中的面容变得清晰起来，是她第二张可以看透死亡的脸[2]，还有狼人之眼，已经看到了犹太扬之死。她从车厢里看着他，从即将驶向阿尔卑斯山、驶向北方、驶向家乡的火车车厢里看着他，辨认出在耀眼的霓虹灯下展现出来的真实的他——一个身材魁梧、戴着蓝色眼镜、头发灰白的男人。她叫了起来："把你那副可怕的眼镜摘下来吧，上来，到火车上

1 又称"羊人剧"，古希腊一个结合了悲剧和喜剧的剧种。在古希腊，悲剧表演之后通常都会安排萨堤尔剧的演出。

2 德国北部民间把据说具有预言能力，特别是看透死亡能力的人称作有第二张脸。

来，跟我一起回去！”他痛苦地表示不行，说他的护照在德国是无效的，他的化名会被揭穿。她情绪激动地说：“你不需要化名，你不需要眼镜，你不需要护照。边防警察会说‘将军先生您回来了吗？我们很高兴将军先生回来了’，他们会在你面前立正，让你想去哪里就去哪里，他们会因为跟你说过话而感到自豪。在家里，大家会放鞭炮欢迎你回来，没有人会动你一根毫毛。”埃娃所看到的，是他回家的唯一途径。他理解她，他知道她是对的，这样才算是回家，这样才是德国。“将军先生回来了，我们很高兴，将军先生。”事实就是如此，边防警察会这样高喊，但犹太扬犹豫不决，有什么东西让他留在这个罗马，留在这个阳痿的神父居住的城市。难道是劳拉，难道是恐惧吗？不，不是恐惧。犹太扬不知道什么是恐惧，他滞留在此，当然也不是因为劳拉，是别的原因，也许是沙漠，是沙漠边缘的军营，他在那里可以发号施令。如果他们用鞭炮欢迎他回到德国，鞭炮声终究会渐渐淡去，就算是真的炮弹也会很快炸完，接下来就是日常生活，到那个时候他又是什么？一个没有暴力的犹太扬，一个出没在无趣的、明日黄花们的会所里的老高特力。犹太扬害怕时间，害怕自己的年龄，他再也看不到胜利，所以他告诉埃娃，普法拉特会安排，普法拉特会帮助准备一条更有利的归途。而在埃娃周围，清晰的视野关闭了，迷雾和迷茫的脸又回来了。这一刻，她看清楚了，犹太扬已经不再怀揣信仰，他不再相信边防警察，不再相信鞭炮，不再相信德国。带着透视力量的第二张脸占据了埃娃，她看到一匹跛脚马上坐着一位寒酸的死神，正在把英雄赶向瓦尔哈拉英灵殿，而火车载着她驶向了北方的阿尔卑斯山。

在痛苦的各说各话的告别之后，犹太扬乘车前往连襟下榻的深受德国人青睐的宾馆，打算让普法拉特安排他回到德国，但在那里他听说尊贵的客人们都去听音乐会了；事实上，这要多谢迪特里希的鼓动，因为他在报纸上看到照片后一直心神不安，同时也受自己的好奇心所驱使，他想去看看哥哥到底是什么情况。于是，怀着不安、怀疑和骄傲的混合情绪，他们让门房为他们安排了后排的座位，并且顺利地抵达了音乐厅。犹太扬没有完成任务，在返回自己皇宫般的宾馆的路上，他想到他与劳拉的约会还有几个小时，去看看连襟普法拉特的儿子摆弄小提琴，搞不好也可以让自己开心开心。说不定这样可笑丢脸的事可以让他摆脱约会前的无聊，此外，如果他可以亲眼见证这个家庭的堕落，下次他面对连襟的时候，他的连襟就更加不敢乱翘尾巴了。所以犹太扬也通过门房订购了一张音乐会的门票。由于是这家尊贵的宾馆帮他打电话订票的，所以音乐会给他保留了前排的一个座位。但因为他没有穿燕尾服，他们想要阻止他入座。犹太扬听不懂大厅工作人员的意大利语，但他明白他们是想挡住他的路，他用力把瘦小的检票员一把推到一边，在付了高得离谱的一大笔钱买了门票后，他觉得自己的行为理所当然。这家伙想要干什么，一个可悲的奴才？犹太扬扔给他一张纸币，大步走进大厅，坐到自己的座位上。只是在这里，他才注意到自己坐在穿着正装的人中间，有那么一瞬间，他以为自己坐在了乐师中间，坐在了那些本应为他逗乐的戏子中间，而燕尾服只是他们的职业装。他推测自己出于意外坐在了艺术家中间，但前方舞台上乐团的音乐家们正在调音，所以他的这个想法并不成立，而且让犹太扬惊讶的是，这场音乐会竟然如此考究。这让小高特力印象深刻，他被吓到了。但犹太扬没有被吓倒，他向后朝着椅背挪了挪，把自己的架子撑得大大的，挑战性地环视着大厅。置身于诡计多端的犹太人和不忠于任何民族的投机分子中间，他感觉自己又一次置身于维内托大街的游行车队中。他想：流氓和花花公子。他辨认出新的上流社会，一个由意大利人民的叛徒构成的新的上流社会，他们都是在墨索里尼遭到可耻的背叛后上台的一批人。齐格弗里德·普法拉特回头就是在这些人面前摆弄小提琴，在这些属于监狱、集中营、毒气室的人的面前。犹太扬在舞台上寻找着外甥，但他没找到。也许齐格弗里德迟点才出场，首席小提琴手总是后到；他们是一帮自命不凡的娘们儿团体；他们缺乏的是纪律性。犹太扬一眼就看出问题所在。他基本上只听军乐。他们干吗不来首轻快的进行曲，而要用他们的调音声来骚扰观众？他环顾四周，发现自己的儿子阿道夫坐在大厅中唯一的包厢里，而在阿道夫旁边坐着一个让犹太扬印象深刻的女人。阿道夫合手祈祷时犹太扬丢在他手中的钱，是给了这个女人吗？她是他的情妇吗？还是他被她包养了？他不太相信这位神父可以扮演情人这个角色。这让他感到困惑。

看到阿道夫坐在包厢里，迪特里希也感到很困惑。他怎么会坐在那里？是教会吩咐他来的吗？他们是因为阿道夫的姓想对他另眼看待吗？在他们眼中，他是一个伟大的叛逃者，还是一个重要的信仰者？他们针对他有什么特别的计划吗？说到底，阿道夫是个聪明人，真的有可能成为一名主教——而且可能走得更远，成为一个有权的人。我们应该如何与他相处？和他一起坐在包厢里的女人又是谁？迪特里希在他的座位上看不清楚。他的父母也看不清楚。她是跟阿道夫一起的吗？齐格弗里德在哪儿？他知道是怎么回事吗？全是各种各样令人困惑的问题。

令人困惑的问题。伊尔莎·库伦贝尔格在包厢里就座时，向包厢里的神父点头致意，之后她发现他的脸让自己心神不宁，那是一张噩梦般的脸，她不知道为什么，但那是一张她在噩梦中看见过的脸。她想：他看起来像个会鞭笞自己的信徒，像是个鞭笞者。她在脑海里可以看到他在鞭笞自己。她想：他也鞭笞别人吗？他鞭笞异教徒吗？不过鞭笞异教徒肯定不可能，神父连犹太人都不会鞭笞。然后她想：也许他是一个神秘主义者。然后她又想：也许他是一个天主教的神职人员，但他看起来像那个走上了反叛之路的路德。

可是，当音乐响起时，她马上反应过来，确切地说，他是一名神秘主义者，他是一位德国神父兼德国神秘主义者，因为在齐格弗里德的交响乐中，不管它具有什么样的现代性，同样也包含着一种神秘的冲动，一种神秘的世界观，但它们被库伦贝尔格拉丁化了。伊尔莎·库伦贝尔格现在明白过来，为什么原作对她没有吸引力，尽管它的演绎非常清晰。那是因为这些乐音中有太多死亡，而且它描述的死亡，并不是在呈现那种古代石棺上欢快的死亡之舞。偶尔，齐格弗里德的音乐也努力追求展现古代墓碑上的那种感官快乐，可是他的音符写错了，音调也不对。尽管库伦贝尔格的指挥很冷静，但是音乐本身依旧非常刺耳并且毫无节制，音乐变得非常紧张，它尖叫着，这是死亡的恐惧，这是北欧的死亡之舞，这是瘟疫的游行，最后，这些段落融合成了一堵雾墙。在作曲方面，你不能说没有获得成功，就其方式而言甚至可以说相当具有天赋，伊尔莎·库伦贝尔格的听觉非常敏锐，这种音乐让她兴奋，但音乐中有一种迷雾般的不可名状、对死亡的变态的奉献，这令她心怀抵触，让她感觉害怕，激起了她的厌恶。

这音乐也太无聊了！这到底是音乐，还是乐器调试？而且现在还跑出来一个教堂指挥，指挥着集体进行调试？这真的已经是计划中要演出的作品吗？齐格弗里德没有出场。他取消登台演出了？犹太扬感到失望。他觉得自己的乐趣遭到了剥夺。他饥肠辘辘，口干舌燥，但小高特力不敢起身走开。他想站也站不起来。乐队的声音让他动弹不得。这些声音让犹太扬无法思考，他无法思考和阿道夫在一起的女人是谁，他头脑一片糨糊，搞不清他是想和劳拉睡觉，还是宁愿和包厢里的这个女人睡觉。

他们被吓坏了。他们感到很失望。这些音乐与他们所知道的所有音乐都不一样。它远离普法拉特夫妇对音乐的所有想象，它甚至远离普法拉特夫妇对他们儿子的音乐的想象。但他们真的想象过他的音乐是什么样子的吗？如果他们曾经有过什么想象的话，他们又在期待什么？贝多芬吗？就像那个被搁置在客厅音乐角的十二电子管唱片机上的贝多芬——确切地说，一个满面灰尘的贝多芬的死亡面具？还是被做成贝雷帽帽托的瓦格纳，可以用来彰显自己的文化品味？普法拉特夫妇想听却没听到的是高雅的音乐，是高昂而庄严的音律，是朗朗上口的和声。他们寻找着愉快的律动，他们徒劳地企图辨听出来自更高领域的天体之歌，他们自认为可以理解——尽管他们没在这个更高领域生活的权利，也没有去那儿定居的打算，但他们仍然乐于想象那是一个乐观的天堂，是灰色的地球上方的一个粉红色的穹顶。穹顶的下方，地球上的人们必须清醒地、理智地生活。如果有必要的话，将所有的人性-非人性的卑劣无耻都计算在内，艰苦地去生活，而粉红色的上层建筑由此也变得更加崇高，飘浮在人性-超人性的事物之上。普法拉特夫妇相信艺术的糖果殿堂——一个用甜美的物品作为象征，按照理想构造而成的糖果殿堂；对他们来说，这是一种需要——他们是这么想的，而且还在继续这样自欺欺人，他们很乐意将这种需要称为“对一切美好事物的热情”，而音乐是用来唤起被训练出来的美好感受，是用来召唤瞌睡虫的。但齐格弗里德的音乐让他们颤抖，让他们感到不安，仿佛一阵冷风向他们吹拂而来，而且他的音乐听上去更像是对他们德国市民阶层礼仪的嘲弄。他们觉得在其中辨认出了爵士乐的节奏，还在其中想象出了一片原始森林、一座充斥着暴露和贪婪的黑人村庄。但由堕落的噪音构成的丛林很快又被其他声音取代，取而代之的是简单无聊的段落，又或者是一串串不和谐音构成的单调乐章。人们喜欢这种不和谐的声音吗？这样的音乐有人能接受吗？他们像老鼠一样胆战心惊，四处张望，害怕这会掀起一场丑闻和骚动，害怕自己的名字会遭到谩骂，特别是他们相信自己的名字在国内相当富有声望。但是在他们周围，大家还是文明地坐着，人们做出音乐会上常见的沉思欣赏的表情，个别人甚至模仿出了专注的神情。迪特里希相信在他哥哥的音乐中发现了某种算计、某个魔术师的把戏或是某个数学方程式，但他还是无法挖掘出其背后的秘密；这音乐不是自己向着作曲家飞过来的，这样翩然而至的是贝多芬和瓦格纳的优美而伟大的音乐。齐格弗里德的音乐是制作出来的，这是个聪明的骗局，在不和谐的声音中隐藏着利弊的权衡，这让迪特里希惴惴不安——也许齐格弗里德不是一个傻瓜，也许他很危险，正处于一个伟大事业的开端。迪特里希对父母低声说：“他是一个新音乐人！”这句话是作为一种讽刺说出来的，但也可以让人理解为迪特里希是多么客观，他的判断是多么实事求是，他在这一领域的知识毫不逊色。但这句话让某个穿着奇怪的晚礼服、下巴上留着挑衅的山羊胡子的变态外国人发出了恶狠狠的“嘘！”。

阿道夫不喜欢这位表哥的音乐。表哥的音乐让他悲伤难过，甚至折磨着他；但他试着理解表哥的音乐。他试着去理解齐格弗里德。通过这部交响曲，齐格弗里德想说什么？他想表达的是什么？阿道夫觉得是事物的对立性，是惬意的痛苦、可笑的绝望、勇敢的恐惧、甜蜜的苦涩、逃跑与对逃跑的谴责、悲伤的笑话、病态的爱情、栽种着茂盛的盆栽花的沙漠、精心修饰过的沙漠带着满地的冷嘲热讽。他的音乐对上帝有敌意吗？肯定不是。他的音乐声中包含着对所有罪恶发生之前的时间的记忆，包含着对天堂的美丽与和平的记忆，包含着对被安排在世间的死亡的悲伤，在音符中有许多对友情的期盼，可是没有对快乐的歌唱，没有赞美的辞章，但仍然有对快乐的渴望和对创造的颂扬。有时候，阿道夫感觉在这些声音中辨认出了自己，就仿佛在一面破碎的镜子中看到了他童年的缩影。音乐中也有奥尔登堡的剪影，那里的运动场、那里的森林、那里的日出日落和那里的寝室中的梦境。一转眼，愤世嫉俗、无信仰、与自恋戏耍着的绝望以及无政府的喧嚣把阿道夫从音乐声中推了出去。教会是不会认可这种音乐的；特兰托会议是不会将其当作榜样来接受的。阿道夫，执事阿道夫获得了认可他表哥音乐的许可了吗？他不打算认可这种音乐。他必须谴责他的音乐吗？他不想谴责它。在这些声响中说话的不是上帝，而是一名摔跤手，或者最终也还是上帝在以一种让人无法理解的方式自言自语，迷惑了基督教会。

他们在吹口哨，我听到他们在吹口哨，我悄悄地移到了顶层的门口，停在最后面，像一个乞丐站在教堂门口，像一个乞丐站在我的音乐声中。他们在吹口哨，我并不感到惊讶，他们吹的调子各种各样，像胡同里的小痞子那样吹着口哨，手指放在嘴两边，把嘴拉开。他们在吹口哨，我的大学生们、我的工人们、我的年轻的濒临灭绝的原子科学家们、我的骄傲的贫穷女孩们，对此我早有心理准备。年轻的神父们没有吹口哨，但在我看来，他们也完全应该吹口哨。我曾经梦想着纯粹的创造，可是我遭到了引诱，介入了地球上的纷争。我不知道纯粹的创造是否存在，但我梦想着从纯粹的虚无中创造出最无瑕的作品，这也许正是伊卡洛斯[1]的傲慢、妄

1 希腊神话中，伊卡洛斯的父亲代达罗斯为克里特岛的米诺斯设计了一个迷宫，用来困住牛头人身的怪物米诺陶洛斯。米诺斯不想让别人知道他的秘密，就把代达罗斯和他的儿子伊卡洛斯监禁起来。代达罗斯用蜡和鸟羽设计了飞行翼，逃出了克里特岛。但过于自满的伊卡洛斯不顾父亲的劝告，飞得太高，导致蜡被太阳熔化而摔死。

想和自负，我的翅膀甚至在我飞翔之前就被折断了。伊卡洛斯一定很傲慢。这是实验室里的物理学家们的那种傲慢，他们用其毫无想象力的聪明才智摧毁了自然界，而库伦贝尔格想要激发我的每一次爆发，因为他的大脑为那些美丽的公式而激动不已，因为他掌握了摧毁的崇高法则。而我并不了解这些法则，我也看不懂这些公式。也许我很傻。我又能算出什么，而且就算算出来，我又应该向谁展示？我到现在还是希望我可以不用计算直接给出结果，哪怕没人明白其中的过程，不过这肯定会让库伦贝尔格反感，他会觉得这样的做法不仅不精确，而且愚蠢。他们在吹口哨，但在大厅里，他们在鼓掌，他们叫着我的名字，而顶层楼座上的尖锐口哨声似乎刺激大厅里的观众报以更热烈的掌声。现在轮到我身着燕尾服出场了。我现在必须出场。库伦贝尔格不停地向第一小提琴手伸手致谢，感谢着乐队，向没有我出现的后台示意着，并以其他各种方式转移献给自己的掌声，让掌声平静下来同时又不压制掌声，他用一个明显而夸张的手势，对作曲家令人不解的缺席表示遗憾。我旁边的一位贫穷而傲慢的女孩说："要是让我看到他，我就一口水吐到他的臭脸上。"她的意思是，她想往我的脸上吐口水，我这个作曲家的脸。我听得懂她的话，她说的是英语。而楼下的观众想拿我干什么，那些穿着燕尾服的绅士、那些穿着昂贵礼服的女士、那些评论家、那些出版商、那些经纪人，他们对我有什么打算，他们是想给我加冕，还是也想向我吐口水？

然而犹太扬，因为陷入某种怪异的困境中，竟然是把掌声拍得最响的那个。他沉重的双手像蒸汽锤一样敲打着。实际上，要是可能，此时他早就咆哮如雷、破口大骂了，他会命令大厅中和舞台上的所有人全体立正，或者将他们全部逮捕。他应当让齐格弗里德在帕莱斯特里那半身像前立正，他应当让齐格弗里德和乐队指挥做三十个深蹲。但小高特力不敢，独自一人置身于身穿燕尾服的上流社会，犹太扬既不敢吼，也不敢骂，更不敢下达立正和做三十个深蹲的命令。当顶层观众开始吹口哨时，他认为这是针对前排座位的绅士们、富人们、聚光灯聚焦的大人物的一种不体面的行为，尽管他一直都鄙视和羡慕着这些人，尽管这些人的艺术观点与生活状态令他气愤不已，此刻他还是用蒸汽锤般的重击拍打着手掌，表达自己的支持。就这样阿道夫看到了犹太扬；阿道夫在包厢中看到了自己的父亲，看到他非常兴奋，还鼓着掌，而阿道夫这会儿还不知道是不是应该表示任何赞许，毕竟这支交响乐让他很难接受，此外他也不知道，穿着神父长袍的他，是否应该为这种极端的、值得怀疑的音乐鼓掌。坐在阿道夫旁边的女士将双手静静地放在腿上；如果她旁边的神父拍手鼓掌，也许会让这位女士觉得这是一种挑战。但是，如果齐格弗里德登台，阿道夫也会加入表达谢意的喧嚣，因为齐格弗里德值得感谢，因为他揭示了上帝的不安，但是他并没有置身于聚光灯下畅意地收获掌声，阿道夫很认同齐格弗里德的做法。但是，犹太扬跑来听音乐会是怎么回事？他竟然赞成这样的音乐又是怎么回事？犹太扬听懂了音乐中的语言吗？这些音律对他有所触动，让他感到高兴吗？齐格弗里德和犹太扬突然可以在音乐的世界里相互理解了？阿道夫对他父亲内心中的小高特力的存在一无所知，导致他无法真正地分析犹太扬的行为，所以他的解释都是风马牛不相及。

他们搞不懂为什么会出现如此这般的鼓掌喝彩：他们听到了顶层楼座上的口哨声，而口哨声似乎又在大厅里激起了更多的掌声；他们听到了外国人的呼叫声，他们喊普法拉特这个姓的发音方式很奇特，其中包含了许多辅音，这一定是一个堕落的、极其腐败的、正不知不觉地跌跌撞撞走向没落的社会，现在就是这样的社会颂扬着他们儿子的音乐。但罗马上层社会即将面临的灭亡并没有让普法拉特一家人忧心忡忡，反而让他们自我感觉更加高人一等，因为他们坚信自己身为优秀的德国人，遗传了健康的基因，对遭到黑人渗透的音乐天生无感。他们觉得欧洲的腐朽衰落对自己的民族是有利的，他们觉得德意志这个民族很快就会重新成为霸主。就这样，民族的愚蠢遮蔽了他们的双眼，他们通过一种愚蠢的方式得到了安慰；听音乐时所经受的折磨，对他们受人尊敬的姓氏卷入丑闻的惧怕，此时也暂时得到驱散，所以普法拉特一家现在也跟着一起拍手了，分别为自己的儿子和兄弟庆祝。迪特里希不明白的是，为什么在别人高喊齐格弗里德的名字时，齐格弗里德没有出现。跟所有别的他无法理解的情况一样，这让他坐立不安。在这一躲藏的背后隐藏的是什么？是懦弱吗，还是说他已经开始清高起来了？迪特里希想搞清这事的来龙去脉，于是他建议去艺术家们的休息室里寻找齐格弗里德。

我从顶层上一步一顿地走下楼梯。我知道，库伦贝尔格现在肯定很生我的气。他生我的气，因为我又一次无视了艺术界所坚持的惯例，没有向观众鞠躬致意。即使不穿燕尾服，我也应该站在舞台上。可我并不喜欢表现自己。掌声让我不舒服。我对大厅里的群情激动毫不在意。我觉得自己更与口哨声四起的奥林匹斯山心意相通，然而坐在这座奥林匹斯山上的也并非诸神。

库伦贝尔格疲惫不堪地瘫坐在一把红色天鹅绒扶手椅上。摄影师们的闪光灯在他身边闪耀着。他没有责备我。他向我表示祝贺。我感谢他，祝贺他，说这是他的成功，这确实也是他的成功。他拒绝了我的感谢。有什么东西不太对劲，比如像我们这样相互抗拒着对方的奉承，然而这确实是他的胜利，他让我的音乐光彩四射，但对他而言，知道一点就够了，那就是对于数量有限的音符，他实验了一种新的组合，在数十亿排列组合的可能性中，他尝试了其中一种，他向我们展示了，音乐是一种不断发展的力量，是一种在我们中间持续迸发着活力的力量，如今，大胆进行新的尝试，向新的音符序列进军正当其时。他是对的。为什么我没有想到谱写新的作品？我的灵感是不是已燃烧殆尽？我不知道。我很难过。我多希望可以去我的喷泉那边，我的特雷维喷泉那边；我多希望可以坐在喷泉边上，看那些匆忙而过的头脑简单的游客和贪财的漂亮男孩。

伊尔莎·库伦贝尔格走了过来，她也向我表示祝贺，但她向我伸出的手是冰凉的。在伊尔莎·库伦贝尔格身上，我再次看到了我们这个时代的音乐缪斯，清醒的、怀疑的缪斯，而我并没有赢得缪斯的声音。我想感谢她，为了没有赢得她的声音，但我不知道应该说什么才能让她明白我的意思。当我还在努力寻找语言表达我的感受时，我在她的脸上看到了强烈的抗拒的表情，我不由得吓了一跳。随后我意识到，她震惊的目光不是投向我，而是投向我的身后。我转过身去，想看看是什么让她产生了这样的恐惧，我看到的是正向我走过来的我的父母，我看到的是向我走来的我的弟弟迪特里希。在他们身后站着的是青年时代一直让我恐惧的那个形象，犹太扬姨父，他死而复生，对着我咧嘴笑着，似乎在说，他又活了过来。面对他，我只能忍气吞声。旧势力再次卷土重来，阿道夫带着惴惴不安的脸色等在门口。这是普法拉特-犹太扬家族之日，一大家子全都聚集在此，我觉得好像看到了恐怖的蛇发女妖。我深感羞愧。我为自己的家庭感到羞愧，我对自己为家庭感到的羞愧感到羞愧，我觉得自己像是一条被捕犬人用网围住的狗。我的自由受到了威胁。我的父亲和母亲向我表示祝贺，他们威胁着我的自由。他们跟我说话，但我不明白他们在说什么；我只知道我的自由受到了威胁。我的弟弟迪特里希说，我现在终于获得成功了，说这话的时候他的嘴角紧绷。他也在威胁着我的自由。然后我看到我的父亲跟库伦贝尔格打招呼，像个老熟人一样向他问好。他跟库伦贝尔格说起我们城市的剧院；说起剧院的乐队，聊到了音乐会的预订，讲起了公元一千九百三十三年的美好时光。伊尔莎·库伦贝尔格不认识他们，但她知道这些人，她觉得就好像有一堵墙突然被打开了，墙后曾有鬼魂被砌在其中。她原本再也不想看到他们，她不想记起这些鬼魂，然而此刻鬼魂们就站在这里，它们破墙而出，它们是出没在燃烧的房子里的火妖，是弄死一位老父亲的凶恶幽灵。她猜到这些人是齐格弗里德的家人，他们来自那座她已忘却的城市，他们是纳粹，来自她不愿回忆起的家乡。她也猜到了谁是犹太扬，就是站在后面的那个人，就是最终解决方案的那个人，就是用脱光她衣服的眼神看着她的那个人。她想：我不要这样的梦。她想：这是让我心情糟糕的交响乐，这是门边的神父，一个日耳曼神秘主义者，也许他是个圣人；如果他不是圣人，我就惨了，如果他会叛教，我就惨了。她想：和库伦贝尔格说话的那个人，就是齐格弗里德的父亲，我们城市的大市长，当我们请求他放过我的父亲时，他是省主席，他说他是省主席，但这一块不归他管。她想：他也许是在我父亲的百货公司买的衬衫，也许在我父亲的百货公司为他的孩子们买了第一件玩具，当我父亲的百货公司被烧毁时，衬衫和玩具掉到了街上时，他觉得一切正常；当他们谋杀我父亲时，他将其录入档案，觉得一切正常。弗里德里希·威廉·普法拉特——伊尔莎·库伦贝尔格认为他是纵火和谋杀的协助者和教唆者——很高兴能与库伦贝尔格谈论自己的辖区，而库伦贝尔格礼貌地做出实事求是的回答，他向指挥家发出邀请，在老剧院——虽然依旧还是一片废墟，但很快就会得到重建——进行一场客串演出。当奥夫豪斯家的女儿没有理会普法拉特，要求库伦贝尔格现在和她一起离开时，普法拉特觉得受到了侮辱，心想：他们就是这副德行，要不就是哭哭啼啼地来哀求，要不就是傲气冲天、眼高于顶。指挥家四处寻找齐格弗里德，想请他吃夜宵，但齐格弗里德已经从房间里消失了。

他们从纸张中跋涉而过。纸张躺在人民广场上，纸张躺在奇迹圣母教堂、人民圣母教堂和圣山圣母教堂前，三位圣母马利亚守护着广场；纸张躺在奥古斯都献给太阳、西斯笃五世[1]献给天军[2]的埃及方尖碑周围，天军守卫着广场；纸张躺在歌德来罗马时穿过的门前，歌德也是广场的圣人；纸张躺在弧形钓鱼灯的灯光下，像月光下的冬天。在人民广场曾举行过一次集会，传单向人们承诺一个新的春天的来临，并将迎来一个前所未有的夏天，是那个人们津津乐道的黄金时代；传单像秋天的树叶一样落在地上，宣称着幸福即将到来的大胆宣言成了污泥，变成了一块肮脏的泥土地毯、一片肮脏的雪、一件灰白色的冬衣。

纸张在神父长袍的舞动下簌簌作响，我告诉他，我们正走在一片充满预言的田野中。我告诉他，末世论在我看来就像是吊在一头驴子面前的杆子上的

1 罗马教宗。

2 一支由天使组成的军队，由天使长米迦勒领导，在《圣经》中多次出现。

一捆干草。“但人类需要面向又高又远的目标，”阿道夫说，“想想中世纪时，吸引人的天堂给人们带来的力量。”“是的，”我说，“驴子拉车。它以为自己正拉着车向着天堂前进，天堂很快就会到来，那里的驴子再没有负担，有永远绿色的牧场，那里的野兽都是友好的玩伴。渐渐地，驴子发现天堂并没有越来越近，它也越来越累，宗教的干草再也不能诱惑它勇敢地向前进。为了不让车停下来，人们又把驴子的饥饿感引到了一个人间天堂上，引向一个社会公园。在这个公园里，所有的驴子都有同等的权利，鞭子将被废除，负担更轻，对驴子的照顾更好，但通往这个伊甸园的路也很漫长，目标并没有靠近，驴子又变得烦躁起来。幸运的是，人们一直都给它戴着眼罩，所以它没有注意到其实它从来没有向前进，而是一直在转圈。它不是在拖着一辆车走，而是拖着一个旋转木马在打转。也许我们就是众神的游乐场里的一个娱乐项目，众神在节日之后忘了拆旋转木马，驴子就还在一直转动着它，只是众神不再记得我们了。”他说：“那么你就生活在一个没有意义的世界里。”我说：“是的，但每件事都必须有意义吗？”他说：“如果我也是像你这样想，我就自杀。”我喊道：“为什么？我会死得够早，可以肯定的是，我对生命的变迁没有什么想法，但我惧怕死亡的虚无。我为什么要自杀？如果我像你一样，认为自杀是一种罪过，那等于是说相信还有来生！逃离这个世界的真正的诱惑是相信还有一个天堂。如果我不相信天堂，也不相信地狱，那么我就必须努力在生命的这一头找到一些幸福，找到一些快乐，在此寻找美和快乐。对我来说，不存在其他的地方，不存在其他的时间。此时此地是我唯一的可能性，所以自杀的诱惑只是为我设置的一个陷阱。但谁为我设置了这个陷阱？如果这里有个陷阱，狩猎的人肯定也在附近。这样一来就让人不得不开始怀疑。不信神的人对自己没有信仰的怀疑至少和信神之人的疑惑一样可怕。而我们都心存疑惑。不要说你没有怀疑。你撒谎。在我们感官所能接触到的三维空间的笼子里，只会存在着怀疑者。有谁会没感觉到一堵墙的存在，我把这个某物或这种虚无称作墙，这样的表述并不足以表达某种把我们和我们无法进入的一个区域隔开的事物；这个区域可能非常近，可能在我们旁边，甚至可能在我们的内部，如果我们能找到一个通往这片区域的入口，或者在墙上找到一道裂缝，我们就会以不同的方式看待自己和我们的生活。也许会很可怕。也许会让我们无法忍受。有个传说说的就是，人在看到真相的时候，就会化成石头。可是我想看到被揭露后的真相，哪怕这会让我化成一根石柱。但也许这也不是事实，在让我石化的景象背后会有其他的景象、其他的面纱，它们甚至让人更难以理解，更难以接近，也许更可怕，搞不好我成了一块石头，却什么也没看到。除了世界和生活之外，有些东西对我们来说是看不见的。但它是什么呢？”阿道夫说：“你不是在上帝的房子里，而是在死胡同里寻找上帝。”“如果上帝真的存在，他也住在死胡同里。”我说。

我们走在老城墙边，穿过木罗·托尔托街。风吹拂着平西奥，甜美的香味从美第奇别墅的花园那边飘了过来。权力创造了这些花园，权力创造了别墅，权力创造了宫殿，权力建造了城市，权力筑起了城墙，权力带来了宝藏。权力激发了艺术，这座城市很美，我很高兴行走在其古老的城墙边上，但对那些在权力之下生活的人来说，权力总是可怕的，它意味着权力的滥用，意味着暴力，意味着压迫，意味着战争，意味着纵火与暗杀。罗马是建立在被屠戮的人的身上的，教堂脚下的土地也早已浸透鲜血，没有鲜血的挥洒，所有寺庙、大殿、大教堂的存在都无法想象。但罗马气势恢宏，众多神庙美妙而庄严；权力留下的遗产令我们叹为观止，我们热爱这些遗产——在有权者尘归尘、土归土之后。

这也太过分了。他就这样消失了，甚至都没有和他们说再见。他就这样一言不发地走掉了，可怜他们还特意过来向他表示祝贺，哪怕他的音乐所表达的都是一些低劣的思想，而且让他们听着很不舒服。尽管如此，他们也还是向他表示了祝贺，祝贺他在罗马找到了听众。即使这些所谓的听众根本不值一提，只是飘荡于世界之风中的秕糠，是没有祖国的时尚小丑，缺少任何文化的根基，但他们还是过来向他表示了祝贺，甚至打算原谅他，原谅他在英国战俘营的关押结束之后，就再也没有和他们联系，原谅他脱离了自己的族群，反而生活在敌人当中。他的离开实在是不可理喻，阿道夫也跟着他走了，这些当了叛徒的儿子都跑掉了。库伦贝尔格也只跟他们随便地打了个招呼，就带着他的犹太女人——奥夫豪斯的女儿走掉了。接着记者们也离开了，摄影师们带着闪光灯离开了，这全都是一帮奇装异服、行为怪诞、令人生疑的家伙，简直就是犹太人自己叫的“格索科斯”[1]——弗里德里希·威廉·普法拉特聪明地用了一个意第绪语[2]-反犹太的词来描绘这些不三不四的人。在罗马音乐厅后台休息室里，普法拉特和他的妻子，还有他们野心勃勃的儿子迪特里希、连襟犹太扬，一下子成了被丢在这个地方的最后几个人，他们孤零零地站在红色天鹅绒扶手椅当中，站在挂满金色花环的墙壁前。墙

---

1 Gesocks，意为“渣滓”。

2 欧洲很多犹太人社区在“二战”之前还广泛使用的语言，目前使用人数已大大减少。

上挂着昔日意大利名角的褪色丝带，还有已经告别人世的音乐家们的照片，照片上的他们都留着滑稽的胡子卷；墙上还有一幅壁画，画着一个石灰色的女人，体态丰腴，她是哈耳摩尼亚[1]，在画中，她正在驯服风的咆哮。他们站在这个休息室中，怪异地与身边的所有一切都毫无瓜葛，这个房间好像变成了一间鬼屋，要不就是他们自己变成了鬼。会不会是生活已经抛弃了他们，要知道年轻人已经弃他们而去，只有嘴角紧绷的迪特里希还跟他们留在一起；这个迪特里希是兄弟会的积极分子，他早就对踏上公务员之路跃跃欲试，不过他恐怕不是一心想为国家服务，而是打算让国家拜倒在他的脚下吧？

刚刚犹太扬猥琐地盯着伊尔莎·库伦贝尔格，这个女人在包厢里就坐在阿道夫身边，这勾起了犹太扬的好奇心。他想象着她与阿道夫共赴云雨，想象着她裹在教士长袍下的淫荡画面。在她走后，他问普法拉特是否认识她，当听说她正是已被清算的百货公司老板——犹太人老奥夫豪斯的女儿时，他觉得让她逃出他的掌控实在可惜。她逃脱了他的掌心、逃脱了他的军靴和他的手枪，这都要怪边境关得太晚，他们总是过于宽宏大量，结果让这些细菌在整个欧洲蔓延，德国的欧洲就是死在他们的手中。

1　希腊神话中代表和谐与协调的女神。

一个犹太女人竟然坐到了阿道夫的身旁，一个德国犹太女人竟然和他的儿子睡到了一起，而他的儿子还是一位罗马神父，这让犹太扬顿时起了性欲，这就像有人读到法庭简报上的乱伦案件时一样，愤愤不平、情绪高涨。犹太扬才不后悔杀过人，他就是人杀得太少了，这个是他的错，但事后因为他杀过那么几个人就如此小题大做，这让他很是费解。其实，这件事让他又得意又生气——担了恶名的人都是这样又得意又生气，他也是因为这些才想到了那些受害者，想到了犹太问题最终解决方案的失败，想到了他曾下令进行大规模的处决，还想到了他看过的死人坑前裸体女人的照片，照片激起了他变态的遐想。不过和犹太女人鬼混，这是一种罪孽，《对抗血统的罪孽》[1]——这本阿图尔·丁特尔的书，以前小高特力可是如饥似渴地阅读过。想起这种罪孽又会刺激睾丸、刺激精子细胞，虽然和犹太女人的结合是遭到禁止的，如果这只是他眼前红雾中的一个梦——不对，他脑子没想清楚——如果说这只是一个清醒睡眠中的想法呢，一个人在彻底奉献他的精子之后，在怀着仇恨与欲望强力插送之后，在释放了暗黑的本能之后，可以打碎这个割礼生殖中孕

1 *Die Sünde wider das Blut*，德国纳粹作家阿图尔·丁特尔1917年发表的反犹作品，是当时德国的畅销书。

育出来的贝壳，打碎这个施展着莫名的诱惑和卡巴拉魔法[1]的不洁容器，这个榨取了雅利安人的宝贵基因的不洁容器。

犹太扬想到了劳拉。也许她也是个犹太女人，他不确定，他和她约好了晚上见面，但他更希望见到的是伊尔莎·库伦贝尔格·奥夫豪斯。他想象着在一条孤独的街道上与她相见，一轮圆月下，他们置身于一座黑色坟墓前的一片废墟之上，他的额头上是豆大的汗珠。普法拉特一家已经在红色天鹅绒扶手椅上坐了下来，参观卡西诺战场让人心情振奋，齐格弗里德的音乐则令人沮丧和困惑，这一天下来，他们疲惫不堪。老式的座椅坐着很舒服，连犹太扬也可以伸开手脚舒适地坐到椅子当中，他们坐在哈耳摩尼亚与她的风前，坐在死去的意大利音乐家的面前，坐在褪色的丝带和金色的花环前，感觉像是坐在他们父母的沙龙里，坐在教区神父住所的圣诞室里，坐在一个上好的房间里。他们过去就是从这样的地方出发，去战壕、去战场、去森林营地、去指挥所和狼穴，在巨大的写字台和华美的桌子旁，去争夺权力、行使权力、展示权力。这个时候，犹太扬谈起了他关于返回家乡、返回德国的设想，他

1 卡巴拉，原是犹太教中的神秘主义学说，后演化成某种修炼方式，中世纪后常用于魔法仪式。

们认真听讲，但很费劲，而且还得和瞌睡虫做斗争。他说他要在德国再次被授予主权后才会重新踏上德国的土地，普法拉特点着头，到那时候确实就没有什么危险了，没有什么德国机构还会执行纽伦堡的一个判决，没有德国法院会审判犹太扬。犹太扬谈到了新的战斗时机和新的运动，讲到了对忠诚之士的召集，而普法拉特，这个一切都按照正确方式行事的家伙，提醒道：犹太扬可以为他在政府中的服役以及他所承担的将军一职要求退休金，这是他需要通过斗争获得的权益，这是潜在的他必须赢的诉讼，这事关忠诚与信仰，是对祖国提出的要求，是要求祖国对此给予书面形式的确认，不管怎么说，他们构想的政府形态不能靠别人拱手相送。

于是在光明前景的刺激下，犹太扬向他们发出了喝一杯的邀请。普法拉特一家已经累了。他们宁可在上好房间里的座椅上、在那老式扶手椅上眯上一会儿，而且弗里德里希·威廉·普法拉特现在感觉坐在他旁边的像是他的父亲，那位老牧师，老是跟他讲格拉沃格特[1]，讲俾斯麦，讲老皇帝，讲帝国在凡尔赛那个重要而诡谲的地方的建国历程。现在，犹太扬又开始扮演伟人了，他们真的敢对这位提出

1 位于德法边境，现隶属法国莫泽尔地区，因 1870 年普法战争期间的格拉沃格特战役而为人所知。

反对意见吗？他们跟着他，然后他两腿叉开站在音乐厅前，吹了一声口哨。这是他吹响的一个信号，这个信号还带着黑夜中的沙漠赞美诗的节奏，他的黑色大车立即滑了过来，他的司机像名士兵一样挺直身体，像吃了魔鬼的毒药一样不知疲倦地从车中跳了出来，打开了车门。但是普法拉特他们有自己的车——大市长的专车，就停在此处，所以他们决定开车跟着犹太扬。于是犹太扬仿佛在昔日的辉煌中穿过黑夜中的罗马，虽然没有警笛开道，没有警卫和保安车在前方轰鸣，没有护卫队，但是随行人员已经到位了。他让一个幽灵活了过来，一个民族伟大的幽灵，一个拔高种族地位的幽灵，一个为所蒙受的屈辱寻求复仇的幽灵，他们又一次被他的魔法所迷惑。车要开到哪儿去？去哪儿？到黑夜里去。开往诱惑，正如每一段旅程，都会开往某个终点。他决定下令把车开往维内托大街。为什么他不去那些穿着紫色燕尾服的招待的酒吧，好好招待一下他的亲戚们？闪烁的灯光、熠熠生辉的镜子会让这些亲戚印象深刻，这点小高特力心知肚明。与此同时，在他们注意不到的情况下，犹太扬默默期待着，可以轻松用手围住劳拉的细腰，期待着微笑着的收银台美女的娇嫩脖颈。

齐格弗里德带着阿道夫在城市中走了很久，他们穿过了黑夜，穿过了花园，穿过了城墙，他们在就无路可走的道路问题进行对话，在星空下挥洒忧郁，徒劳地试图接近无形的事物，最后他带着阿道夫去了酒吧。他不喜欢这个酒吧，这里的男同性恋们让他觉得可笑，他们一个个像娘们儿似的装腔作势，坐在高高的酒吧凳上捏着嗓子发出鸟叫，还有他们孔雀般的虚荣心，他们的谎言，他们的嫉妒的小心眼，他们永无休止、纠缠不清的情史，都让他觉得可笑。齐格弗里德喜欢的是鸡奸，他不是女王，而且成年男人间的感情让他不舒服，他喜欢男孩们那种严酷苦涩的美，他欣赏的是那些有点肮脏的、被狂野的游戏所伤的街头男孩。他们高不可攀、无懈可击，也正因如此，他们才不会让人失望。他们是一种视觉欲望，也是一种幻想中的爱，是对美的一种精神审美的奉献，是一种令人兴奋的充满快乐与悲伤的感觉；不过发生在游船上的那种拥抱是盲目而愚蠢的，是索然无味的地狱之旅，是一次试图触摸不可触及之物的疯狂尝试，是要在污泥中抓住上帝的癫狂行为，为此齐格弗里德得到的只是一阵短暂的、迅即消逝的快感。齐格弗里德时不时地也会结交一些女孩，她们都长得像他喜欢的那种类型的男孩，在这一点上，这个时代的趣味很适合他。有许多可爱的女孩穿着长长的丝绸或亚麻裤子在世上游荡，这些女孩胸脯扁平，留着男孩般凌乱的头发，但在她们紧身的长裤里，带着母性的器官，生物的炼金术在持续发挥作用，但齐格弗里德并不想生育。想到要创造一个生命，而这个生命将受到不可测的相遇、巧合、行动与反动的支配，想到这个生命还可以通过行为、思想或其自身的持续繁殖对整个未来产生影响，想到自己会成为一个孩子的父亲然后还以此来挑战世界，更让他感到真正的恐惧，也阻止了他与女孩们继续交往，就算她们使用避孕药也不行，何况避孕药本身就够令人尴尬、令人恶心的，让他同样尴尬恶心的是，这等于是在提醒他这件要避免发生的事。在齐格弗里德看来，生育是一种犯罪，但不是对每个人来说都是这样。别人可以以轻率鲁莽和不动脑子作为得到原谅的借口，但对他来说，这是一种犯罪。精子玷污了美丽，出生与死亡何其相似；也许出生就是一种死亡，并且与肉体的欲望也很相像，它们都是在汗水和呻吟的伴随下，融合在湿润的有机物中，它们都离死亡很近，精疲力竭后紧接着精疲力竭，其实说到底它们都是同一种事物，都是最初那温暖的原始黏液。餐厅的优雅让阿道夫有些害怕，但他还没有认识到餐厅的真面目，烛光、熠熠生辉的镜子、俊美的招待穿的紫色燕尾服都让他感到畏惧。当然他不能穿着代表着宗教的长袍坐在吧台那边，而且他觉得，他这样坐在大街上，坐在五颜六色的长廊椅子上也很不合适，所以他们坐到了收银台附近的一张桌子旁，然后阿道夫·犹太扬看见了劳拉在微笑。

我不喜欢他们，但看到他们——我的这些假兄弟像鹦鹉一样，停在他们的栖息杆上，我又觉得很有趣。我看见他们歇斯底里的快活、与生俱来的尖刻、真实的悲伤；我看见他们烫焦的头发、娇媚的西装、叮当的手镯。走过来的是那位拥有罗马奖学金的美国诗人，他这一整年都在创作一首十四行诗，预计将会发表在一所规模很小的大学的杂志上。他穿着尖头鞋、紧身裤，留着法国大革命执政官时期风格的发型，蜿蜒的鬈发一直垂到额头。他跟我谈起了音乐会，他去听了我的音乐会，他向我陈述着他睿智但不准确的观点，但他真心被我的音乐感动。我注意到他是如何看着阿道夫的，我与一位神父一同出现在此显然激起了他的好奇心，但我没有邀请诗人和我们坐在一起。我站着和他交谈，最后我们决定一起去吧台喝一杯，然后我看到那个非常美丽的收银台女孩对着阿道夫微笑，看着他，直到他也如在梦中一般回望着她和她的微笑。我也喜欢她，她的笑容似乎没有实体，像是一道光芒，其源头神秘莫测。她人很可爱，别人都她叫劳拉，我跟她也算是有点头之交，我跟她说过话，但我不是她的理想人选。劳拉把我算在同性恋者的队伍中，他们对她来说已经成为兄弟般的熟人，因为她每天晚上都混迹在他们中间，所以他们无法挑起她的欲望。我本来不想让阿道夫受到任何诱惑，我带他来的是一个男人的酒吧，但我没有想到劳拉，结果现在我想，我是否应该把他介绍给收银台的这个女孩，他还年轻。我没有思考过他的禁欲问题，我甚至不相信他会因此感到痛苦，如果他想遵守自己的誓言，过着贞洁的生活，那我也没有问题。我觉得他遵守誓言总比不遵守好，但我也觉得，如果他违背誓言，和一个女孩发生点什么，那也没什么关系。劳拉非常漂亮，和劳拉睡觉一定也很美，我不会责怪阿道夫，上帝也不会介意，教会也不需要知道，即使教会发现了，也会原谅他的。阿道夫可能会有顾虑，所以他不去可能更好，再说劳拉也未必会同意，未必有时间和他一起离开，但他看着她的眼神是那么迷离，我在想是不是可以帮帮他，正好我的首演庆祝会还没开，我想做点友善的事。

她看到神父走进了酒吧，作为一名虔诚的天主教徒，看到如今连神父都是同性恋让她很痛心，尽管劳拉对同性恋神职人员的存在并非一无所知，但她还是很恼火。这个人现在就这样走进了她的酒吧，毫不遮掩，绝对不是正派人做的事情，虽然在这家酒吧也不是第一次见到这种不要脸的事情。然后她看到阿道夫坐在那里，看到他注视着她的样子，而她现在在这方面是有辨别力的。她看出来他不是同性恋，她也看出来他还是一张白纸，他不是同性恋，而且就像一张白纸一样地来到这家酒吧，这个不是同性恋、白纸一般纯洁的男人现在坐在她面前，目不转睛地盯着她。他的脸上有种东西让她想起了另一张脸，另一张也不是同性恋的男人的脸，但她忘了是哪个男人，那张脸才不是如白纸般纯洁。她的脸上泛起了微笑，她露出她最美丽的笑容，她在想，是的，是的，我会做的，这是一种罪过，但不是什么了不起的罪过，我可以做，然后去忏悔我的罪过。劳拉把自己看作一份礼物，她很高兴自己有东西可以送人，她也可以送点什么给神父，送一份非常漂亮的礼物，劳拉知道这份礼物会给他带来快乐。

阿道夫跟我讲过他父亲给他钱的事。他在公园里跟我讲了这件事，他当时想把钱扔在小路上，因为他希望有个穷人可以发现这笔钱，但是被我拦住了，我告诉他这笔钱只会被有钱人、守财奴或者放高利贷的看到。然后阿道夫告诉我，犹太扬给他钱，是为了让他给自己买个女孩。我现在对他说："收银台的女孩你用这笔钱是买不到的。你的钱只够买一个便宜的女孩，而不是来自维内托大街的女孩。"他说我很刻薄，我说我不刻薄。他脸红了，然后他问我是否我眼中的爱情即奸情，我说："不。"我说："我不懂什么是奸情。"他没明白我的意思，然后他跟我讲起他在神学院学到的希腊词语，都是关于不同含义的爱的词语——我也知道他所说的这些希腊词语，我也自认为在寻找斐德若的炙热爱恋[1]。他想要尝试一下，他想要尝尝那苦乐参半的饮料。我去找劳拉，买了一张吧台的代金券，顺便问她我们是否可以送她回家。她笑了，好像一位天使出现在她面前。

她不会计算。她在面对生活中的艰难困苦、大多残酷的现实时，会算错数字、时间和义务。犹太扬把普法拉特一家领到了街边的椅子上；这样他就可以在没人注意的情况下去酒吧里看他约会的对象。劳拉看到了他，那个戴着蓝色眼镜的男人，在她看来，这是一个充满可能性的陌生人，一个有着广大前途的熟人，但今天她想把自己送给那个年轻的神父。今晚她想做好事，她想把自己交给那个年轻的神父，那个如此纯洁无辜、如此悲伤的神父，然后打算明早去向她的告解神父告解，告诉他她已经把自己送给了那位年轻的外国神父，所以当犹太扬疑惑地看着她时，她摇头表示不行。他走到收银台前，瞪着眼睛看着她。发生了什么事？这个妓女怎么会想到要愚弄犹太扬？不幸的是，他语言不通，不管是哪种语言他都不会。劳拉微笑着，她发现这

1　在柏拉图《斐德若》一书中，苏格拉底和斐德若进行了对话，其中包括对爱欲这一主题的探讨。

个戴着蓝色眼镜的男人现在很生气，她觉得这是对她的恭维，不管怎么说，她喜欢在白天和男人睡觉，而不是在晚上，因为晚上她已经被数字弄得疲惫不堪，真的只想睡觉。她告诉他，如果他愿意的话，他可以明天早上和她见面，然后她在一张收据上写下了约会的时间——十点钟在车站的意大利旅游局办公室前，那是她想去的地方。他不明白这样的反复无常是什么意思，也许是某个肮脏的有钱的犹太人出了比他高的价。他很想对她大声咆哮，但小高特力不敢在这家酒吧里咆哮，犹太扬把劳拉写了地址和时间的字条放进了口袋里，然后要了一张给吧台的代金券。这是一张拿破仑白兰地的代金券，在外面他们喝的是葡萄酒，但他现在迫切需要到吧台那边灌下一大杯拿破仑白兰地。

他从凳子中间挤了进来，一下把我挤了过去，我正坐在吧台前，和这位美国诗人聊着天。我们又谈到了他仍然难以忘怀、仍然让他兴奋不已的音乐会。他跟我聊起荷马和维吉尔，还说在他创作的十四行诗中本来会引用荷马和维吉尔，可是现在在听过我的交响乐后，他发现荷马和维吉尔似乎是他自身孤独的化身，而且这种孤独是他一直想要逃离的，就是这些想法让他一路聊到了高高的酒吧凳上，引得他还在继续滔滔不绝地讲着。我转过身去，看到犹太扬挤到了我们中间。我很惊讶，他似乎也很惊讶，我们互相盯着对方，本来我应当转身就走，但我觉得在同性恋酒吧里，在我被诅咒的地方看到犹太扬很有意思，我忍不住想刺激一下他，我就说：“犹太扬姨父，你变成同性恋啦？”他的脸扭到了一起，他打量四周，似乎这会儿才恍然大悟，这是一个同性恋的酒吧，他对我嘶吼道：“我早就怀疑你是这样一头猪！”他早就怀疑了？他是不是也猜到了我为什么会变成这样？他有没有想过是因为奥尔登堡？是因为那些穿着紧身衣和士兵夹克的男孩？他有没有想过，在脱下制服后，赤裸裸的他们从小官僚重新变回孩子，变回了对爱和温柔充满憧憬的男孩，化身为充满欲望的年轻身体，他们都变得很美？犹太扬并没有让我觉得受到了冒犯。那我为什么要这么做？我为什么要这么做？我恨他吗？我其实不恨他。往事已成过往，我不想再回忆起这一切。在我年少的时候，犹太扬是可怕的。这名纳粹党徒曾令人心生恐惧。这位将军曾唤起恐惧。而如今，在我的眼中，他就是一个稻草人。我为什么不放过他？我毕竟是自由的！就是他把我变成了大兵，我知道大兵的表达方式，这让我非常想告诉他，他是一头近亲繁殖的母猪，但我现在很恶毒，这个家庭让我变得恶毒，我的恶毒是普法拉特式的，我恨我自己，我以倒转的自我伤害的方式恶毒着，我恨自己，我告诉他：“阿道夫也在这里！”他顺着我的目光看去，我们看到阿道夫一个人坐在他的桌子旁，穿着神父的长袍，在乱哄哄的、咯咯叫的同性恋者中显得非常扎眼，我们看到他在注视着劳拉，我对犹太扬说："他拿你给他的钱买了一个女孩。"然后我看到犹太扬像中了风一样，脸上泛起青红色的浮肿。我想：你不会是中风了吧？我想：可是请不要在这儿。我想：如果犹太扬在紫色酒吧被中风击倒，那就太可笑了。算是一次胜利吗？这并不是一次胜利。我觉得无聊。我不在乎犹太扬是否中了风，我也不在乎他是否没中风。在把代金券递给吧台招待的时候，他的手在颤抖。我想：他是个老没用的家伙。我感觉得到：他是一个幽灵。但我几乎对犹太扬产生了类似怜悯的感觉。很奇怪。也许是我多愁善感了。

他把白兰地一口灌了下去，酒像一团火流入他的体内，然后分成小的支流在他的身体里漫延开来。他的体内积攒着愤怒愤怒愤怒与痛苦，只不过出于对这里的豪华环境的极度尊重，小高特力挡住了怒火的爆发——哪怕这里只是一座淫乱、肮脏、堕落的宫殿。齐格弗里德厚着脸皮跟他说话就已经够糟糕的了。犹太扬依旧觉得自己有能力一拳挥向这个窝囊废，打在那张摇身变成卖国知识分子的嘴脸上。但是，一个新的敌人已经站出来对他发起挑战，这是一个悄悄溜进来的敌人，一个他在掌权时期没有听说过的敌人，在沙漠的军营里他也没有辨认出来这个敌人。因为在那里他也是掌权的，就算他掌控的地区很小，在那里他也可以指挥，可以发号施令，没有竞争，但是现在敌人突然出现了，展示着自己，准备发起攻击——这就是衰老！犹太扬并没有因为他的儿子坐在同性恋中间而感到愤怒。他也没有因为他的儿子——一位执事坐在同性恋中间而感到好笑。他只看到他的儿子，这个伪君子，从他身边抢走了那个妓女，犹太扬并不为自己错过的床笫之欢而备感苦恼，他感到惊讶，感到惊讶而困惑，他竟然被排在了这个穿着女里女气的教士裙子的软蛋之后。他对这个软蛋不屑一顾，他甚至没有真正恨过他，只是为他感到羞耻，就像是为身上的一块污渍感到羞耻，为身上一个奇怪的引人发笑的肿块感到羞耻，结果竟然是这样一个男孩被排在了他的前面。犹太扬一次又一次地瞪着那张古怪而孤独的桌子，阿道夫独自坐在那里，目光执着于劳拉的美丽微笑。犹太扬觉得他好像看到了邪恶而危险的海市蜃楼，一个沙漠中的幽灵，无法触摸的、无懈可击的、残酷的、怪异的、致命的幽灵。但那里坐着一个死敌，他不是一个幽灵，但他又是一个幽灵，这个大骗子把自己伪装成一个神父，以欺骗他愚蠢的父亲。青年一代站了出来反对犹太扬，这代愚蠢的青年背叛了他。另一代青年已经倒下了，犹太扬在战争中吞噬了他们，那代青年没有问题，他们没有欺骗他，他们再也不可能欺骗和背叛他，他们现在躺在坟墓里。但新一代青年背叛了他，而且还在继续背叛他，现在这一代正从他这儿偷走、抢走他获胜的机会，抢走在任何时代都只属于征服者、战胜者的女人，抢走这个胜利的肉欲的象征，抢走属于权力和征服的温暖感受。所以现在犹太扬是不是那只被小雄鹿夺走母鹿的老公鹿，不得不躲在灌木丛中等待最后的死亡？还远没有到那一步。这是欺骗，所有这些都是神父的把戏。犹太扬绝非那只丢了犄角、把自己藏起来的老公鹿。他才是女人更好的选择。他的英勇事迹可以为他证明，但他如何向劳拉讲述他的英雄事迹、他的胜利、他摧毁一切的狂飙突进？全世界都知道犹太扬的所作所为，但似乎无人愿意想起。难道说如今一切只能依靠便利的口才，依靠懦夫们灵活的嘴上功夫，与此同时，勇者的事迹已被遗忘，都化成了逝去的时光黑洞中的一片虚无，在那里，成河的血流已干，恐怖早已腐朽崩坍？犹太扬能做什么？他可以让人清洗这家酒吧。纯属胡扯，他不可能让人清洗这家酒吧。他甚至无法走到收银台去买一张新的白兰地代金券。他感到头晕目眩，他担心与他的神棍儿子碰面时，会遭遇到什么荒唐可笑的场景。犹太扬紧紧抓住吧台的黄铜杆，仿佛他必须紧紧抓住它才不会摔倒在酒吧中，才不至于一命呜呼，或者在无望的情况下冒失地出手——然后呜呼惨遭敌人围堵。

我看到他的手紧紧握住黄铜杆，我看到他是如此渴望第二杯，但又不敢放开黄铜杆，我告诉吧台招待给犹太扬倒一杯白兰地。招待倒了一杯白兰地，因为他认为我是个同性恋，相信我回头会补买代金券。犹太扬接过酒杯。他知道是我帮他点的吗？他屁股晃了晃一口气把酒吞了下去，看上去像是他打算拉着黄铜杆做深蹲。他的目光里有片刻的浑沌呆滞。随后，他紧合眼皮把眼睛眯成了奸诈诡谲的猪眼。奸诈诡谲的猪眼看着我。两只猪眼扫视着酒吧。两只猪眼盯着阿道夫，然后停留在劳拉身上，实际上，我很奇怪他为什么会如此激动。为什么在这里看到阿道夫对他来说是如此可怕？他是那种想要保护儿子的父亲吗？我不相信。犹太扬不想保护任何人。既然他那么讨厌他儿子的神父裙，那么在如此扭曲的环境中看到这条讨厌的裙子，对他来说应该很有趣吧。现在他离开了吧台，他穿过整个酒吧。他从阿道夫和收银台旁走过，我在旁边注意看着，如果他对阿道夫大喊大叫，我会介入。犹太扬从阿道夫身边走过，根本没有注意他，而阿道夫似乎没有看到他，就好像他也完全忘我了一样。他沐浴在劳拉的微笑中，仿佛沐浴在一轮巨大的太阳之下，沐浴在纯洁的天堂里那一轮恢宏的太阳之下。

他们坐在酒吧外面，夜色从他们身边流过。优雅的罗马、富有的罗马、资本巨头的罗马、傲慢自大的外国人的罗马，昂首走过维内托大街，掠过咖啡馆、酒吧、宾馆和昂贵的舞厅外的一排排座椅，街上此时到处灯火通明，栗子树的花开了，簌簌作响，星光闪耀在这座伟大的世界之巅之上。刚开始的时候，他们赞叹着一切，包括穿着紫色燕尾服的招待，后来，那些不要脸的东西从椅子间穿过，发出叽叽喳喳的声音，手镯叮叮当当地响着，波浪形的头发散发着的香味，像女人一样修剪过的手，摸上了心甘情愿的陌生臀部。弗里德里希·威廉·普法拉特惊怒不已。他没胆量说出他的推测，他想，在任何情况下，犹太扬都不应当把安娜夫人领到这里。迪特里希也很气愤，但对不雅行为和道德败坏的气愤和怒火，也有其积极作用，它们能让人的脊梁骨挺得更直，让人傲然昂首，在地中海的放荡不羁中展示正派规矩的体面，哥特人必将取得胜利。迪特里希受到好奇心和欲望的双重折磨。一方面，他的好奇心想知道，是什么原因促使犹太扬来到这家酒吧。他肯定不是同性恋。也许他在这里有秘密联系人、黑社会的线人，因为间谍和情报人员往往来自腐败的圈子；在利用了他们的情报之后，上了位的人往往就会干掉这些遭到鄙视的有用的帮手。另一方面，他的欲望渴求着那些穿行在大街上的女孩。她们穿着露出大腿的紧身短裙，踩着高跟鞋迈着小碎步走了过去；她们精心打扮，带着各种项链、手链，像得到精心护理、戴着辔头的马戏团的马。真是昂贵的坐骑、引人遐想的能手，迪特里希想象着，但他会算，他算出来费用会非常昂贵，超过他计划中的出资，这让他痛恨这些女孩。他觉得她们是在进行无耻的挑逗，她们晚间在大街上散步是不知廉耻，他欲壑难填而痛苦不堪地想起他行李箱里的杂志，想着那张裸体的相片，是那张相片为他带来放松和睡眠。终于，犹太扬从奇怪的鸟房里面走了出来。他肯定很恼火，他喘着粗气，额头和手上的青筋突出，他伸手去拿剩下的葡萄酒时，手还在抖着。然后他对他们破口大骂，他羞辱了他们，因为德国还没有觉醒，因为年轻人还没有挺身而出，因为年轻人面对上级放肆无礼、目无尊长。他们怎么为自己辩护？面对犹太扬，他们从来都毫无抵抗之力。弗里德里希·威廉·普法拉特面对每一个大喊大叫的人都可怜巴巴地毫无招架之力——只要这个人言必称国家民族，因为国家民族是一个膜拜的对象，一个需用活人献祭的火神，人们向他献祭思想和生命，甚至奉献自己的财产。罗马的栗子树在温和的夜晚簌簌作响。旗帜会不会再次在风中簌簌作响？弗里德里希·威廉·普法拉特非常希望如此。旗帜是崇高的象征，是民族的觉醒，现在，也许他已经老了，当他听到犹太扬对自己和民族高声叫骂时，想到犹太扬意图重新扬起旗帜时，一丝陌生的恐惧将其笼罩，他觉得温和的罗马栗子树像老太太一样发出咻咻的笑声。他想到了他的母亲，那位对国家社会主义并不热心的牧师的妻子。也许她现在正从星空中低头俯视着他。她生前对这样的俯视坚信不疑。普法拉特很理智地拒绝相信这种可能性。尽管如此——如果他的母亲往下看，如果她找到他，看到他，她会不会对他心怀怜悯？犹太扬指责普法拉特的懦弱和缺乏忠诚。在夜晚的这迷人一刻，在疲惫不堪、精疲力竭、满是振奋人心与古怪的回忆的时刻，普法拉特接受了这一责备。他是懦弱的，他有过不忠诚的时候，但那是一种不同的懦弱，一种不一样的忠诚，与那个怒火冲天的连襟所说的意思并不一样。此刻普法拉特有种感觉，似乎他在年轻时走错了路，似乎在走过的军队之路以外，他和德国还有另一条道路可走；德意志有另一种可能性，一种他从来没有相信过的可能性，此刻，这种可能性像通过记忆魔法美化的青年时代一样，摆在了他的面前。他的不忠是对这另一种可能性犯下的，另一个德国就这样被永远地错过了。栗子树们交头接耳地讲述着他的懦弱、他的不忠、他的失败，家里的老椴树更是如此，但对人们来说，夜晚的问责声伴随着树木在夜间的颤动而逐渐消失。在一次充分的睡眠之后，普法拉特又会觉得自己是一个毫无瑕疵的人、一个正直的德国人、一位大市长，没有任何罪过，面对祖先他没有罪过，面对孩子他没有罪过，面对自己的灵魂他没有罪过。现在，在这夜色变幻的时刻，他还在问自己，齐格弗里德和他的交响乐是否寻找到了更好的归宿，在普法拉特耳中听起来刺耳的音符，是不是齐格弗里德与自己年轻的灵魂所进行的对话。

我扰乱了他的沉醉，我扰乱了他对劳拉的微笑的全心全意。阿道夫再次感动了我。我把我的手放在他的胳膊上，把我的手放在他的黑色衣服上，但他把胳膊收了回去，他说："你不明白这是什么。"我说："我明白，你发现了一种痛苦。"他说："你真的知道它是什么吗？"我说："是的。"我给他点了一杯苦艾酒，他没有喝苦艾酒。我付了苦艾酒的钱，他说："我们现在必须走了吗？"我说："她的名字叫劳拉。我们会和她一起走。"他看着我，嘴角抽搐了一下，他说："你不明白我。"我说："我明白的，我理解你。"我想：他认为凝视可以满足一切，他是对的，凝视就是幸福，如果他坚定不移地拒绝和她上床，他会赢得些什么。我想：他会赢得一些东西，但他会感觉他失去了一切。我想：如果奥尔登堡没有随着纳粹的崩坍一起毁掉，他又会变成什么样子？我想：那时他还能见到劳拉吗？我想：他正走在一条艰难的路上。我不知道他是不是会继续走这条路。继续，向哪儿？充满激情的道路有很多，它们一起构成令人迷惑的街道网络。

他坐在车厢尾部观察着他们。他们从酒吧里走了出来。他们沿着维内托大街向前走去，在渐渐熄灭的灯光下向前走去，在簌簌作响的树木下向前走去，那个女孩走在他们中间。犹太扬的车跟在他们后面，像一道黑影，缓慢地滑动着，一旦靠近他们，又重新停了下来。他们经过犹太扬的宾馆，在美国领事馆后面他们向左转到了九月二十日大街上。犹太扬放弃了跟踪。他只是想要确认一下。现在他确认了——他的儿子把他从一个婊子那里挤走了。他的儿子和一个罗马的犹太婊子睡觉。他的愤怒很可笑。他也意识到了这一点。他想：既然木已成舟，他只会觉得很好；如果阿道夫已经和一个女孩睡觉，也许他会就此成长为一个男人。可是他遭到了打击，伟大的犹太扬遭到了打击，遭到了拒绝，他的命令没有得到遵从，全世界都在背叛他！正是这些激起了他的胸口翻腾的毫无意义的辱骂。他的儿子和一个女孩睡觉对他来说没有什么大不了的。这在他看来没有什么意义，反正在他眼中，神棍们都是些虚伪的家伙，是群性欲旺盛的公羊。他会报复回去。他会报复所有的神棍，报复所有的婊子。他让车送他回到宾馆。他回到自己奢侈的房间。小高特力应当很满意这个房间。公猫贝尼托用尖叫声欢迎犹太扬。它饿了。犹太扬非常生气，因为这只动物什么吃的也没得到。他抚摸着这只公猫，轻轻挠着它的皮毛，说：“可怜的贝尼托。”他按铃叫来服务员，他把服务员骂了个狗血喷头，他为这只公猫点了生肉泥，为自己点了香槟。一定要是香槟。小高特力在军官食堂里一直喝的是香槟。作为胜利者，小高特力喝的一直是香槟。在巴黎、罗马、华沙他喝了香槟。在莫斯科他没有喝到香槟。

他们沉默地走过黑夜。没有人相互触摸。高楼大厦沉默不语。他们相互之间很友好。他们的脚下是舒服的石头路面。他们听到圣贝尔纳多传来的钟声，胜利之后圣母堂和圣苏珊娜教堂那边也传来了报时声。可是他们没有仔细听钟敲了几下。他们从拱门那边绕着半圆通过艾斯德拉广场[1]。商店的橱窗前安装了铁栅栏。商人们不信任他人，他们担心黑夜和强盗。灯光打在橱窗中的陈列品上。橱窗里陈列的都是珍宝。劳拉对珍宝不感兴趣；她对所有珍宝都不感兴趣，所有那些标着昂贵的价格、关在铁栅栏后面的珍宝都引不起她的兴趣。她的微笑是黑夜中的一道柔光，它填满了黑夜，填满了罗马。劳

1　今共和国广场的旧名。

拉为城市和地球微笑，urbi et orbi[1]，于是罗马、黑夜和大地都璀璨起来。他们穿过广场，劳拉用手指蘸了一下喷泉的水，她的手指伸到仙女小喷泉中，就像用圣水一样，这位虔诚的天主教徒用仙女喷泉的水浸润了她的哑巴执事的头颅。然后他们走进了一栋老建筑的阴影中，那里也许有夜鸟栖息。他们站在戴克里先浴场旁的天使与殉教者圣母大殿前。齐格弗里德静静地聆听着猫头鹰的叫声。就好像他觉得这里应该有猫头鹰的叫声。从作曲的角度来看，他认为死亡之鸟的凄凄切切理应在此出现，但他听到的只是从附近车站传来的火车的鸣笛声，满怀忧郁，满怀对诸多远方的恐惧。经历着这一夜的他们三人，彼此之间的距离又是多么遥远。齐格弗里德看着阿道夫和劳拉。但他是否看到了他们？他是否只是把自己投射到他的同伴们的身上？他们只是他头脑中的思想，他很高兴自己在想着他们。这些是友好的思想。他们呢，他们有没有看到对方？在古老的浴场砖墙的角落里是一片黑暗，但在天使与殉教者圣母大殿的前面，有一道永恒的光在闪烁，在这道光中，他们试图辨认出自己的灵魂。

我离开了他们，我在他们旁边又能做什么？

---

1 拉丁语，意思是“致全城与全球”。教宗向罗马与全世界教徒祝福时使用的短语。

我把他们带到了一起，我现在还在他们旁边做什么？我漫步走向火车站。我跨入霓虹灯下。让阿道夫在天使与殉教者圣母大殿前祈祷吧。“Ut mentes nostras ad coelestia desideria erigas。”[1] 我是否引诱了阿道夫？我没有引诱过阿道夫。不存在任何引诱。在浴场，在罗马国家博物馆，古老诸神的雕像被关在其中。它们得到了严格的看管。我给别人带来了欢乐吗？我不知道怎么带给人欢乐。只有幻影，片刻的光影戏法。我走到火车站台。一列火车等在那里。三等车厢很拥挤。一个瘦小的男人坐在头等车厢中。我会是坐在头等车厢里的人吗？也许他是坏人。我会是坏人吗？我不想坐拥挤不堪的三等车厢。佛罗伦萨—布伦纳—慕尼黑。这条路是不是吸引着我？我没有被它吸引。我去了 Albergo di giorno[2]，宾馆像车站下的一个霓虹灯照耀的岩洞。岩洞里的仙女们为先生们修剪指甲。我喜爱罗马的美发厅。我喜爱罗马人。他们每时每刻都关注着自己的美貌。男人可以来这儿理发、剃须、烫发、抹油、修剪指甲、按摩、涂抹盐水、喷洒香水；他们头戴理发头套严肃地坐在闪光的烘干机帽下，吹风机抚摸着他们的头发。我没有什么可做的。我要求做个热敷。

1 拉丁语，意思是“请把我们的心引向天堂”。

2 意大利语，意思是“日间宾馆”。

我要求做个热敷，因为我感觉无聊。他们用一块热气腾腾的布盖在我的脸上，热气腾腾的梦向我袭来。我是诗人彼得罗纽斯[1]，我在公共浴室中与智者和男孩交谈，我们躺在蒸汽室的大理石台阶上，谈论灵魂的不朽，地板上贴的是马赛克，色彩缤纷，充满艺术气息。宙斯是鹰宙斯是天鹅宙斯是牛宙斯是金雨——但马赛克是由一名奴隶镶嵌完成的。有人用一条在冰水里浸泡过的毛巾敷在我的脸上，我是彼得罗纽斯，诗人，我享受着与睿智的男人们的对话，我享受着男孩们的美貌。我知道，没有什么不朽，美貌都将衰败；我知道，尼禄在沉思冥想；我也知道刀应该放在静脉的什么地方——大理石台阶的最后一道是冰冷的。我离开了严冬，我并不漂亮，我进了某个候车室，喝了一杯格拉巴酒，因为海明威曾推荐过格拉巴酒，对我来说，它的味道还是像货币改革前的德国劣质杜松子酒。我在一间大报亭买了份报纸。丛林中的堡垒已经沦陷。日内瓦的人都离开了。我那个戴着红领巾的女人骄傲地走过罗马。她没有离开。为什么她要离开？她毕竟在她自己的家乡，报纸的标题是《现在怎么办？》。

库伦贝尔格打了很多电话，他给批评家和艺术界的权威人士打了电话，他与企业经理们通过电话，

1 罗马帝国朝臣、抒情诗人与小说家。

他和大会的组织者以及设立奖项和发放奖项的人通过电话，这其中又涉及政治和大量的外交手段，每个官员的行事都显得很神秘、很重要，但库伦贝尔格得到了他想要的结果。齐格弗里德将会获得那个音乐奖项，不是全部奖项，但他会获得一半的奖项；出于外交原因，这一奖项必须分享。库伦贝尔格告诉伊尔莎，齐格弗里德会获奖，而正在浴室往浴缸里放水的伊尔莎·库伦贝尔格并不关心齐格弗里德有没有获奖；她没有因此而生气，也没有因此而高兴。她想：我是不是被感染了，我是不是被这种卑鄙所感染了，被这种简单的群体思维感染了，被群体的敌意感染了，被他们所谓的家族责任的残酷的胡言乱语感染了，我是不是因为齐格弗里德属于这个家族而反对他的音乐？他和他们在一起并不幸福。我知道他已经和他们分开了。但为什么我看到他的时候就会看到其他人？她想：我不想报仇，我从来不想报仇，报仇是件肮脏的事，但我不想人家让我想起这些，我受不了别人让我想起这些，而齐格弗里德，他对此也无能为力，他让我想起这些；他让我回忆起这些过往，我现在看到了这些凶手。浴缸的水已经放满了，但水还太烫。伊尔莎·库伦贝尔格关掉了浴室的灯。她打开了窗户。她是裸体的。她喜欢赤身裸体地在公寓里走动。她喜欢赤身裸体地站在打开的窗户前。风吹着她。风像个模具一样包裹着她坚实的、保养良好的身体。她坚实的身体稳稳地站在地上。她已经站稳了脚跟。她经受住了风暴的考验。风不会把她带走，但她内心深处有一种渴望被带走的感觉。

香槟已经喝光了，兴奋的感觉还没有来，胜利已付诸东流。犹太扬的身体中响起一阵沉闷的轰鸣声，那是一种耳鸣，贯穿他整个身体；显然他的血压太高，他走到窗前，看着罗马。有一次，他几乎把罗马掌握在自己手中。甚至连统治这里的人也曾被掌握在他的手中。墨索里尼一直害怕犹太扬。现在罗马给了犹太扬一只癞皮猫。一个婊子从犹太扬这里溜走了。他没法让人开枪打死她。一个妓女带着他的儿子从他身边逃走了，他的儿子是个罗马神父。犹太扬再也没法让人开枪打死神父。他已经权力尽失。他是否会为重获权力而战？这条路很漫长。第二次从头开始，这条路太过漫长。此时此刻，他对自己坦白承认。这条路太过漫长。犹太扬再也看不到目标。目标变得模糊不清。一片红雾出现在目标之前。一个婊子从犹太扬这里逃走了，一个赤裸裸的犹太女人却挤入了他的视线；这个犹太女人理应出现在填满了尸首的坟地之前，而她，带着凯旋的姿态，嘲笑着犹太扬；她赤身裸体地升到了罗马之上。他在云中看到了她。

他们一起在古老砖石的角落里站了很久，天使与殉教者圣母大殿的钟声反复响起，火车的鸣笛声一再回荡，现在连猫头鹰也啼叫过了，但他们什么也没有听到。齐格弗里德的音乐意外地在阿道夫脑中响起，他伸手去摸劳拉的脸，想抓住那个微笑，一个高音、人性、一个甜蜜的欲望，然后被吓了一跳，跑进了夜里；夜此时不再微笑，并且要如此持续很长一段时间。

天使们没有来。圣天使桥的天使们没有接受古老诸神的邀请。他们没有在卡比托利欧山上与古老的诸神跳舞。我希望能在这里看到斯特拉文斯基，看到他坐在断裂的残柱与黑色的三角钢琴之间。在音乐会黑色的三角大钢琴上，在桥上的天使们略脏的白色大理石翅膀的围绕下，在空气与光的众神巨大而纯洁的翅膀扇动下，大师应当演奏他的《帕萨卡利亚》；但天使们都不在，众神隐藏了起来，天空中乌云压顶，斯特拉文斯基只说了“Je salue le monde confraternal”[1]。音乐大会的相关人员在卡比托利欧受到接见。我感觉我们穿着西装的样子很滑稽，那些藏在瓦砾后面的诸神、灌木丛中的林神、猖獗杂草中的仙女可能都笑得很开心。过时的不是他们，而是我们。我们又老又蠢，就是我们中间的年轻人

1 法语，意思是“我在此向所有同行致敬”。

也又老又蠢。库伦贝尔格向我眨了眨眼。我认为他想说：“不要太认真，但还是要足够认真。”他赞成企业经理们也来发挥作用，这样音乐家们也可以时不时地与音乐的缪斯一起去昂贵的餐厅。罗马市长颁发了奖项。他是我父亲的同事，他向我颁发了半个奖项。他给了我半个交响乐奖，我很惊讶他把半奖颁发给了我，我猜这是库伦贝尔格促成的结果，我很感激库伦贝尔格；我想我父亲一整天都会为我骄傲，因为是市长给我颁发了半奖，但我父亲永远不会理解市长为什么把这个奖项颁给我。我很高兴拿到一笔奖金。我打算去非洲旅行。在非洲，我将写一部新的交响乐。也许来年我会把这部交响乐演奏给罗马的天使们听；我会在诸神的旧山上把黑色大陆的黑色交响乐演奏给罗马的白色天使们听。我知道欧洲更黑。但是我想去非洲，我想去看沙漠。我父亲不会理解，一个人去非洲是为了看沙漠，吸收来自沙漠的音乐。我父亲不知道我是个全心全意的罗马天使的作曲家。特兰托会议批准了帕莱斯特里那的音乐，文化大会认证了我的音乐。

闹钟没有叫醒他，猫的叫声把他吓了一跳，犹太扬的脑袋嗡嗡作响。沙漠很远，非洲很远，德国更远，他在罗马醒来，脑壳疼痛，四肢瘫软，因为醒来而愤怒，嘴里还有一股香水味。香水味来自香槟酒，来自付诸东流的胜利，其中还混合着酸味、刺痛和细胞的衰败。在他的额头之后，空间的意象在晃动，脚和大腿在颤抖，但是人的肢体被激活、被充电、充满了血，在未满足的刺激中燃烧着。他冲了个澡，把自己擦洗干净，他用军官的行话想着，现在是负重行军，现在是野外爬行，但他在淋浴下继续出着汗，他无法把皮肤擦干，汗水不断涌出，汗珠发亮，犹太扬喘着气，罗马的空气太柔和了。根据古老的饮酒习俗，继续饮酒是件好事，而且习俗还推荐第二天早上一起床就喝前晚喝过的酒，并在体内感受其毒性。犹太扬点了半瓶香槟酒，胜利的香槟酒。他还顺带点了很多冰块。他把冰块扔进高脚杯。冰块与酒杯相碰。犹太扬的手在颤抖。他一口气喝光了高脚杯里的酒。现在他可以看清楚了。雾消散了。他与劳拉有一个约会。这很重要。她可能已经和阿道夫睡过了。他需要她，她是个犹太人，她不是犹太人，他需要她让自己从尴尬的幻觉中解脱出来。他呼叫黑色的公使馆车，但过了一会儿，军人般的司机打来电话，他用不带任何感情色彩的声音干巴巴地报告说，汽车需要修理，要到晚上才能修好。犹太扬听到了死亡的声音。他不认得它。他高声斥骂。

在老天使与殉教者圣母大殿里，在浴场砖墙下的上帝之家，人们可以用各种语言进行忏悔，阿道夫·犹太扬跪在讲德语的神父的忏悔室里，他向讲德语的神父讲述了这个夜晚在教堂门外发生在他和劳拉之间的事情。由于没有发生任何一件导致教会对一位执事大发雷霆的事情，阿道夫被告诫从现在开始不要让自己暴露在诱惑之下，然后他得到了赦免。透过忏悔室的栅栏，他看到了他的告解神父的脸。告解神父的脸看上去很疲惫。阿道夫本想说："神父，我很不开心。"神父的脸色疲惫而疏远。他已经接受了这么多忏悔。那么多旅行者来到罗马，他们在罗马忏悔他们不愿向家里的告解神父倾诉的事情。因为在他们认识的告解神父面前，他们感到羞耻。在罗马他们是陌生人，不会感到羞耻，这就是为什么神父的脸色如此疲惫。阿道夫想：有一天我也会如此疲惫地坐在忏悔室里，我的脸色会不会也是如此地拒人千里？他想：我的忏悔室会在哪里？在一个村子里吗？在树丛中的一座古老的乡村教堂里吗？还是我不会得到任职，我遭到拒绝，从一开始就遭到拒绝？阿道夫本来想把犹太扬的钱放进一个供奉箱，但在供奉箱的缝隙前他改变了主意。他现在的处理方式不符合教会的精神。他不相信教会对穷人的照顾。教会对穷人的照顾冒着酸气，和所有对穷人的照顾一样冒着酸气，散发着乞丐汤的味道；钱都化在了乞丐汤里。阿道夫想用这些钱给别人带来欢乐。他把父亲的脏纸币压在一个在教堂门外要饭的老妇人皱巴巴的手中。

犹太扬等待着。他在车站的大厅里，在意大利旅游局办公室前等着，但劳拉没有来。她今天早上也要放他鸽子吗？她是否还在床上和阿道夫缠绵？愤怒是不健康的。犹太扬的呼吸还是有困难。有时雾又会出现，是红色气体的毒雾。也许在下一次大战中，这样的雾气会在地球各处弥漫。犹太扬走到一辆流动售货车前，要了一杯白兰地。他站在流动售货车前，就像站在野战补给车前一样。他一口喝下白兰地。红色的雾气散去了。犹太扬向意大利旅游局看过去，但劳拉还是没有出现。犹太扬走过报摊。他看到报摊上摆着《今日》周刊，墨索里尼出现在《今日》周刊的封面上。老朋友看起来受到了攻击，犹太扬想：我今天看来也受到了攻击。墨索里尼身后站着一个戴着党卫军帽子的人。他像一只看门狗一样站在墨索里尼身后。他像一个刽子手一样站在他身后。人们可以清楚地看到帽子上的骷髅头和交叉骨。这个人是谁？犹太扬想：这人一定是我的一个军官。这个党卫军的人在照片中低着头，犹太扬看不清他的脸。那人可能已经死了。他的大部分手下都死了。墨索里尼也已经死了。他死得很惨。犹太扬也曾被认为死得很惨。但是犹太扬还活着，他逃过了他们的追捕。他还活着，时间为他而存在，还有劳拉。她的微笑出现了，有那么一瞬间，犹太扬想，让她走吧，但他又想，她是个犹太女人，这又激起了他的欲望。劳拉看到了这个带来许多希望的陌生人，她想：他会送给我什么呢？现在她注意到了橱窗里的陈列品。一个女孩需要珠宝，一个女孩需要衣服，即使是一个不会数数的女孩也需要薄薄的丝袜，她已经习惯于偶尔得到一些东西。偶尔她会去钓钓鱼，带着所有的天真无邪，而且最好是在上午。她没有固定的男朋友，在晚上混迹于同性恋中之后，早上可以和一个真正的男人上床很好，谁都需要这样的健康生活，然后你可以去忏悔然后再次变得天真无邪，而且那些老人也不坏，他们不漂亮，但他们也不坏。上午的时间就够了，他们又能做什么？！此外，他们给的东西比那些年轻的人多，年轻人他们自己也想要一些东西。阿道夫让她失望了，那个年轻的外国神父让她很失望，她和他在一起的晚上是那么开心，但那个神父跑了，他害怕有罪，劳拉为此而哭泣，现在她坚决要去找那些老人。老人不害怕有罪。与犹太扬的沟通很困难，但她还是让他明白，他们将去车站附近的一家宾馆。

库伦贝尔格邀请我去纳沃纳广场上一家漂亮的餐厅用餐。他想和我一起庆祝我的获奖。他为他的夫人道歉，因为她没来和我们一起用早餐，我明白伊尔莎·库伦贝尔格不想和我一起庆祝，我很理解。这个时候餐厅还是空的，库伦贝尔格点了各种各样的海洋动物。它们像小怪物一样躺在我们的盘子里，为了与这些怪物相配，我们点了沙布利酒[1]。这是我们的告别。库伦贝尔格必须飞往澳大利亚。他将在澳大利亚指挥《尼伯龙根指环》的演出。他坐在我面前，打碎了“海妖”的壳，吸光了它们美味的通道，明天他将和妻子坐在空中，吃一顿空中晚餐，后天他将在澳大利亚用餐，品尝太平洋的奇怪动物。世界很小。库伦贝尔格是我的朋友，他是我唯一真正的朋友，但我太崇拜他了，无法与他真正地友好相处，所以和他在一起时我很安静，他也许认为我不领情。我告诉他，我想用我的奖金去非洲，我还告诉他我的黑色交响乐。库伦贝尔格赞成我的计划。他建议我去莫加多尔[2]。莫加多尔这个名字听起来不错。听起来足够黑。莫加多尔是一个古老的摩尔人堡垒。由于摩尔人不再强大，我完全可以在他们的旧堡垒中留宿。

她还曾想过他是否会在床上摘下他的蓝色眼镜，现在他摘下了，这让她很开心，随后她被他的眼睛吓到了，他的眼睛里布满了血丝。她颤抖着回避他奸诈贪婪的目光，回避着向她袭来的低垂的公牛的额头。他问：“你害怕吗？”她没有明白他的意思，她微笑着，但这已经不是一个完整的笑容

1　出产于勃艮第的法国白酒，适于佐餐海鲜。

2　现名索维拉，摩洛哥西部的一座海港城市。

了，他把她扔到床上。她没有想到他会有这样的激情，通常她为了礼物——每个女孩都有迫切需要的礼物——而睡过的男人不会这么兴奋，他们在床上的活动都比较安静，而这一位像头野兽一样扑向她，他叉开她的四肢，撕扯她的皮肤，然后粗暴地占有她。他以粗暴的方式对待她，她纤细而精致，而他很重，他重重地压在她身上，她的身体那么轻，那么适合拥入怀中。她想到了那些爱男人的同志，她想起了酒吧里的那些爱男人的同志，想起他们轻柔的动作，想起他们芬芳的鬈发，想起他们五颜六色的衬衫和叮叮当当的手镯。她想，也许当爱男人的同志是件好事，也许我也应该当同志。这真让人恶心，他发着汗臭，臭得像一只公山羊，他臭得像羊圈中的肮脏卑鄙的公山羊。她小时候去过一次农村，她去过卡拉布里亚的农村，农村让她害怕，她渴望回到罗马，回到她美妙惬意的城市。卡拉布里亚的房子臭气熏天，有一次她不得不看着母山羊被牵到公山羊那里，在木质楼梯上，有个男孩在她面前脱了个精光，她不得不去摸那个男孩。她讨厌农村，有时她会梦见公山羊，然后她想去碰那个男孩，但那个男孩有角，顶了她一下，角就断了，在梦中角就像烂牙一样断了。然后她叫了起来：“你弄疼我了。”但犹太扬没有听懂她的话，因为她是用意大利语喊出来的，他是否理解她并不重要，因为这很痛，但痛得很美。是的，她现在想要这种全心投入，这个老头让她很满意，这个有前途的陌生人以一种意想不到的方式放开了自己。她把自己的身体用力向他靠去，这让他更加兴奋，汗水的溪流从他身上、从公羊身上流过她的身体，流过她的乳房，聚集在她小腹的凹陷处，有点灼烧，但不是恶劣的燃烧。那人很生气，他低声说：“你是个犹太女人，你是个犹太女人。”她不明白他的意思，但她的潜意识明白他的意思，德国士兵在罗马的时候，这个词有一个含义。她问：“ebreo？”[1]他低声说“希伯来人”，并把手放在了她的脖子上。她喊道：“no e poi no, cattolico。”[2]“cattolico”这个词似乎也激起了他的愤怒和欲望，最终都一样，愤怒或欲望。她移开身子。他疲惫不堪，喘息着，把自己精疲力竭的、像被痛击过的、仿佛死了一样的身体扔到一边。她想：这是他的错，他为什么要这样显摆，老人通常不会这样显摆的。但她又开始微笑了，她抚摸着他胸口被汗水浸湿的胸毛，因为他那么全力以赴。她很感激他，因为他那么全力以赴；她感激他，因为他让她感到满足，给了她快乐。她继续爱抚了他一会儿。她感觉到他的心脏在跳动；那是一颗勇敢的心，因

1 意大利语，意思是“希伯来人”。

2 意大利语，意思是“不是，真的不是，天主教徒”。

为它曾为她的少女的欢快如此倾尽全力。她站起身来，走到盥洗台前清洗自己。犹太扬听到水声，直起身来。红雾又在他周围出现。他看到劳拉赤身裸体地站在红雾中，而盥洗台的黑色洗脸池就是那些被射杀的人掉进的黑色坟坑。必须清算掉那个犹太女人。他们背叛了元首。清算没有彻底完成。他踉踉跄跄地走向他的衣服。她问："你不洗一下吗？"但他没有听到她的话。他也不会明白她在说什么。他的裤兜中装着奥斯特里茨的无声手枪。马上手枪将决定一切。马上，清洗即将进行。手枪会让一切恢复秩序。他只是需要再多一点空气，他气喘吁吁，颤抖得厉害。他踉踉跄跄地走到窗前，扯开窗子，弯腰靠向幽深的街道，窗外满是浓浓的红雾。这条路很窄，汽车沿着路面行驶，发出刺耳的尖叫，咔嗒作响，发出地狱的噪声，在红雾下看起来像爬行的怪兽。现在，在他的视线前方，出现了一片雾霭中的空地，那是雾中的一块浅滩，在对面大宾馆敞开的法式落地窗前，站着伊尔莎·库伦贝尔格，那个奥夫豪斯家的女孩，那个犹太人的女儿，那个逃脱者，那个包厢里的女人，那个他在罗马上空的云层中看到的赤身裸体的女人。伊尔莎·库伦贝尔格身穿白色睡袍站在那里，离窗户有一小段距离，但在他的眼中她一丝不挂，像在黑夜中一样，像装满尸体的坟坑前的女人一样一丝不挂。犹太扬清空了奥斯特里茨手枪的弹匣，他打出了群尸坑前的连射，只是这一次是他用自己的手开枪，这一次他不仅是下令，命令已无用武之地，必须自己开枪。直到最后一枪，伊尔莎·库伦贝尔格才倒下，元首的命令得到了执行。劳拉尖叫起来，但她只喊了一声，然后一股意大利语的洪流从她嘴里涌出，与红雾中的洗脸池的水溅在一起。犹太扬找到了门，劳拉哭倒在了床上，哭倒在了还带着汗水的枕头上，她不明白发生了什么，但可怕的事情发生了，那个人开枪了，他向窗外开枪——而且他没有给她任何礼物。她仍然一丝不挂，现在她把枕头盖在头上，因为她的脸上不再有微笑，也因为她想掩住哭声。所以她躺在皱巴巴的床上，看上去像是海中诞生的阿芙洛狄忒的无头的美丽躯体。

他没有见过她赤裸的样子，所以这具裸体并没有让阿道夫想到劳拉，也没有让他想到她的身躯，他想起的是劳拉的笑容，当他徘徊在戴克里先浴场博物馆中无头的“从海中诞生的阿芙洛狄忒”面前时，无头的阿芙洛狄忒仍然用她举起的双手握着两条小辫子，仿佛她想通过辫子抱住自己的头。阿道夫想，她的脸是什么样子的，是否也像劳拉那样微笑过。他们让他感到困惑。周围冰冷的大理石躯干让他感到困惑。这里向他展示的是齐格弗里德的世界。一个美丽酮体的世界。

那儿立着昔兰尼的维纳斯。她完美无瑕。每个人都应当看得出她完美无瑕。坚实的、保养良好的躯干，但是冰冷冰冷冰冷的。还有兽人和雌雄同体人，都尽情展示着他们的躯干。他们不会腐朽。他们不会归于尘土。他们没有受到地狱的威胁。即使是沉睡的欧墨尼得斯的头颅，也没有在讲述恐惧。它讲述的是睡眠。它讲述的是美丽与睡眠；即使是冥界也是友好的，地狱则不同。他们不知道地狱。用恐怖威胁来拯救灵魂是否正确，难道人们认可了美丽，就会丧失灵魂？阿道夫坐在花园中那些见证了古老世界的石头脚下。他被关在了他们的圈子之外，他的誓言把他关在了外面，他的信仰把他关在了外面，永远。他哭了。古老的雕像用无泪的眼睛注视着他。

他踉踉跄跄地走过广场。每走一步，他都有一种沉入无底洞的感觉，有一种滑走的感觉，有一种永远滑走的感觉，他不得不把手伸向空中，让自己留在空中。他知道发生了什么，他不知道发生了什么。他开枪了。他为“最终解决方案”做出了贡献。他执行了元首的命令。很好。现在他不得不躲起来。这还不是最后的胜利。他不得不再次躲藏起来，他不得不再次进入沙漠，只有红色的雾气是个障碍。在这片红雾中很难找到一个藏身之处。那里有墙。

那里是废墟。在柏林，他曾躲藏在废墟之中。在罗马，如果想躲到废墟中去，就必须支付门票。犹太扬支付了浴场博物馆的门票。他穿过走廊，上了楼梯。红雾中站着的全是赤裸的人体。这儿肯定是一个妓院。或者是一个毒气室。这就解释了为什么这儿有红雾。他在一间大毒气室里，和那些要被清算的赤身裸体的人在一起，那就是说，他现在得离开这里。他不应该被放在被清算者之列。毕竟，他并没有赤身裸体。他是指挥官。地狱的猎犬们过早地打开了气阀。这里是极端的混乱不堪。他必须采取措施。纪律必须得到维护。必须通过一切手段维护纪律。绞刑架要竖起来。犹太扬来到一个房间，那是指挥部。雾气散去。那里有一些老镜子。这些老镜子都是瞎子。他看着瞎眼的镜子。这是他吗？他没有认出自己。一张青红色的脸。这张脸是肿的。它看起来像一张受到多次重击的拳击手的脸。他的那副蓝色眼镜丢了。他不再需要蓝色眼镜。后来他来到一面更清晰的镜子前，他认出了自己，那就是他，他站在运动员的马赛克壁画前，那是他的脸，那是他的脖子，那是他的肩膀，那是他最好的时代的镜像，他曾站在竞技场上，他曾用短剑战斗，他曾杀死过很多人。还有贝尼托也在。他看到了猫和鸟的马赛克。贝尼托也吃了不少。这个世界并没有那么糟糕。许多人被杀，也有不少被吃掉。我们理应感到满足。

犹太扬踉踉跄跄地走进花园。裸体的女人，裸体的犹太女人躲在树篱后面。她们躲着也没用。犹太扬会穿过篱笆去进行清算。他必须穿过这里，——然后他摔倒在地。阿道夫看到他冲过来，他带着害怕和恐惧看到他冲了过来，然后他看到他一跤摔在地上，像是被砍倒一样一跤摔在地上。阿道夫向他跑去，他父亲沉重的身体躺在那里，一动不动。他死了吗？他的脸是青红色的。博物馆的一名警卫来了，他又叫来了第二名警卫，他们三个人把犹太扬抬进了修补匠修补古典雕塑的棚子里，他们把他放在一块石棺浮雕前的地板上。这幅浮雕描绘了一支凯旋的队伍，浮雕中傲慢的罗马人把受辱的日耳曼战士绑在马背上。罗马修补匠们穿着白大褂站在犹太扬周围。一位修补匠说："他已经死了。"另一位修补匠说："他没有死。我的岳父也不是马上就死的。"警卫去给车站的救护站打电话。父亲还没有死，这时阿道夫想起了最重要的事情——有地狱有地狱有地狱。现在一秒钟都不能浪费，他跑过花园，跑过大门，跑进了天使与殉教者圣母大殿。那位讲德语的神父还在那里。他正在读祈祷书。没有忏悔者跪在椅子上。阿道夫结结巴巴地说，他来为他父亲请求最后的圣礼，神父明白了，他立即行动起来；他取来了圣油，把阿道夫当作祭坛上的助手，他们以适当的速度匆匆赶路。检票员让他们通过，卫兵摘下帽子，修补匠们恭敬地走到一边。犹太扬一动不动地躺在那里，但他还没有死。汗水和排泄物在他解体之前就已经排了出来。他在净化，自我净化。净化涤罪所就是炼狱。他已经到了涤罪所了吗？犹太扬躺在深度昏迷中。没有人知道他体内发生了什么；他是否正在骑马前往瓦尔哈拉英灵殿，是否有魔鬼抓住了他，或者他的灵魂是否在欢呼，因为在这一刻救赎已经临近。神父跪了下来。他继续进行最后的仪式，以及为昏迷的情况准备的无条件的赦免。神父用主教祝圣的油触碰了犹太扬的眼睛、耳朵、鼻子、嘴巴和手掌。神父祈祷。他祷告说："凭着这圣洁的膏油和主的仁慈，愿主赦免你在视觉、听觉、嗅觉、味觉和触觉上所犯的罪。"犹太扬没有动。神父的话有没有触动他？犹太扬再也没有动过。他躺在那里，再也没有动过。罗马教士把他交给上帝的怜悯，他的儿子穿着罗马教士的服装为他祈祷——这是两名敌人的特使。医护人员来了，医生合上了他的眼睛。医务人员身着野战的灰色衣服，他们抬着犹太扬，就像从战场上走了下来。

当天晚上，报纸报道了犹太扬的死讯。鉴于有关情况，他的死讯成了世界性的新闻，但无人对此感到震惊。

评 注

成书史

沃尔夫冈·克彭的小说《死于罗马》于1954年秋由斯图加特的舍茨和戈费茨出版社出版。1954年9月，在该书出版前，作者在《南德意志报》的一篇文章中首次讲述了作品的诞生过程：

“当时我正在写一本新书，却非常草率地决定去参加在国外举行的一场会议。在该国首都，我突然冒出了创作一本完全不同的书的想法，而且这个新想法一出现就非常强烈，强烈到我回到家坐到办公桌前时，就已经无法继续原先的写书计划了，尽管写作进展本来已经相当可观了。我只好告诉我的出版商，我要放弃最初的承诺，开始写另一本书，而且有望在年底前交稿。出版商同意了。这个可怜的家伙，他又能怎么办？后来的事实证明，能够很快写完这本书的想法最多只能算是我自己打的如意算盘。在那座外国的首都，在灵感出现的那一刻，我感觉已经可以从头到尾看见整个故事的发展走向了，我甚至觉得可以直接在自己的脑海中看到小说的每一字、每一句，不过真到动笔的时候，我必须考虑找到合适的风格。这其实花费了我非常多的时间与精力。真是太可怕了。”[1]

不管怎么说，克彭这里给出的信息相当模糊，他既没有告诉我们到底是去了哪座“外国的首都”，也没有解释“会议”是在哪儿举行的，举行的目的是什么。但有一个信息可以肯定，克彭原来向出版商承诺创作另一部小说，而且已经“完成了不少章节”,新的想法出现后,他临时决定放弃另一部小说，转而创作《死于罗马》。六个星期后，克彭又一次讲述了相关情况,这一次是对《时代》周报谈起的：

“关于《死于罗马》的源起实在没什么好说的。我当时人在罗马，这部小说的想法自然而然地就产生了。我本来去罗马是为了创作另一本书。《死于罗马》硬生生让那本书的创作计划搁浅了。

“当时有一个幽灵正穿过罗马——那就是遭到谋杀的维尔玛·蒙泰西。我的故事与蒙泰西案件没

1 Wolfgang Koeppen: *Ich lebe vom Schreiben.* In: *Süddeutsche Zeitung* v. 25./26. September 1954.

有任何联系。但当时罗马的氛围很适合写幽灵故事。

“当时的报刊上又一次刊登了墨索里尼的照片，还发表了他与丘吉尔的通信，这让罗马人非常激动。本来意大利是几乎可以避免战争的。

“意大利《世界》周刊发表了一篇托马斯·曼的社论。这是篇很聪明的文章，讲述的是关于自由的问题。在文章的同一页上，还刊登了意大利解放初期拍摄的一张照片：一个意大利家庭站在他们家的小屋前，欢迎首批到达的美国人。胖胖的意大利妈妈抱着美国士兵，抽泣着。来自美国的男孩尴尬地笑着，像是蜜月中的年轻新郎。

“在我居住的那条街上，我可以看到贫穷的意大利人，也可以看到富有的意大利人。我也可以看到富有和贫穷的外国人。贫穷的人在解放后还是一样贫穷。在当时罗马的书店里，你只能看到两位德国作家的书，一位是约翰·沃尔夫冈·歌德，另一位是恩斯特·冯·萨洛蒙。

“恩斯特·冯·萨洛蒙的《我依旧是普鲁士人》[1]放在书架上很显眼的地方，而且到处都是。恩斯特·冯·萨洛蒙依旧是普鲁士人。我呢，我问我自己。罗马人吗？这不太可能。

---

1 萨洛蒙的德语作品《问卷》（*Der Fragebogen*，1951）的意大利语版本。该作品是对德国战后开展的去纳粹化运动中要求德国国民填写的问卷的讽刺。——译者注

“德国人吗？这应该是理所当然的一件事。但是后来我在一个名胜景点看到很多团体游客从我面前走过时，我的问题似乎又变得复杂起来。

“所以有很多事情给我提供了灵感；于是我决定，从我的角度出发，再弄几个幽灵到罗马来。”[1]

这些话也充满了很多暗示，但是同样很少有什么具体的说明可以用来解释克彭是怎么开始这部小说的创作的。特别是其中大部分讲的也不是个人经历，而是引用当时意大利报纸或杂志的头版头条。其中蒙泰西的案件在当时的德国也有报道，比如 1954 年 2 月 24 日《明镜》周刊的报道[2]，1954 年 3 月 25 日《时代》周报以《罗马的蒙泰西丑闻》为题做的报道[3]。这些报道的内容主要是围绕着 21 岁的女子维尔玛·蒙泰西之死而展开的种种推测。1953 年 4 月 11 日在罗马南边的海边沙滩上，人们发现了蒙泰西半裸的尸体。这片海滩离一家俱乐部不远，而出入这家俱乐部的大都是上层人士，其中就有爵士音乐家詹皮耶罗·皮乔尼，当时的意大利外交部部长的儿子。皮乔尼

---

1 Wolfgang Koeppen: *Wie ich dazu kam...* In: *Die Zeit* v. 4. November 1954.

2 *Der Pfad der Träume*. In: *Der Spiegel* v. 24. Februar 1954, S. 21-26.

3 Vgl. Italo Zingarelli: *Der Skandal Montesi in Rom. Die Halsband-Affäre der jungen italienischen Republik.* In: *Die Zeit*, Nr. 12 v. 25. März 1954.

以及其他俱乐部的客人被怀疑与蒙泰西的死亡有关，但是此事一直没有定论。

托马斯·曼的社论以《自由的证言》[1]为题发表在《世界》周刊 1954 年 5 月 4 日的那期上。《今日》周刊 1954 年 5 月 6 日的头版以《丘吉尔与墨索里尼的秘密通信》为题，宣布将分几次连载墨索里尼与丘吉尔的“秘密”通信——实际上通信很有可能是伪造的。在《死于罗马》中，这件事也通过犹太扬的眼睛展现在读者面前，“他看到报摊上摆着《今日》周刊，墨索里尼出现在《今日》周刊的封面上”（见本书第 252 页）。至于恩斯特·冯·萨洛蒙的《我依旧是普鲁士人》——这是该书 1954 年 2 月出版的意大利版的书名，是 1951 年德语原著《问卷》的意大利语译本，与《死于罗马》唯一有关之处是克彭和萨洛蒙相互认识有 30 年了。此外，萨洛蒙 1953 年 11 月 21 日在《世界报》上为克彭的《温室》写过书评，并且为其做过辩护，反对当时将这本书定义为“令人生厌”甚至“恶毒”的说法。[2]而克彭自己 1952 年曾经计划写一部小说作为“对问卷

---

1 Thomas Mann: *Testimoni della libertà.* In: *Il Mondo* 6 v. 4. Mai, 1954, Nr. 18, S. 1.

2 Vgl. Ernst von Salomon: *Gewitter in der Bundeshauptstadt.* In: *Über Wolfgang Koeppen*. Hg. v. Ulrich Greiner. Frankfurt am Main 1976, S. 50-53.

的回答，但与萨洛蒙所写的（中略）是一种完全不同的风格（中略）”[1]。

此外，克彭的叙述并不切题。他甚至都没有说他去罗马的真正原因，实际上他之所以去罗马，并不是他所说的“是为了创作另一本书”，而是应汉斯·维尔纳·里希特的邀请，前去参加四七社1954年4月29日—5月2日在罗马东南的圣费利切-奇尔切奥举行的讨论会。

在以后的岁月中，克彭也曾多次对其间的联系给予了解释。比如1962年在与霍斯特·比内克的对话中，他说:“我去了罗马几天，是为了考虑怎么写一部关于捣蛋鬼蒂尔[2]的小说，这是我当时想写的小说。突然（中略）《死于罗马》出现了，把这部关于捣蛋鬼蒂尔的小说给挤走了，也许这部关于捣蛋鬼蒂尔的小说让我感到害怕。《死于罗马》是引诱我的魔鬼，或者是我的天使。”[3]

---

1 *Gespräch zwischen Wolfgang Koeppen, Hans Georg Brenner, Anne Andresen*. Süddeutscher Rundfunk. Stuttgart. Sendung v. 6. Mai 1952. Zit. n. Wolfgang Koeppen: *Einer der schreibt. Gespräche und Interviews*. Hg. v. Hans-Ulrich Treichel. Frankfurt am Main 1995, S. 19.

2 Till Eulenspieg，他是德国14世纪出现的一个喜爱搞恶作剧的传奇人物。——译者注

3 *Werkstattgespräch*. Horst Bienek im Gespräch mit Wolfgang Koeppen. In: *Merkur* 16, 1962, Heft 172, S. 568-575. Zit. n. Koeppen: *Einer der schreibt*, a. a. O., S. 23 f.

1980年在与克劳斯·黑贝尔的对话中，他这样解释道："我当时接到邀请去参加四七社在罗马举办的一个讨论会。但是我根本就没有去那个讨论会，虽然我去了罗马，因为我想去罗马。我穿过罗马，然后（小说的灵感）就这样出现了。我立即返回慕尼黑，坐下来写了这部小说。"[1]

但是，克彭究竟是在罗马受到哪些影响或是经历了什么才产生了创作《死于罗马》的念头，对此他依旧语焉不详。1975年，在回答海因茨·路德维希·阿诺尔德有关"罗马的外在起因"的问题时，他是这样回答的：

"是在罗马的散步让我有了这个想法；党卫军将领犹太扬的形象突然一下就站在了我的面前，于是我以此为起点展开了构思。这本书那时候就已经有了。后来我在罗马还碰到了以前的一个熟人，他是位音乐爱好者，为了参加一场音乐会来到罗马，这又在我散步的时候给我带来了有关作曲家齐格弗里德的灵感——齐格弗里德正在罗马举行他的音乐会，这两个对立的人物就这样走到

---

1 *Warum nicht in den Rhein*? Ein Gespräch mit Wolfgang Koeppen von Claus Hebell. In: *Süddeutsche Zeitung* v. 11./12. Oktober 1980. Zit. n. Koeppen: *Einer der schreibt*, a. a. O., S. 141.

了一起。”[1]

虽然沃尔夫冈·克彭档案馆没有收藏汉斯·维尔纳·里希特发给克彭的参加圣费利切-奇尔切奥讨论会的邀请函，但在柏林艺术学院的里希特档案馆中藏有克彭对邀请的回函。不过，就回函来看，克彭还不是百分之百肯定他会出席会议：

“可惜我疯了，竟然被说服开始写一本新书。我现在工作很努力，但还是觉得像是在一个无底的深渊中奋力地向前游着，不知道自己能否游到岸边或陆地，不知道能否按时交稿。有鉴于此，我并不肯定能否与您在圣费利切会合。(这是个被上帝遗忘的角落吗？收到安德施的信后，我就在地图上寻找，而且最后真的找到了，按照《意大利宾馆》的说法，那儿根本就没有宾馆。您是打算在那儿搭帐篷吗？请您尽早告诉我。我是坚定的帐篷反对者。在那儿附近有个地方叫泰拉奇纳，从圣费利切走过去差不多一个小时。那里有个宾馆。这至少算是个安慰。或者您租了附近的老海滩强盗宫？也许这个地方就是以它命名的，这也解释了运气的来源。)

“我希望我可以来。我很想来。但是我必须看

---

1 Heinz Ludwig Arnold: *Gespräch mit Wolfgang Koeppen*. In: Heinz Ludwig Arnold. *Gespräche mit Schriftstellern*. München 1975. Zit. n. Koeppen: *Einer der schreibt*, a. a. O., S. 100.

一下到四月中旬时，我的书写到哪儿了。如果说我感觉不会彻底废掉，能够完成，那我就会在必要时，先向戈费茨支点钱。是的，我估计到时候会破产，必须要靠借钱度日。

“所以原则上我很乐意！但最后还要看情况。”[1]

出生在格赖夫斯瓦尔德的克彭只比同样出生在波美拉尼亚[2]的汉斯·维尔纳·里希特大两岁，他1953年的时候就告诉里希特，自己正在写一本书，而这本书的主题和场景与里希特已经出版的小说《沙里的痕迹》[3]有重叠之处。他先是祝贺里希特完成了这部小说，并且称赞这是“一本可爱的、欢快的、美妙的、完全无拘无束的、不做作的书”，然后接着说：“我祝贺您，但是我必须告诉您，我已经在您的草地上放了两个星期的羊了。我正着手写一本书，其中有一段故事发生在班辛，另一段故事发生在什切青，还有一段则发生在一艘行驶在波罗的海的汽船上，发生在大学城的书店。所有的故事都围

---

1 Wolfgang Koeppen an Hans Werner Richter. Brief v. 1. März 1954. In: Hans Werner Richter: *Briefe*. Hg. v. Sabine Cofalla. München u. Wien 1997, S. 173 f.

2 格赖夫斯瓦尔德也位于波美拉尼亚地区，该地区今天分属德国和波兰。后文提到的班辛（现属德国）和什切青（现属波兰）都属于波美拉尼亚地区。——译者注

3 Vgl. Hans Werner Richter: *Spuren im Sand. Roman einer Jugend*. München/Wien/Basel 1953.

绕着一个年轻人展开，他到底会经历些什么，目前没人知道。关于这些，我现在就可以预测，您的主人公与我的主人公以后会有交叉。

“我该怎么办，今天早上我这样问自己，但这并没有减少我对您这部出色小说的欣赏。我的意思是，我不会放弃我的计划。因为即使我们有时使用相似的20年代的材料，我们仍然会得出非常不同的混合物，而我的可能会更苦，更不贴近人心。”[1]

克彭最后还是放弃了这本书的写作计划，后来很有可能把这些情节放入了1976年出版的具有自传性的《青春》中，因为他不想在“别人的草地上放牧”，也就是说不想在里希特的书发表之后再继续书写自己在波美拉尼亚的青年时代。《青春》最早发表于1976年，不过它一直是一部“完美的”残卷[2]。从写作风格和叙述技巧上来讲，《青春》与里希特的传统现实主义叙事风格的小说完全不同，

---

1 Wolfgang Koeppen an Hans Werner Richter. Brief v. 21. Dezember 1953. (Hans Werner Richter Archiv, Archiv-Nr. 2011, Akademie der Künste Berlin)

2 Vgl. Marcel Reich-Ranicki: *Wahrheit, weil Dichtung. Wolfgang Koeppens vollendetes Fragment* Jugend. In: *Frankfurter Allgemeine Zeitung* v. 20. November 1976.

即使它们的主题非常接近。[1]

不管怎样，克彭在1954年1月或2月转向了另一部小说的创作，即“戈费茨已经预付稿酬的小说《捣蛋鬼》”[2]，但最后因《死于罗马》而中断。其实这两项创作计划——一个是他给里希特写信时提到的书，一个是《捣蛋鬼》——应该可以联系在一起：它们最终应当组成一项更为庞大的自传的创作，其内容可能会是一册甚至多册书；克彭会在其中讲述他的童年与青年，也会讲述他在纳粹时代是如何生活并幸存下来的。

克彭接受了里希特的参加四七社讨论会的邀请，但最终没有出席。他没有从罗马前往奇尔切奥，因为他的夫人玛丽昂生病了，他不得不留在罗马。1945年5月10日他“从罗马归来”并向亨利·戈费茨讲述了自己在罗马的事情：

---

1 Vgl. hierzu: Gunnar Müller-Waldeck: *Wolfgang Koeppen an Hans Werner Richter: »Wir hätten uns treffen sollen« Zweimal Jugend in Pommern*. In: *Sinn und Form*. 63. Jg., 2011, 3. Heft, S. 354-363. 这篇文章是以克彭的诗《致汉斯·维尔纳·里希特》中的两句“沙里的痕迹/没有追寻”为开篇的。(Ebd. S. 354) 该诗更早发表在：Toni Richter: *Die Gruppe 47 in Bildern und Texten*. Köln1997, S. 61.

2 Alfred Estermann: *Nachwort*. In: Wolfgang Koeppen. *Auf dem Phantasieroß. Prosa aus dem Nachlaß*. Hg. v. Alfred Estermann. Frankfurt am Main 2000, S. 682.

“罗马是一座没有经过规划的城市，运气有点不好，但很伟大！我太太对杏仁过敏，她生病了，需要看医生，并且用了青霉素，我不能把她一个人丢在那儿不管，自己跑到圣费利切-奇尔切奥去参加讨论会。另一方面，她的病也不是那么严重，我不需要每时每刻留在她的床边，结果——也算是塞翁失马——她的病倒是成就了我的运气，因为我这个时候就经常在罗马的大街小巷信马由缰地溜达，感受着这座城市。以前我也来过这座城市，但只是飞快地从城市穿过，对城市的了解非常肤浅，而这一次，这座城市令我沉迷，它的壮美令我激动不已！相较而言，慕尼黑是多么忧伤！要是我可以住在罗马，我该有多幸福！要是我是这个城市的居民，可以在这座真正的城市工作，那该有多好！我想象着自己住在科尔索大街附近的一家宾馆的小房间里，宾馆紧靠着圆柱广场，一大早我就去一家酒吧里站着喝热腾腾的意大利浓缩咖啡，呼吸着新出炉的报纸的浓烈墨香，再逛逛教堂，摸摸猫，然后会感觉到全身心的愉悦，于是充满能量地坐到关闭的窗户前，一直工作到傍晚时分，然后我会去维内托大街，拜访有钱人的市集，观看虚荣的节日与美好的游行。我从这次旅行中获得的远远超过去奇尔切奥的旅行，因为那儿的情况肯定不太让人舒心。”[1]

就在同一天，他写信通知汉斯·维尔纳·里希特他不会参加讨论会。后来他不仅没有去，还把他从里希特那儿收到的旅行津贴还给了他。“亲爱的汉斯·维尔纳·里希特！我想再次向您表达我的歉意，在您的会议举办期间我不得不留在罗马，而不是与您一起参加在圣费利切-奇尔切奥的会议，我感到非常抱歉。我本来很期待可以有机会结识您的团体中的一些成员并进行交流，可惜在罗马的招待会上我们几乎没有这样的机会。我非常希望您不会因为我表现得像一名干扰会议的电话员或者电报员而生我的气。

“我当然愿意把您给我的 70 马克旅行费用返还给您，这笔钱是为了让我参加会议的，而不是用来支付我的缺席的——请把这笔钱归入下一次会议的基金。但是我可以请求您，允许我到 7 月份（是我交稿的日期）再归还这笔款项吗？鉴于当前发生的和即将发生的各种状况，我目前手头比较紧。”[2]

罗马带来的灵感是如此迫切，以至于克彭从罗

1 Wolfgang Koeppen an Henry Goverts. Brief v.10. Mai 1954. (WKA 24442)

2 Wolfgang Koeppen an Hans Werner Richter. Brief v. 10. Mai 1954. (Hans Werner Richter Archiv, Archiv-Nr. 1956.)

马归来八天后就立即开始了这部小说的创作。“我当时在罗马住了八天，不是因为这部小说，可是这部小说不期而至。回到慕尼黑八天以后，我立即着手创作这部小说。”克彭后来在与梅希蒂尔德·库尔提乌斯的对话中这样解释道。[1]在罗马，克彭不仅“突然”在眼前看见了前党卫军将领犹太扬，而且他还很偶然地遇到了一位熟人，“他是位音乐爱好者，为了参加一场音乐会来到罗马”[2]，这为他带来了齐格弗里德这个人物形象。至于这位音乐爱好者是谁，我们并不知道，同样，我们也不知道他参加了哪场音乐会。

1954 年 4 月，一个国际大会正在罗马召开，大会组织了各种音乐会、讲座、研讨会，还有一项 20 世纪音乐作曲家竞赛，特别是当代先锋音乐，这是本次大会的重点推介对象。这一国际大会是由日内瓦的欧洲文化中心以及受中央情报局影响的文化自由大会[3]共同组织的。国际大会在总监尼

1 Mechthild Curtius: *Gespräch mit Wolfgang Koeppen.* In: Dies., *Autorengespräche. Verwandlung der Wirklichkeit*. Frankfurt am Main 1991, S. 17-28. Zit. n. Koeppen: *Einer der schreibt*, a. a. O., S. 232.

2 Heinz Ludwig Arnold: *Gespräch mit Wolfgang Koeppen*. Zit. n. Koeppen: *Einer der schreibt*, a. a. O., S. 100.

3 Vgl. Frances Stonor Saunders: *Wer die Zeche zahlt... Der CIA und die Kultur im Kalten Krieg*. Berlin 2001.

风景明信片《罗马，圣天使桥和城堡》，出自沃尔夫冈·克彭的个人收藏（沃尔夫冈·克彭档案馆）。

古拉斯·纳博科夫的带领下展示了“从萨蒂到斯特拉文斯基、米约、奥涅格、欣德米特直至最年轻的如托尼、克勒贝、诺诺等人创作的65部作品”，《时代》周报1954年5月6日对此进行了报道。[1]作曲家的竞赛获奖者是吉泽尔赫·克勒贝，他因其管弦乐作品而获奖。[2]《时代》周报的报道作者，瑞士作家艾琳·瓦兰金将这部作品描述为“冷冰

1 Aline Valangin: *Gegensätze gleichen sich aus. Eindrücke vom Internationalen Musikkongreß in Rom*. In: *Die Zeit*, Nr.18 v.6. Mai 1954.

2 Die anderen Gewinner waren Lou Harrison, Jean-Louis Martinet, Mario Pergallo und Wladimir Vogel. (Vgl. Saunders: *Wer die Zeche zahlt*, S. 211.)

冰的虚无”[1]。

1954年4月7日，国际大会音乐节还在歌剧院安排了汉斯·维尔纳·亨策的歌剧作品《孤独大道》的演出，由亨策本人将其搬上舞台。瓦兰金称演出是一场“严肃的丑闻”[2],而1954年4月8日的《意大利日报》是这么描述的，“从一开始就是一片错乱与低声尖叫”[3]。亨策回忆说,从“导演间”通过广播听到的“抗议声、嘟囔声、嘲笑声像臭气、像发臭的狗盖的毯子铺到了音乐声之上”[4]。还有英格博格·巴赫曼，她“与奥地利文化专员一起来到剧院，在观看演出期间晕了过去”[5]，必须被送回家。演出结束后，作曲家和导演让-皮埃尔·波内勒登上舞台，鞠躬致谢，但他们听到的是“Viziati! Anadate a Capocotta!”[6]。亨策解释说:“卡波科塔是最近的传闻中吸食可卡因的罗马花花公子们把一个名

1 Aline Valangin: *Gegensätze gleichen sich aus.*

2 Ebd.

3 Vgl. Ingeborg Bachmann/Hans Werner Henze: *Briefe einer Freundschaft*. Hg. v. Hans Höller. Mit einem Vorwort von Hans Werner Henze. München/Zürich 2004, S. 445, Anm. zu Brief 15.

4 Hans Werner Henze: *Reiselieder mit böhmischen Quinten. Autobiographische Mitteilungen 1926-1995*. Frankfurt am Main 1996, S. 162.

5 Ebd., S. 163.

6 意大利语，意思是“烂货！到卡波科塔去吧！”。——译者注

叫维尔玛·蒙泰西的吸毒过量的女孩带去的地方。”[1]

巴赫曼参加了奇尔切奥举办的四七社讨论会，之后回到了她当时居住的罗马。讨论会结束后，还在罗马的卡比托利欧举办了一个罗马大市长雷贝基尼向德国作家致敬的招待会[2]，此外还在当时由日耳曼学学者博纳文图拉·泰基领导的日耳曼学院所在地伍兹的西亚纳别墅举办了作家见面会。

克彭是否出席了在卡比托利欧举办的招待会，目前还无法证实。但在《死于罗马》中，罗马市长就是在卡比托利欧给齐格弗里德颁发奖项的：“音乐大会的相关人员在卡比托利欧受到接见。（中略）罗马市长颁发了奖项。”（见本书第 248 至 249 页）小说中描述齐格弗里德获得的是半奖，这一点与吉泽尔赫·克勒贝的获奖情况相同，后者获得的也是一个平衡东西方的奖项。不过，克彭出席了在西亚纳别墅的见面会，这一点得到了其本人及汉斯·维尔纳·里希特的夫人托妮·里希特的证实。托妮·里希特是这样记录的：“在博纳文图拉·泰基所管辖的西亚纳别墅中，四七社作家和意大利

---

1 Hans Werner Henze: *Reiselieder mit böhmischen Quinten. Autobiographische Mitteilungen 1926-1995*. Frankfurt am Main 1996, S. 163.

2 Vgl. Gustav René Hocke: *Im Schatten des Leviathan. Lebenserinnerungen 1908-1984*. München/Berlin 2004, S. 393-397.

风景明信片《罗马，维内托大街》，出自沃尔夫冈·克彭的个人收藏（沃尔夫冈·克彭档案馆）。

作家们在此相互结识，建立联系。我在那儿见到了赫尔曼·凯斯滕，他一直住在罗马。他随身带着一张叠得很仔细的报纸，报纸上的大标题写着《欢迎赫尔曼·凯斯滕来罗马》，他把报纸塞在衣服口袋里，标题的字体很大，一眼可见。在这次招待会上，我们终于见到了沃尔夫冈·克彭，汉斯邀请他来参加在奇尔切奥召开的讨论会，但他最后没来参加会议。”[1]

克彭在1954年5月10日写给亨利·戈费茨的信中写道：

“我在罗马西亚纳别墅一个组织得很糟糕的招

---

1 Richter: *Die Gruppe 47 in Bildern und Texten*, a. a. O., S. 61.

待会上见到了四七社成员，所有人都累得不行了，满腹怨气、神经兮兮、心情恶劣。按照汉斯·扎尔的解释，他们听的主要都是些外行话。他小说的选段不是由本人，而是由别人朗读的。招待会并不成功。另外，我在此也要向您表示祝贺，祝贺您拒绝他书稿的表达方式，因为扎尔将其作为表扬到处展示。”[1]

---

1 Wolfgang Koeppen an Henry Goverts. Brief v. 10. Mai 1954. (WKA 24442) ——对流亡作家、1953 年返回德国的汉斯·扎尔（其实是萨洛蒙）的略带讽刺的评论并没有阻止克彭继续与其保持着同事性质的联系。因为后者也会回答他的来信。后者曾经写过一封长信谈论克彭的《死于罗马》：“亲爱的沃尔夫冈·克彭！我读了您的书——不，您不要害怕，我会像您所期望的那样，不聊太多关于您的书的事情，读了您的书以后，我现在明白过来，为什么您会抗拒批评家们用他们的鹰喙在您精心构建的堡垒中，在您用热血、文字与荷尔蒙会集而成的巢穴中乱啄一气，但请允许我告诉您，这是我回到德国以后读到的最有意思的书，当然我并不赞成您所表达的绝望情绪——即使您的表达方式如此巧妙，可是我也知道，促使您远离绝望的做法是毫无意义的，因为没有了绝望，您也写不出这样的书了。绝望决定了您的语言风格，对我充满了吸引力，让我对您倾羡不已，因为这样的风格非常具有穿透力，充满了压迫感，充满了内在的张力，因为这样的风格赋予了您一种难能可贵的能力，让您可以从更高的小说的现实意义上，重现我们这个时代的本质，重现这个时代的表象与关键所在，一方面将这些都消化吸收，另一方面又通过联想翻滚回荡的旋涡展现出来。（中略）我想我已经以此表达了最重要的部分，特别是从一开始我就决心不要过分地占用您的敏感，所以我也不打算讨论您的书的其他方面，那些消减了我的热情的方面，那些我们最近的一个晚上所讨论过的方面——民主、孤独这一类的话题，还有您在书中（转下页注）

在《死于罗马》中，我们明显可以看到 1954 年初及 4 月克彭在罗马期间所经历的真实历史事件的身影：音乐节、围绕着亨策（德国人、同性恋）《孤独大道》所引发的丑闻，加上巴赫曼的晕倒以及颁发给吉泽尔赫·克勒贝的奖项，且后者的管弦乐作品被《时代》周报所赋予的“冷冰冰的虚无”让人联想到的不只是托马斯·曼的作品《浮士德》——这么说是因为这部作品也描述了从阿德里安·莱韦尔金身边吹过的冰冷的风。克彭在描述作曲家齐格弗里德的交响乐时，也称其“仿佛一阵冷风”（见本书第 204 页）。就算有些事情不是克彭亲身经历过的，或者不是直接从第一手讲述中获得的，显然他也可以从报纸中读到。

当然，作为一位成熟的作家，克彭也不可能直接把现实照搬到小说中去。比如我们也不应当把作曲家齐格弗里德这个人物直接与汉斯·维尔纳·亨策挂钩，因为这与克彭的创作方式不符，他本人也

（接上页注）已经表达的但是不应按字面意思来理解的方面。因为《死于罗马》，正如今日德国其他很多思想和文字所表达的一样，是一种精神上的困惑——这种情况很易于理解，这种困惑在历史中看到的是权力之间毫无意义的相互敌对，或者与之相反的情况，尽管各种迹象表明，这一切并不是非黑即白，更多可能是四分之三黑、四分之一灰。如果看到这一点，那么写作就会变得非常困难，写作者本人的立场也会变得更加绝望。”(Hans Sahl an Wolfgang Koeppen. Brief v. 12. Januar 1955. WKA 24491)

坚决否认这一人物与亨策有任何的联系。显然，亨策本人认为《死于罗马》描绘的就是他自己。至少巴赫曼的一个说法为此提供了佐证。克彭讲述了有一次他在汉堡的阿尔弗雷德·安德施的家中遇见巴赫曼的情景:“我们去了他的公寓。英格博格·巴赫曼陷在了一个大沙发中。(中略)我们喝了很多酒。水中的女精灵喜欢潮湿。[1]她告诉我,她的朋友亨策,那位作曲家非常生我的气。我不认识亨策。我对他一无所知。巴赫曼说，亨策在罗马闲逛的时候表达了对我的不满。”[2]

正如齐格弗里德这个人物一样，小说中的其他人物与情节要素也不是对现实生活原型的完全照搬，比如党卫军将领犹太扬，比如普法拉特的家庭聚会，比如劳拉，比如库伦贝尔格夫妇等。还有其他必须出现的人物情节，所有这些集中出现在小说中，都是为了可以完整展现“亡灵”之舞这样一个主题。有据可查的是，犹太扬的名字最早出现在克彭的记事本1952年的一条记录中，上面写着“赖

---

1 英格博格·巴赫曼曾创作过一部小说《水中的女精灵走了》(*Undine geht*)。——译者注

2 Wolfgang Koeppen: *Mein Freund Alfred Andersch*. In: Ders., *Gesammelte Werke in sechs Bänden*. Hg. v. Marcel Reich-Ranicki in Zusammenarbeit mit Dagmar von Briel und Hans-Ulrich Treichel. Band 6. *Essays und Rezensionen*. Frankfurt am Main 1986, S. 393.

因费尔德的一个姓犹太扬”[1]。显然，这样一条早期记录并不代表克彭此时已经构思出了党卫军将领犹太扬这样一个人物的雏形。同样我们也不能据此推断，克彭在罗马短暂生活之后，在下笔的时候，对小说完整的情节走向及所有的人物安排已经胸有成竹。可能性更大的是，像克彭这样的作家，创作的方式常常是从联想与冲动出发，其创作过程与创作计划是相互渗透的。书写的过程不仅仅是让材料成形，而且也是突出材料的过程。在与克劳斯·黑贝尔的对话中，克彭也是这样表达自己的观点的。1980年，黑贝尔曾提出这样一个问题："比如在《死于罗马》中，您是什么时候知道，犹太扬会向伊尔莎·库伦贝尔格开枪射击的？"克彭回答这个问题时表示：

"伊尔莎·库伦贝尔格这个人物是在创作过程中诞生的，作为小说中的一个人物，她的结局很悲惨，这个我一开始就知道，我也是向着这个方向引导的。我知道一本书的结尾，但是在此之前会发生些什么，这完全是开放式的。故事的发展随着我下笔写每个句子，时刻都在变化。"[2]

至于这部小说的具体诞生及写作过程，克彭没有留下更多更详细的信息。我们唯一大体可以确认

---

1 WKA 19458.

2 Zit. n. Koeppen: *Einer der schreibt*, a. a. O., S. 140.

的是，这部小说大约诞生在1954年5月中旬至8月底期间。1954年8月14日，克彭写信给亨利·戈费茨说：

“《死于罗马》的创作非常艰苦。现在终于接近尾声了。如果运气好的话，我会在本月25号或是30号完成。（中略）然后我打算带着手稿去斯图加特，这个我也跟泽瓦尔德博士说过了。等到了斯图加特，我们必须要再通读一遍并做一些修订。如果您这个时候，也就是9月第一个星期也可以来斯图加特的话，那就太好了。”[1]

三天后，亨利·戈费茨回信道：

“《死于罗马》的创作进入了尾声，而且您30号会带着已完成的手稿去斯图加特，这真是个好消息。我这个周五也会去斯图加特。（中略）关于《死于罗马》，我预感会非常棒。如果一切顺利，我希望可以9月初立即将其送去排版，然后将这部小说连同其他两部小说做成克彭特辑进行宣传。这本书最迟必须在9月初交付排版。如果我们想要在这个秋季出版的话，这就是最终的期限了。”[2]

---

1 Wolfgang Koeppen an Henry Goverts. Brief v. 14. August 1954. (WKA 24444)

2 Henry Goverts an Wolfgang Koeppen. Brief v. 17. August 1954. (WKA 24471)

WOLFGANG KOEPPEN

DER TOD IN ROM

Roman · 256 Seiten · Leinen · DM 8,80

LESEEXEMPLAR

Unverkäuflich

Kein Auflagendruck · Kein Auflagenpapier

Dieses Exemplar ist noch unkorrigiert

SCHERZ & GOVERTS VERLAG STUTTGART

沃尔夫冈·克彭，《死于罗马》未校正过的清样。斯图加特，舍茨和戈费茨出版社，1954 年。

《死于罗马》最终在9月20日签订了出版社的合同，并于此后的秋季出版。在小说发行之前，有一批没有书皮封套、没有简介的“未校正过的清样”被寄给了书商及批评家。[1]发行本上的简介是这么说的：

> 因《温室》而变得情绪激昂的人们，最近刚刚受到一系列事件的惊吓——与诗人那本警钟长鸣、引人深思的书相比，这些事件本身甚至可能更为沉重。在震惊尚未完全消散之时，沃尔夫冈·克彭就已经把另一部新的激动人心的作品推到了公众面前。《死于罗马》的写作带着嘲讽所需要的距离，满怀着道德的力量。该书讲述的是一群人的故事，这些人大部分是德国人，他们个个都背负着希特勒统治下的12年的重担，他们是受害者，是加害者，是披着羊皮的狼，是复仇的幽灵。他们在罗马——这座恺撒和墨索里尼的城市、这座教宗与德·加斯贝利[2]的城市相遇。诗一般的语言将所有的一切都暴露在了阳光之下，把折

1 Wolfgang Koeppen: *Der Tod in Rom. Leseexemplar*. Stuttgart 1954. ——封面上用德语标着“非卖品”“非出版品”“非出版纸张”及“未修订版”。参阅下文关于清样与第一版印刷的偏差。

2 1946—1953年期间任意大利总理。——译者注

> 磨着他们的病魔也一并展露出来——病魔就是空洞的民族主义和破产的理想主义。这本书也展现出了书中人物对治愈的渴望。可是靠谁来医治他们？艺术、教会、政治、世俗的爱？克彭并没有置身于这些问题之外。他推动他的人物做出决定，让他的读者屏住呼吸。他的书充满了行动，充满了富有吸引力的、令人压抑的、令人愤怒的和光辉的生命形象。这是一种呼唤和预言，是一位代表世界级文学的德国诗人的警世之作。[1]

封底上有一段简短的评注和一些评论，这些评论提到了《草中鸽》和《温室》，其目的是将克彭作为一个饱受讨论和争议的作家介绍给公众：

> 鲜有一位作家的作品会像沃尔夫冈·克彭所出版的作品那样持续处在讨论的焦点。
>
> “德国文学从地域性向前迈出的决定性一步。”(《法兰克福新报》)
>
> “市侩的神圣联盟对所有的一切心怀愤恨。”(恩斯特·冯·萨洛蒙，《世界报》)

1 Wolfgang Koeppen: *Der Tod in Rom. Roman*. Stuttgart 1954. Klappentext.

“这是一本要用火钳拿起的书。”(科特·布莱,《周日世界报》)

“像这样的一本书实现了诗人永恒的诉求。”(埃里希·弗兰岑,南德广播电台)

“一本愤怒与攻击的书。多么精彩的攻击性!”(《汉堡晚报》)

“单单语言这一块就已经是当代文学中的爆炸性力量。”(《慕尼黑信使报》)

“公众会高喊将其‘钉上十字架’。”(《新文学世界》)

“一本令人坐立不安但绝对值得关注的书。”(《电讯报》)

“一位德国作家在战后大胆创作的最富勇气的小说。”(保罗·胡内菲尔德,《时代》周报)

“民主意识教育的第一个迹象。”(《图书馆与教育》)

沃尔夫冈·克彭的写作速度以及其作品的如期完成令亨利·戈费茨信心大增,使得他在1954年8月克彭的小说发表之前,就已经开始构想在1955年秋季出版克彭下一部新的“伟大的小说”:“关于您的那部伟大的小说,您一定要在1955年秋季完成。那将会是您最重要的著作。一旦那本书出版,您就再无后顾之忧,可以自己决定是在巴黎还是在

沃尔夫冈·克彭，《死于罗马》。斯图加特，舍茨和戈费茨出版社，1954 年。

罗马进行长期创作。”[1] 当然，正如我们所知，这部伟大的小说从未面世。不管是舍茨和戈费茨出版社还是克彭 1961 年转投的苏尔坎普出版社，都从未出版过这部小说。

《死于罗马》的引言页上引用了两句话。第一句“亚当罪孽深重的种子”出自但丁《神曲·地狱篇》第 3 章第 112 节，这一章描述了“腐朽的灵魂”被迫登上卡隆的小舟渡向地狱，原文是这样写的："Come d'autunno si levan le foglie/ l'una appresso de l'altra, fin che 'l ramo / vede a la terra tutte le sue spoglie, / similemente il mal seme d'Adamo/ gittansi di quel lito ad una ad una, / per cenni come augel per suo richiamo."[2] 卡尔·维特的德语译本则是这样的："Gleichwie zur Herbsteszeit die Blätter alle, / Eins nach dem andern abfall'n bis der Zweig, / Am Boden alles sieht, das ihn bekleidet, / So st ü rzt hier Adam's schuldbeladener Samen / Sich Haupt für Haupt vom Ufer in den Nachen, / Wie Vögel tun, wenn sie den Lockruf hören."[3]（“宛如秋天的黄叶，/ 一片一片坠

1 Henry Goverts an Wolfgang Koeppen. Brief v. 17. August 1954. (WKA 24471)

2 Dante Alighieri: *La Divina Commedia. Inferno*. Commento di Anna Maria Chiavacci Leonardi. Milano 2011, S. 95.

3 *Dante Alighieri's Göttliche Komödie*. Übersetzt von Karl Witte. Berlin 1865, S. 16 f.

落至枝条残萧，/ 至落叶如衣铺陈大地；/ 亚当罪孽深重的种子 / 又与秋叶何异，/ 从岸边落到船上，/ 宛如鹰群听见召唤的呼啸，/ 一个个前赴后继。”[1]）第二句引言出自托马斯·曼的中篇小说《死于威尼斯》，小说的最后一句说到主人公古斯塔夫·阿申巴赫的去世：“一个对他满怀敬意的世界在震惊中获悉了他去世的消息。”克彭向托马斯·曼的小说致敬，但作为一种反讽，他在小说的最后并没有谈及作曲家齐格弗里德，而是将其反用到了纳粹及杀人犯犹太扬身上：“当天晚上，报纸报道了犹太扬的死讯。鉴于有关情况，他的死讯成了世界性的新闻，但无人对此感到震惊。”（见本书第 262 页）托马斯·曼的阿申巴赫死在威尼斯丽都的躺椅上，面朝大海，而少年塔齐奥徘徊在远处一块沙滩上，“他像孑然一身与世隔绝的离魂，头发飞舞着，站在海中，站在风中，面对着雾气蒙蒙的无边无际”[2]。犹太扬死在浴场博物馆，他最终也是在一片迷雾中迷失了自我，不过他面对的是一片红雾——“这儿肯定是一个妓院。或者是一个毒气室。”（见本书第 260 页）——这是他想出击却意外死掉之前看到的。

1 此处译文参照了本书所引用的德语版以及张曙光和王维克的中译本。——译者注

2 Thomas Mann: *Der Tod in Venedig. Novelle.* Frankfurt am Main 1992, S. 138 f.

从整体上说，是否可以将《死于罗马》视为《死于威尼斯》的一个反讽式的模仿版？克彭在 1987 年 4 月 1 日致凯特琳·杜波依斯与安妮特·埃尔利希的一封信中非常明确地否定了这种说法：“您所提到的引用文献我并不了解，我也应该不会去了解。有一个推断称，我的小说《死于罗马》是《死于威尼斯》的一个（故意为之的）反讽式的模仿版，这种说法太荒谬了。我从 15 岁起就非常喜爱托马斯·曼的这部中篇小说。但我在写自己的小说时完全没想到他的作品。当然，我的标题和引言与托马斯·曼有关，也许可以视为一种致敬。但是，在大师写了死亡之后，别人就不能在别处也书写、探讨死亡了吗？我只能说这种观点纯粹是胡说八道。”[1]

情节

第一部分

《死于罗马》一落笔就以诊断时代的视角注视着当时的罗马，游客们站在万神庙“古老的穹隆之下”“瞠目结舌”，仰望着从穹顶窗口处落下的光线。罗马是一座被古老诸神与魔鬼遗弃的城市，如

1 Wolfgang Koeppen an Catherine Dubois und Annette Ehrlich. Brief v. 1. April 1987. (WKA 14308)

今统治着这座城市的是“库克”旅行社及“意大利旅游局”，美杜莎保住了她的头颅，并以市民的身份定居了下来，朱庇特如果没有“被关在疯人院里，接受好奇的精神病医师的分析，抑或被扔进了政府的监狱中”，就住在“城市边缘的城墙后面”，罗马的母狼是“罹病而绝望的野兽”，“远离了罗慕路斯和雷穆斯，令他们再也无缘吮吸奶水”。（见本书第 2 页）

前来购买军火的前党卫军将领犹太扬出现在了这座城市，他当初在纽伦堡曾经被缺席判处死刑，现在他将在此与家人见面。除了他以外，他的侄子，作曲家齐格弗里德也来到了罗马，齐格弗里德的交响乐将要借国际大会举办首演。

指挥齐格弗里德的交响乐的是指挥家库伦贝尔格，他的夫人伊尔莎也陪着他一起来到罗马。齐格弗里德在开篇时就已经看到了他的姨父坐着黑色的大轿车，但是没有认出他来。伊尔莎陪着她的先生参加排练，之后一起吃饭并回到宾馆。犹太扬也回到了自己在维内托大街的宾馆，准备与亲属碰面，包括他的太太埃娃，“一个忠诚的德国女人，一位榜样”，还有他的儿子，一个正在准备成为神父的执事，但对他来说只是“一只奇怪的老鼠”（见本书第 31 页），然后还有他的连襟弗里德里希·威廉·普法拉特，他“眼中的王八蛋”（见本书第 30 页），以及普法拉特的太太和儿子——安娜与迪特里希。至此，所有重要的人物都已经出场，之后，在小说所叙述的三天时间中，他们将相继出现在不同的段落中及并行推进的情节里。此外，小说的故事发生在1954年5月7日，就在这一天，法国在奠边府战役中失利，从而标志着第一次印度支那战争的结束。“印度支那丛林中的白色堡垒即将陷落。在这些日子里，是战争还是和平的问题悬而未决，但我们对此一无所知。我们只是到了很晚才知道毁灭曾经威胁过我们，我们是从报纸上了解到这一切的，但相关的报纸当时还没有印刷出来。”（见本书第12页）

在前往普法拉特一家下榻的宾馆参加家庭聚会的路上，犹太扬发现了一家酒吧，这家酒吧也是同性恋聚会的地方，还见到了柜台收银员劳拉——“他想，一个漂亮的荡妇。”（见本书第47页）——他打算回头再来找她。到了宾馆之后，他看到“一个德国人的聚餐会”（见本书第71页），他的连襟普法拉特就坐在其中，紧接着他逃离了他“视线中的市民们”（见本书第73页），在城中漫无目的地游逛。在圣西尔维斯特广场的一家“电话公司”中，他给连襟普法拉特打了电话，解释了为什么不能赴会，并约了他们一家第二天去他在维内托大街的宾馆见面。然后他在城中继续前进，最后走到了一个地窖酒馆，这个酒馆提供“德国菜”与“皮尔森啤酒”（见本书第 89 页），他在这儿遇见了他的“灵魂兄弟和战友”。天黑了，最终他在圆柱广场叫了一辆出租车，在快到宾馆之前，他下了车，去了劳拉工作的酒吧。

与此同时，齐格弗里德应库伦贝尔格之邀，去后者下榻的宾馆吃晚饭。夜深时，他回到了宾馆，表弟阿道夫·犹太扬正在等他，通过阿道夫他才知道，“他们都在罗马，我的父母、我的兄弟迪特里希、我的犹太扬姨妈和姨父”（见本书第 95 页）。

第二部分

“教宗在祈祷。”（见本书第 124 页）——第二部分以此开篇。教宗在进行晨祷。就是齐格弗里德也在歌颂着罗马的清晨：“我喜爱早晨，罗马的早晨。”（见本书第 126 页）齐格弗里德出发去参加自己交响乐的“最后一次排练”（见本书第 129 页），在那儿他碰到了伊尔莎·库伦贝尔格，她也来参加排练，指挥家库伦贝尔格在排练后把齐格弗里德介绍给了批评家们。与此同时，阿道夫也在“游方神父的旅舍”（见本书第 130 页）开始了新的一天，而普法拉特一家则正准备“去卡西诺，但不是去那儿的修道院，而是打算去游览那儿的战场”（见本书第 133 页），去那边野餐。在此之前，他们去犹太扬下榻的维内托大街上的宾馆拜访犹太扬，犹太扬像接待“穷亲戚”（见本书第 137 页）一样接待了他们。

排练结束后，齐格弗里德去圣天使城堡和阿道夫碰头。但他提前到了约好见面的地点，于是就去了台伯河的岸边，勾搭上了一艘游船上的一名男妓。而阿道夫此时下到了圣天使城堡的地牢之中，还见到了他的父亲，见到父亲在地牢最深处的“活生生被埋葬者的坟墓前”（见本书第 166 页）解决了自己的生理急务。然后两个人都离开了圣天使城堡。犹太扬意外见到了劳拉，和她约了晚上见面，然后又去看了他的太太埃娃和儿子阿道夫，并且向他们手里塞了些钱，但他并不知道，阿道夫在圣天使城堡就已经看到他了。他又乘车去了普法拉特的宾馆，后者正打算去参加齐格弗里德的音乐会，所以犹太扬也决定去参加音乐会，“去看看连襟普法拉特的儿子摆弄小提琴”（见本书第 199 页），尽管齐格弗里德实际上是一名作曲家，而不是音乐演奏家。这个时候，普法拉特一家和阿道夫都来到了音乐厅，伊尔莎·库伦贝尔格就坐在阿道夫的旁边，被犹太扬用猥琐的目光打量着，他在音乐会结束之后，从弗里德里希·威廉·普法拉特那里获悉，伊尔莎是“已被清算的百货公司老板——犹太人老奥夫豪斯的女儿”（见本书第 220 页）。

演出在嘘声和喝彩声中结束——嘘声来自音

乐厅的顶层，而坐在前排座位的观众则在鼓掌。不过就算是喝彩声也没有能激励齐格弗里德登台鞠躬致意。但库伦贝尔格还是积极活动，确保了齐格弗里德获得国际大会为其谱写的作品颁发的音乐奖项。“齐格弗里德将会获得那个音乐奖项，不是全部奖项，但他会获得一半的奖项”（见本书第 246 页）。

而齐格弗里德感觉与前排的喝彩声相比，自己更认同顶层的听众。离开了音乐厅后，他带着阿道夫去了劳拉的酒吧，而犹太扬和普法拉特一家也来到了这里。当齐格弗里德问到“犹太扬姨父，你变成同性恋啦？”（见本书第 232 页）时，犹太扬尴尬不已，“似乎这会儿才恍然大悟，这是一个同性恋的酒吧”（见本书第 232 页）。

齐格弗里德和阿道夫陪同劳拉一起离开了酒吧，而犹太扬心怀嫉妒地“坐在车厢尾部观察着他们”（见本书第 241 页）：“他确认了——他的儿子把他从一个婊子那里挤走了。”（见本书第 241 页）他们在黑夜中穿过城市走到了天使与殉教者圣母大殿前，齐格弗里德离开了阿道夫与劳拉，前往火车站，在那儿买了一份报纸，发现“丛林中的堡垒已经沦陷”（见本书第 245 页）。阿道夫靠近劳拉，触摸她的脸，但是鼓不起勇气，没能屈从于“甜蜜的欲望”（见本书第 248 页），丢下劳拉一个人跑了。

第二天，齐格弗里德从罗马市长的手中接过了半奖。犹太扬醒来后因为喝了太多香槟酒，“脑壳疼痛”（见本书第 249 页）。阿道夫则向一位会说德语的神父告解自己前一天晚上所受到的诱惑。犹太扬最终在火车站与劳拉碰头并和她一起去了一家宾馆。他和她睡觉，然后陷入了反犹的杀戮癫狂之中——“必须清算掉那个犹太女人。（中略）清算没有彻底完成”，他看到窗外对面宾馆中的伊尔莎·库伦贝尔格，“那个犹太人的女儿，那个逃脱者”。（见本书第 257 页）他开枪向她射击——手枪出自军火商奥斯特里茨——然后跌跌撞撞地离开了宾馆，“每走一步，他都有一种沉入无底洞的感觉”（见本书第 259 页）。最终他逃入了浴场博物馆，并死在了那里。他的儿子阿道夫当时正好也在博物馆，并且叫来了之前的告解神父，为犹太扬抹了最后的圣油。

接受史

1954 年 11 月 15 日，小说出版后不久，克彭写信给戈费茨：

“《死于罗马》的反响好像没有预计的那么好。科恩似乎有很多还没读，因为他到现在都还没有为弗里施的《施蒂勒》[1]写书评。就我目前看到的，我在您这儿出版的三本书中，《死于罗马》受到的攻击是最激烈的，这本书完全被误判为一本政治挑衅的书。《情感教育》出版时也被当作在艺术上完败、在精神上令人深恶痛绝的书。自从《温室》出版后，我在乡下已经被钉上了耻辱柱。我又一次想像福楼拜一样高呼：'我也一点都不想这样写！！因为不是我想用这些素材；是素材自己硬生生地挤到了我的笔下的！以后我会回到简单、纯粹的小说的创作中。'并非是因为我特别在乎批评，但我的下一本书，我打算创作的主题不再是那么政治性的。不管怎么说，我确实想很快再写一本书，希望可以明年出版。目前我感觉有能力写一本'伟大'的书。"[2]

1954年10月28日，《巴登日报》发表了第一篇关于本书的书评，标题是《沃尔夫冈·克彭身处古老的战线》。[3]1954年10月31日，《日报》也发表了一篇关于本书的书评。[4]与此同时，比较引人注目

---

1 瑞士德语作家马克斯·弗里施1954年的作品。——译者注

2 Wolfgang Koeppen an Henry Goverts. Brief v. 15. November 1954. (WKA 24446); siehe auch Goverts' Brief an Koeppen v. 17. August 1954.

3 (rd): *Wolfgang Koeppen auf der alten Linie*. In: *Badisches Tageblatt* v. 28. Oktober 1954.

4 P. Dempe: Wolfgang Koeppen: *Der Tod in Rom*. In: *Der Tag* v. 31. Oktober 1954.

的是，《法兰克福汇报》没有发表任何关于本书的书评，尽管克彭对此曾有所期待，而且卡尔·科恩作为《法兰克福汇报》创始人之一和当时的文艺专栏主编，此前为《草中鸽》《温室》写过极其正面的书评。[1]《时代》周报的反应则较迅速，克彭在其自传体笔记《我是怎么开始写作的》中曾对这篇书评进行了反击。[2] 书评人保罗·胡内菲尔德的观点一分为二。他批评克彭眼中只有"黑色"，作品人物都很负面："老家伙是幽灵，而年轻人很遗憾地也是——而且更压抑：老家伙的面具已经被揭穿了，我们对他们知根知底，而年轻人则展现了新的危险。"胡内菲尔德总结道："作为对幽灵的研究，克彭的书是一部奇妙的大师之作。然而，作为反映德国现实的镜子，它其实是扭曲的——也许还是有意为之。而现在迫切需要的是一面准确折射现实的镜子。"[3]

1954 年 11 月 17 日，《明镜》周刊上发表了一篇

1 Vgl. Karl Korn: *Ein Roman, der Epoche macht sowie Satire und Elegie deutscher Provinzialität.* In: *Über Wolfgang Koeppen*, a. a. O., S. 25-29 und S. 45-49.

2 Vgl. S. 210, Anm. 1.

3 Vgl. Paul Hühnerfeld: *Gespenster in Rom*. In: *Die Zeit*, Nr. 44 v. 4. November 1954; in: *Über Wolfgang Koeppen*, a. a. O., S. 69-71. 克彭对这位书评人并不陌生，1952 年他就曾为其小说的手稿忙碌过，希望可以有机会把它介绍给戈费茨。在 1952 年 11 月写给戈费茨的信中，克彭如此写道："我的突然离开让胡内菲尔德的小说手稿出现了停顿。我本来正在写一份（转下页注）

以《在小说的病床边》为题的书评，也批评小说“人物过于片面化”，更希望看到“真实的人类”，“类似于恩斯特·冯·萨洛蒙《问卷》中的那种”。这篇书评还引用了克彭发给《时代》周报的文章中的用语，称在“一封寄给汉堡《时代》周报的信”中，克彭自己承认“在罗马聚集了几个幽灵”。批评家们理应感谢克彭为他们提供了批评的基调。胡内菲尔德的书评就是以《罗马的幽灵》为题的，而《明镜》周刊将这部小说称作“文学的通灵术”[1]。其他书评人也延续了对这一意象的使用，结果一大批书评都充斥着这样的标题：

（接上页注）关于这位极富才华的作者的报告，但是我不得不把这一切暂时放在一边。（中略）正像我已经说过的，我认为胡内菲尔德非常有才华，理应得到别人的关注。不过，这话只是你知我知，他的手稿只有个别地方让我觉得不错。我觉得他的写作还‘缺乏自由’，我不知道您是否明白我的意思。我觉得他还缺少小说所需的勇气、力量和诗意。我喜欢的部分，可能可以被叫作小说性质的报告：主要是高射炮女助手的营地及其逃亡的部分，后面还有关于杜塞尔多夫的共产主义报纸编辑部的描述。这是一个非常重要的主题！共产主义对不满现有社会秩序的年轻人具有毋庸置疑的吸引力，接着党的机器又将这些人摧毁。但是胡内菲尔德让这些从他面前溜走了。（中略）最后我要再次强调，我从《时代》周报上看到的胡内菲尔德的作品，证明他确实是一位非常有才华的作家——他是否也可以成为一名小说家，还有待观察。” [Wolfgang Koeppen: *Brief an Henry Goverts* v. 11. November 1952. (WKA 24418)] 胡内菲尔德的小说未出现在书目上，显然戈费茨出版社或其他出版社都未曾出版过他的小说。

1 Anonym: *Am Krankenbett des Romans*. In: *Der Spiegel* v. 17. November 1954.

《病态的幽灵之舞》[1]、《永恒之城的幽灵》[2]、《令人恼火的——罗马幽灵》[3]，又或者是《沃尔夫冈·克彭充满政治幽灵的新小说》[4]，等等。

《明镜》周刊的书评最终偏离了针对文学自身的范畴，它推断“对于此类文学通灵术的解释”在于克彭手头的窘迫，以及由此而生的故意为之的市场导向：“显然，《死于罗马》的完成只用了几个星期，因为出版社希望可以把“新克彭”纳入文集，在秋季出版。而图书最重要的销售季就是在圣诞节前。”[5]

如果作者真的是那种人，即他是出于手头窘迫才强迫自己在几个月内写就一部小说，好让其在各个秋季书展上露面，那他创造的作品应该会更加丰富，他也不会在出版《死于罗马》以后的40多年中，虚掷光阴，再也没有发表过任何一部小说。克彭作为小说家文思泉涌——至少在写《死于罗马》的时候——一方面是因为他的某个经历

---

1 Werner Tamms: *Perverser Reigen der Gespenster*. In: *Westdeutsche Allgemeine Zeitung* v. 26. November 1954.

2 Arnold Künzli: *Gespenster in der Ewigen Stadt*. In: *National-Zeitung* (Basel) v. 6. August 1955.

3 Anonym (R.B.): *Ärgerlich – Gespenster in Rom*. In: *Kölner Stadt-Anzeiger* v. 27. November 1954.

4 Anonym (L.B.): *Blind hinter falscher Fahne marschieren... ›Der Tod in Rom‹, Wolfgang Koeppens neuer Roman voller politischer Gespenster*. In: *Nürnberger Nachrichten* v. 18. Dezember 1954.

5 Anonym: *Am Krankenbett des Romans*, a. a. O.

为他带来了灵感，另一方面也是因为机缘巧合，让他可以不用继续原先的小说创作计划。[1]克彭写《死于罗马》是为了不再继续另一部小说的创作。他如此迅速地完成《死于罗马》的创作，是因为素材本身硬生生挤到了他的笔下，也因为当时他的环境正好也特别有利于创作。

埃里希·弗兰岑在1954年11月20日关于《死于罗马》的评论中也使用了幽灵的比喻，讲到了“恐怖幽灵”。他的批评也是一分为二的：“是的，作为一部史诗般的作品，《死于罗马》非常不尽如人意，但该书在描述我们这个时代的一位艺术家的忏悔时，其以抒情为底色的描述方式依然极为扣人心弦。我们多么希望克彭可以与紧跟着他到‘永恒之城’的恐怖幽灵拉开距离。这样他就可以自由选择他自己的魔鬼，也只有他自己可以成为世界的主宰，而不是‘当前的强权’。”[2]卡尔·奥古斯特·霍斯特同样希望能够看到这样的距离，他批评克彭在《死于罗马》中的“视角偏执狭隘”，“让我们感受到的只有怜悯、怨恨和矛盾。克彭应当在他下一部小说中毫不含糊地表明自己的立场，而不是勾勒反对者的

---

1 Wolfgang Koeppen an Henry Goverts. Brief v. 22. Februar 1954. (WKA 24440)

2 Erich Franzen: *Römische Visionen*. In: *Süddeutsche Zeitung* v. 20. November 1954; in: *Über Wolfgang Koeppen*, a. a. O., S. 667 f.

阵线”。[1]

1954年11月19日发表在《达尔姆施泰特回声报》上的书评以《时代的批评与廉价文学》为题，作者为格奥尔格·亨泽尔，他的标题本身就表明了严厉的批评立场。在文章开篇，亨泽尔首先表扬了这本书，特别是在语言和修辞方面，认为它的“叙述节奏令人着迷”。而且，他并没有把小说中的人物当作纯粹的幽灵来看待。与之相反的是，他认为“这些人物第一眼看上去非常奇幻，其实我们可以很轻松地将其与今天的任何一份日报的报道联系起来：这些人物毫无疑问地存在于真实生活之中，他们是某些特定年份、特定社会阶层和特定经历的代表”。不过这位批评家对这部小说的性题材及结尾予以了批评：“克彭没必要在这样一个已经极具爆炸性的人物的活动中，再抹上性变态的一笔，并且结尾部分的性描写也几乎是廉价的，只会让人困惑不解。”不过书评者最后还是忍不住称赞道：“不管怎么说，这本书绝对值得一读。”[2]

此外，在克彭留下的文献中，还可以找到一些克彭本人或打字员所摘录的评论或陈述（如来自阿

---

1 Karl August Horst: *Der ewige Judejahn*. In: *Merkur* 9,1955, S.591; in: *Über Wolfgang Koeppen*, a. a. O., S. 83ff.

2 Georg Hensel: *Zeitkritik und Kolportage*. In: *Darmstädter Echo* v. 19. November 1954; in: *Über Wolfgang Koeppen*, a. a. O., S. 65 f.

尔弗雷德·安德施）的抄本。抄本中不仅收集了正面的声音，也收集了批评的声音：

> 如果说仅靠个人特点与语言的丰富性就可以造就重要的史诗作家，那么在德国较近期的作家中，沃尔夫冈·克彭完全可以排在最前列。他的语句仿佛狂野不羁的波浪，毫不着力地向前奔涌着，他的文字是闪闪发光的水花，喷涌不息，整部作品都包含着一种苦涩、健康的咸味。这本书自然纯洁令人振奋，这在德国非常罕见，读者可以跟着它一起远航穿越隐秘的深谷，直到驶向一片广阔无垠。
>
> （埃里希·弗兰岑，《南德意志报》）

> 他是当今最不妥协、最危险、最令人兴奋的德国作家，而这是第一次克彭没有让超级德国人获胜——他将他们都判了死刑。仅仅是这种大胆的、显然正面的结果，就足以让人把注意力放到像克彭这样的作者身上。
>
> （汉斯·赫尔穆特·基斯特，
> 《慕尼黑信使报》）

> 与《温室》的创作相比，沃尔夫冈·克彭在创作这部作品时，其不偏不倚的态度依

然咄咄逼人，而书中前前后后令人反感抵触的地方与前者相比也丝毫不见减少，引发的愤愤不平也毫不逊色。虽说他把这一出德国萨堤尔剧的场景安排在了罗马而不是波恩，如果我们忽略他对场景与地域特征的描述，这一场景的变化其实无关紧要——话说回来，他对于地域特征的描述，同样营造出一幅神秘大胆并尖锐反映现实的画卷，让人目不暇接。人们可以在这幅罗马画卷中驻足流连，可以观察克彭对这个城市中死去的角斗士们、死去的恺撒们、死去的暴君们、死去的教宗们、死去的主教们、死去的雇佣兵们、死去的艺术家们和死去的交际花们的回忆——他这么做不仅仅是在考虑文学的效果，不仅仅是为了设置辞藻华丽的背景，而且也是在描绘一个现实，即他那些来自科林斯波-臭气家族的德意志英雄只有在满是刺鼻霉味的污秽中才能最充分地展现出他们的本来面目。

不管犹太扬的戏剧性结局是多么肮脏不堪，他的死亡既不令人感到宽慰，也不代表着地平线上的一道曙光。

（罗伯特·哈尔特，《当代》）

可惜了，那些色彩的挥霍，至少它还不

足以让人不愉快。罗马街边的石头也不会因为这种无聊的德国洗碗水而变得更脏，最多就是书评都被搞脏了。但是这些书评不写也不行，总得有人告诉别人，这里没啥可以错过的。（保罗·许布纳，《莱茵邮报》，杜塞尔多夫）

在这本令人不快的书中，克彭还是那位扣人心弦、引发对立的作家。

（西勒克斯，《书评》周报）

有一次，有人向埃里希·克斯特纳提了一个问题，后来他自己也反复提到这个问题："克斯特纳先生，积极面在哪儿？"现在这个问题也摆在了克彭的面前，而且这个问题提得理所应当：没有一点积极面的支撑，他的消极面也就失去了价值，而且这些消极面也变得无法测量。

（保罗·胡内菲尔德，《时代》周报）

我认为《死于罗马》不仅是作者本人最好的书，而且是最近这些年来最好的书之一。

（阿尔弗雷德·安德施）[1]

---

1 WKA (M 867-1 und 867-2).

沃尔夫冈·克彭在一次未书面发表过的演讲中对他的批评者，就《温室》这部不得不容忍各种不同评价的小说[1]及《死于罗马》陈述了自己的看法。他以此回应了针对他的指责，并为其“最饱受争议之处、某些人所谓的人类生存中令人恶心的那一部分”进行了辩护。这里他所指的是人类的性行为：“我并不认为性行为如某些伪君子所想的那样，只是被遮掩的下体的那事儿。我认为，今天我们应该从整体上来理解人类，一个人的性行为、欲望、压抑、潜意识、梦境及困境都是观察的对象。（中略）西勒克斯在《书评》周报中表示，我把我最近的小说《死于罗马》中的一个人物安排成恋童癖是一种令人尴尬的纯粹多余——我必须反对他的观点，对我来说，这根本就不是多余的，相反是必要的。我不觉得恋童癖本身对讨论而言有什么意义。但是对我的小说人物而言，这是对寂寞，对遭到迫害，对神经衰弱、痛苦与恐惧的一种象征。”[2]

关于“积极面在哪儿”这样的抱怨，克彭表示：“最初是保罗·胡内菲尔德在《时代》周报中围绕我的《死于罗马》所写的一篇非常中规中矩的书评中提出了这个问题。现在我必须说实话，我真的

---

1 Vgl. Wolfgang Koeppen: *Das Treibhaus. Werke Band 5*. Hg. v. Hans-Ulrich Treichel. Berlin 2010, S. 222-236.

2 WKA (Vortrag M 317-6 und M 317-7).

搞不懂他想问什么。因为对我来说，为世界创造积极正面的思想或是为解决世界上的问题做出直接的贡献，并不是艺术或文学的责任。一部小说可以包含所谓的正面思想，但这不是评价小说等级的标准，而且在我看来，文学的意义并不在于予人慰藉。一首烂诗也可以予人慰藉。有一大批我所喜爱的文学作品——这些作品我相信保罗·胡内菲尔德也会喜欢——都缺乏积极面与慰藉。我想知道，《约伯记》[1]的积极面在哪儿？《约伯记》甚至无力战胜它自己所唤醒的疑惑的魔鬼。关于《约伯记》的争论非常多，最后我们能够得出的结论只有：面对命运的谜团，人类根本没有能力理解上帝的想法，因此最后他唯一能做的就是无条件地服从。《哈姆雷特》中什么地方是积极的？《麦克白》呢？《亲和力》中的积极面在哪儿？就是他们同时代的人也在寻找答案！在《情感教育》出来之后，福楼拜由此被别人当作一个傻瓜、一个恶棍，对他洗澡的阴沟都是一种玷污。司汤达被斥责为赤裸裸地玩世不恭，缺乏任何高尚的思想。陀思妥耶夫

1 《旧约·约伯记》讲述了一位正直良善的富人约伯，在几次巨大灾难中失去了人生最珍贵的事物，包括子女、财产和健康。遭到人生各种打击的约伯依旧秉持着对上帝的信仰，据认为这一篇是在回答为什么虔诚信仰上帝的人会受苦的问题。无论如何，该篇的文学价值广受赞颂，英国诗人丁尼生称其为“古今第一诗篇”。——译者注

斯基的积极面在哪儿？卡夫卡的呢？还有普鲁斯特、乔伊斯、布洛赫[1]、贝克特[2]。在我看来，所谓的积极面就在于这些书的存在，在于诗人们创作了这些作品。”[3]

瓦尔特·延斯与阿尔弗雷德·安德施的书评对本书显然持赞许的态度，他们的书评都是在小说出版数月后发表的。这样一来，在时间维度上，延斯足以拉开距离，辨认出这部小说与《温室》不同，该书并“没有展开政治讨论”，“因为这本书写得非常聪明、非常艺术，这是一席文学的盛宴，不仅仅是对罗马的游客有益”。[4]

1955 年 2 月，阿尔弗雷德·安德施在他自己出版的杂志《文本与符号》中发表了一篇相关书评，将《死于罗马》列为政治小说，认为这部小说是对时政的史诗般的贡献。本来这是不可能完成的一件事，因为在时间维度上，叙述者应当与叙述对象之间保持一段距离。克彭通过内心独白解决了这

---

1 赫尔曼·布洛赫，奥地利作家，代表作有《梦游人》《无罪者》《着魔》等。——译者注

2 萨缪尔·贝克特，爱尔兰作家、小说家，代表作有《等待戈多》等。——译者注

3 WKA (M 317-7 und M317-8).

4 Walter Jens: *Totentanz in Rom. »Treibhaus«-Autor Koeppens dritter Roman und kein Skandal*. In: *Welt am Sonntag* v. 3. April 1955; *Über Wolfgang Koeppen*, a. a. O., S. 80ff.

一问题："由于内心独白可以实时且自动地对所发生的事件进行思考，事件也可以通过内心独白得到持续发酵；每个当下都会按照行动的实时情况得到展示。最终克彭因此也完成了看似不可能的任务，即把日常政治转化成艺术：当下的事件成了行动的大型寓言。"[1]在《死于罗马》中，与内心独白相比，自由间接引语至少具有同样重要的作用，甚至只多不少。因为严格来说，内心独白只在齐格弗里德出现的地方才会换成第一人称，以"我"的形式进行叙述。除了叙述技巧方面，安德施也强调小说代际题材的表现。对他来说，《死于罗马》是"一部关于代际断裂的小说"[2]，不仅在老纳粹及其同谋与年轻的非纳粹之间明显存在着代沟，在齐格弗里德的音乐和伊尔莎·库伦贝尔格的不理解之间也存在着代沟："在某些章节，克彭准确地描述了善良的、人道主义的、与人无害的老一代对新一代陌生的绝望情绪的不理解。克彭在末尾安排了人类的乐观主义者伊尔莎·库伦贝尔格倒在了老犹太扬的子弹下，赋予了这种绝望的存在以合理性。"[3]

1955年初，路德维希·马库塞在纽约出版的

---

1 Zit.n. Alfred Andersch: *Choreographie des politischen Augenblicks*. In: *Über Wolfgang Koeppen*, a. a. O., S. 74.

2 Ebd., S. 76.

3 Ebd., S. 76 f.

一本德语周刊《建设/重建》上发表了一篇书评。马库塞也指责小说的“结尾令人困惑”，他从克彭的文本中不时可以听到海因里希·曼的声音，“可惜有时也是最糟糕的施特恩海姆[1]的声音，但大部分时间包含一种新的抑郁而急促的声音”。针对有关克彭的小说主人公形象塑造失真的指责，他进行了辩护：“他们所说的话还没有在报纸上出现过——这就是为什么有些德国书评人觉得他们是失真的。但伊菲革涅亚[2]也是失真的。（中略）这样的姑娘，人们是不会在聚会上碰到的。”他接着说，“克彭所作的是诗意的速写，他描述的对象是1933年的德国，呈现出来却是20年后的意象丰富的速写。在德国，人们早就随波逐流，很少有人会揪着别人不放，反而会跟这个了不起的人结交。人们最多会拍拍他的肩膀说：‘天哪！幽灵竟然还抓着你不放。耐心点。你会挺过去的。’德国会通过他们遗忘的狂欢挺过去吗？今天人们不能高估话语的软弱无能。不管怎么说，能听到这样的声音是一种祝福。”[3]

---

1 德国作家，其作品常常讽刺德国中产阶级。——译者注

2 希腊神话中的人物，尽管她愿意献祭自己平息狩猎女神的愤怒，但在被斩首的一刻瞬间消失，并在多年后重现拯救了她的弟弟。——译者注

3 Ludwig Marcuse: *Eine einsame Stimme*. In: *Aufbau* (New York), v. 25. März 1955.

1955年5月12日（第一年第一期）至9月22日，《另一种报纸》（汉堡）连载了《死于罗马》。这是一份在1955至1961年间出版发行的报纸，被视为“左派社会主义”的报纸。[1] 当时与连载的第一部分一起发表的评论中写道：

> 舍茨和戈费茨出版社授予我们在报纸的创刊号上连载沃尔夫冈·克彭的小说的权利。这本书像年前出版的另一本书《温室》一样，引发了非常多的不满，因为它与其他小说不同，因为它直言不讳，因为它描述的世界是按世界的真实存在及其所展现的本来面目来描述的，其中包含着我们当下的现实，而不是对其避而不谈。
>
> 人们认为这是一本负面的书，因为它说了太多的实话，因为这本书在控诉，因为它充满了困惑。不管这本书有多少负面的东西，作者迈进的纳粹沼泽是如何泥泞——克彭同样也展示出了其笔下人物的儿子们的渴望，

1 克彭在写给玛丽昂·克彭的信中误把“*Die Andere Zeitung*”写成“Das Andere Blatt”：“《另一种报纸》是一份很好的报纸，报纸的员工也都很优秀。他们昨天的创刊号——包括《死于罗马》和我的照片。”(***Wolfgang und Marion Koeppen: » ... trotz allem, so wie du bist«***, a. a. O., S. 99)

新书样本第一部分插图，刊于《另一种报纸》，1955 年 5 月 12 日。

一个极其强烈的渴望，即从过往黏稠的泥浆中脱身而出，重新站在稳固坚实的地基上，哪怕他们跟自己的父亲一样，无法忘记并摆脱过去。

所以到目前为止，尽管存在着各种敌意，这本书仍旧是一本积极的书，人们可以在其中感受到对未来的信任、对年轻人的信任，哪怕他们还不知道前进的道路何在，但是他们全心全意地在寻找着。[1]

1986年，为了庆祝克彭80岁生日，《南德意志报》也连载了《死于罗马》。1986年8月22日，《时代》周报对连载予以了批评："报纸连载小说的负责人可能会想，谁会在报纸上阅读连载小说——也许是一群平时也不读什么书的人，是为了方便连日常阅读都恨不得是加工缩减后的简报的文学消费者。那种一小段一小段的。现在有些作家也自以为可以用小段小段的方式来写作。沃尔夫冈·克彭在《死于罗马》（1954）中没有什么地方是用一小段一小段的方式来写的，这本来与正规的小说连载也没有什么冲突。但《南德意志报》为了庆祝作家80岁的生日而刊登这部小说时，忍不住在文中补上这样的一小段一小段。现在也许文本的条理变得清楚了一些，可惜的是其结构却遭到了破坏——此外还有一个问题需要解决：在小说的结尾，似乎永远的纳粹犹太扬的所作所为在连载小说中是不被允许

1 *Die Andere Zeitung* v. 12. Mai 1955.

的。他跟一个女孩上了床。他可以——《南德意志报》是一份自由派的报纸——在上个星期四那期的第34页右上方这么做，但是他在一定程度上还是要注意自己的行为——不可以伸展四肢，不可以粗暴地对待瘦弱的女孩的身体，不可以出汗、发出汗臭。难道这是为了照顾小城旧厄廷的个人订户吗？不管怎么说，这样的变动并未与作者或者出版社商量过。”[1]

《死于罗马》在民主德国所得到的批评反应完全是另一种情况，让该书在这里的接受过程显得独树一帜。1956年，德意志中部出版社显然曾计划出版《死于罗马》，而且计划一并出版克彭的战后三部曲，并为此邀请专家对这三部小说给出专家意见。审读《草中鸽》的专家（文学及出版事务局专门负责外联及审查的专家阿尔诺·豪斯曼）的意见书是这么说的：“克彭的小说是西德最有意义的新出版物之一，特别是《草中鸽》，远超出了作者本人的其他作品，是其结构上最完整的作品之一。”但意见书对克彭的社会批评只给予了有限的称赞，因为他“还没有超越他早期作品中的批评”，与此同时，这部作品因“作者观点的严肃性及友善的结

---

1 *Zeitmosaik*. In: *Die Zeit* v. 22. August 1986.

局而富有意义”。[1]

关于《温室》，专家意见是这么写的：“沃尔夫冈·克彭在这部小说中抨击了一个名不副实的民主体制。”这里指的是“波恩体制”，克彭隐晦地表达了对这一体制的严厉批评。在这本书中，他讲述了一位“不断为人类的目标而战斗的”议员，但议员本人都感觉自己的战斗“徒劳无用”。[2]

而专家关于《死于罗马》的意见则相反，其内容让人已经隐约感觉到这部小说在德意志民主共和国的出版将会引发的批评与争论：“尽管书中的人物具有明显的反法西斯特征，但是也展现出了在资产阶级社会生活的人们在对抗新法西斯时，那种完全看不到出路的失落感以及对斗争前途的茫然。”[3]《草中鸽》与《温室》直到 1983 年才由人民与世界出版社连同《死于罗马》一起以作品集的方式出版。[4]至于《死于罗马》，尽管其得到的是批评性的专家意见，却还是于 1956 年由德意志中部出版社出版发行。书的装帧与第一版区别不大，不过这一版附了自己的简介，其中值得关注的一点

---

1 BArch DR 1/5016a, pag. 147.

2 BArch DR 1/5016a, pag. 153.

3 Zit. n. Simone Barck/Siegfried Lokatis: *Zensurspiele. Heimliche Literaturgeschichten aus der DDR*. Halle (Saale) 2008, S. 122.

4 Wolfgang Koeppen: *Tauben im Gras. Das Treibhaus. Der Tod in Rom*. Berlin: Volk und Welt 1983.

是，这个简介把犹太扬突出为主人公，作曲家齐格弗里德的名字甚至都没有出现："'犹太扬能做什么？他可以让人清洗这个酒吧。纯属胡扯，他不可能让人清洗这个酒吧……'因为时代已经变了，判决已经生效，前党卫军将领犹太扬不想面对他丧失权力的现实。他像一个幽灵、死亡的代言人穿过充满了生活气息的罗马，穿过这个他一度掌控的罗马。

"犹太扬来到罗马是为了给一个无名的政府购买武器，此前他一直在用自己的经验帮助这个政府训练士兵。

"他就这样逃脱了纽伦堡法庭的判决对他垂下的绞索。在伟大的罗马，这座永恒之城，一小群德国人相遇了，其中有人试着用自己的方式面对此前 12 年的法西斯统治。克彭在书中没有提供可信赖的解决方案，但是他的大声疾呼振聋发聩。"[1]

正是出于这样的意义，《新德意志报》预先刊登的小说节选自然而然地把焦点集中在犹太扬这个人物身上，犹太扬也成为联邦德国军国主义卷土重来的代表。编者按中是这么说的："主人公是某个叫犹太扬的人，一个法西斯凶手，他逃脱了战后的

---

1 Koeppen: *Der Tod in Rom. Roman*. Klappentext. Halle (Saale) 1956.

审判，如今来到意大利，期待着能够重新出山，期待着新的战争。虽然故事情节发生在罗马，但是没有人会因此而不注意到这里讨论的依旧是波恩的情况。下面我们选取了一些特点鲜明的段落，展示其对德国军国主义卷土重来的控诉。”[1]

《柏林报》上发表的一篇书评是民主德国最早的书评之一，但其所依据的是西德版本。在这篇文章的开篇，曼弗里德·海迪克是这样写的：“最近我们收到读者的来信建议——如果联邦德国书籍在我们这里未获出版许可的话，那我们就不要发表这些作品的书评。其中有个论据不断出现，那就是：‘如果我们以后都读不到这些书，那这些书评有什么用？’这是因为来信者对文学批评活动的理解过于狭窄。文学批评者并不是我们出版社广告部门的延伸。批评家的首要任务是衡量在现实的文学交流状况中围绕每本书所构成的张力，这一点对于理解两个德国的精神状态至关重要。如果双方对各自的文学出版物都缺乏相互了解，那么就可能使双方对彼此有错误的认识，这样的情况应当迅速予以纠正。我们在此也想对西德作家沃尔夫冈·克彭的新作品作出评论。”

这篇书评充满善意，它认为阿道夫和齐格弗里德

1 Wolfgang Koeppen: *Judejahn*. In: *Neues Deutschland* v. 5. Dezember 1954.

是“受骗的年轻人”的代表，在社会上找不到自己的出路。“他们离开了他们人生使命之所在——德国，踏上了一条边缘之路，一条通向孤独的道路。其结局只能是消极地、听天由命地放弃社会运动，这无疑是沃尔夫冈·克彭对纳粹复辟与法西斯主义的严肃抗议。”[1]

在克彭50岁生日之际，《柏林报》也发表了一篇相关文章分析了齐格弗里德与阿道夫：“这些知识分子的态度对我们来说有点难以理解。我们必须想到的是，在西德，他们的摇摆和失败都是环境造成的，正如克彭为我们所描述的那样。”至于犹太扬这一人物，小说在民主德国传播期间他还会引发特别的关注，而这篇书评是这么评论的：“克彭在塑造党卫军将领、党卫队旗队领袖犹太扬这个人物时展现出了文学大师的能力。（中略）小说对这一人物在心理与社会两个层面的刻画都非常准确。大家很清楚在战争中获利的那些人是从哪儿获得帮助的。”这篇文章最后向作者克彭致敬，对于读者来说，他“在他的每本书中为我们一瞥西德的现实”提供了可能：“既然我们很严肃地承认德国文化是不可分割的，为什么克彭的书在我们这里还没有出版就变得无法理解了。我们很想知道，首先要为其负责

---

1 Manfred Heidicke: *Wolfgang Koeppens ›Tod in Rom‹. Roman einer Jugend, die die Wahrheit, aber nicht den Weg sieht*. In: *Berliner Zeitung* (Berlin Ost) v. 18. Juni 1955.

的出版社或是文学部门对此会怎么说。”[1]

赫尔曼·图罗夫斯基在《世界舞台》杂志上指出，这部小说是对长期存在的法西斯危险的“幽灵般的、压抑昏暗的”描述，是对“某个社会阶层的无情揭露，这个阶层在 1945 年之后不得不短暂退出西德的政治舞台，但是他们很可能会迅速而全面地回归到所有原先那些位置上”。[2]

京特·兹沃贾克在民主德国作协出版的杂志《新德意志文学》上发表的书评中也特别把犹太扬拎了出来：“克彭塑造了一个伟大的形象犹太扬，这是一个凶残与狭隘的化身，展现了德意志军国主义的固有特征。”[3] 尽管兹沃贾克对风格上的“做作”及“大量性领域词汇的引用”颇有微词，但他还是总结道，克彭的小说是“一本高明的书，从某些角度来看也是一本很有勇气的书”。[4]

1955 年 7 月 17 日，《新德意志文学》上又发表了一篇弗兰克·瓦格纳为《死于罗马》辩护的文章，

---

1 Ursula Püschel: *Eine Welt ohne Hoffnung. Bemerkungen zu den Gegenwartsromanen von Wolfgang Koeppen*. In: *Berliner Zeitung* (Berlin Ost) v. 28. April 1956.

2 Hermann Turowski: *Sehnsucht nach Walhall*. In: *Die Weltbühne*. Berlin (Ost), 10. Jg., 1955, Heft 22, S. 684.

3 Günther Cwojdrak: Kleines Rencontre mit der Restauration. In: *Neue Deutsche Literatur*. Berlin (Ost), Heft 8, 1955, S. 141.

4 Ebd., S. 142.

他认为该书是“对西德的德国帝国主义复辟、占领军、地方主义”的警示，“对社会腐朽的厌恶让读者感同身受，面对反动派的扩张，善良的民主人士的悲伤之情也令我们心有戚戚”。在瓦格纳的眼中，犹太扬既是一个危险人物，也是一个历史遗留人物，代表着“今日德意志法西斯的有限的范围”，正在从“自己的历史幸存中走向毁灭”。瓦格纳说，“帝国主义游戏的真正导演”“诸神的真正老鼠”，正“坐在银行和大企业集团里”。不过这些都没有妨碍他对这部小说的敬重：“这部小说用一种独有的动人方式（其语言的处理方式非常伟大，偶尔也会有点做作）讲述德国帝国主义发展阶段的现实。”[1]

京特·德·布勒因在专业杂志《图书馆馆员》中称赞《死于罗马》是克彭最好的小说，认为作者属于那些“勇敢的资产阶级作家，在某种程度上可以看透资产阶级社会的驱动力与发展趋势，并且在他的作品中公开展示特别危险和卑鄙的现象”[2]。他强调小说中“幽灵般的气氛”来自犹太扬及普法拉特“这两个法西斯复辟的典型代表”，这部小说

1 Frank Wagner: *Warnung vor Judejahn. Zu Wolfgang Koeppens Roman* Der Tod in Rom. In: *Neues Deutschland* v. 17. Juli 1955.

2 Bruyn, Günter de: *Koeppen, Wolfgang: Der Tod in Rom*. In: *Der Bibliothekar*. Leipzig, 11. 1957, H. 1, S. 45.

Wolfgang Koeppens „Tod in Rom"

Roman einer Jugend, die die Wahrheit, aber nicht den Weg sieht

Kürzlich erreichten uns Leserbriefe, in denen davon abgeraten wurde, Rezensionen über Bücher aus der Bundesrepublik zu publizieren, die bei uns nicht in Lizenzausgaben vorliegen. Dabei tauchte immer wieder das gleiche Argument auf: „Was nützen uns derartige Besprechungen, wenn wir das Buch später nicht lesen können?" Aber da fassen die Briefschreiber die Aufgaben literaturkritischer Tätigkeit allzu eng auf. Der Kritiker ist nun einmal nicht der verlängerte Arm der Werbeabteilung unserer Verlage. Es wird ihm zuerst darum gehen müssen, am jeweils vorliegenden Buch das Spannungsverhältnis von schriftstellerischer Produktion und gesellschaftlicher Realität abzumessen, und das ist für die geistige Situation in beiden Teilen Deutschlands aufschlußreich. Die fehlende gegenseitige Kenntnis literarischer Veröffentlichungen hat hier wie dort falsche Vorstellungen genährt, die es schleunigst abzutragen gilt.

Heute nun wollen wir ein neues Buch des westdeutschen Autors Wolfgang Koeppen besprechen. Wie sein erstes Werk, „Das Treibhaus", so enthält auch sein jetzt

herausgekommener Roman „Der Tod in Rom" Stoff genug, um Kritiker und Leser zum leidenschaftlichen Gespräch aufzurufen. Wer ist Wolfgang Koeppen? Er gehört zur „Gruppe 47", einer Gruppe junger Schriftsteller in der Bundesrepublik, die sich 1947 zum erstenmal zusammenfanden und Bücher schreiben wollten, „denen nicht ausgewichen werden kann, für Leser, die wissen, daß Literatur nicht etwas ist, auf das man sich in der Freizeit zum Zwecke innerer Schönheitspflege zurückzieht". So hat es wenigstens die literarische Zeitschrift „Texte und Zeichen" programmatisch verkündet, zu deren engeren Mitarbeitern auch Wolfgang Koeppen gehört.

Doch zum Roman selbst. Eine in der Zwölftontechnik komponierte Sinfonie des jungen deutschen Tonsetzers Siegfried Pfaffrath gelangt auf den Musikfestspielen in Rom zur Uraufführung. „Was sie hörten, waren Dissonanzen, einander feindliche unharmonische Klänge, ein Suchen ohne Ziel, ein unbeharrliches Experiment, denn viele Wege wurden eingeschlagen und wieder verlassen, kein Gedanke mochte weilen, und alles war von Anfang an brüchig, von Zweifel erfüllt und von Verzweiflung beherrscht." So bietet sich diese Musik dem Publikum dar. Pfaffrath ist nach Italien geflohen, um sich von dem Geist der Restauration, des anmaßenden Bürgerstolzes zu befreien, der schon wieder in seiner westdeutschen Heimat sich bläht. Die Verzweiflung, das Suchen nach einem neuen Weg hat ihn müde gemacht. Sie beherrscht ihn, wie sie seine Musik beherrscht, die lediglich von der Einsamkeit ihres Schöpfers kündet. Und es gesellt sich zu ihm später Adolf Judejahn, Sohn eines SS-Generals, in der Kutte des Mönches, aber auch diese ist nur eine Verkleidung aus Angst, ein Entfliehen aus der Realität einer tragischen Nachkriegszeit. Betrogene Jugend: Sie sind auf der Flucht, suchen die Einsamkeit und sehnen sich doch nach Gemeinsamkeit, nach dem Erfülltsein in einem tätigen Leben. Von dieser polaren Spannung wird ihr Dasein getragen, ein Leben der Unrast und Unsicherheit.

Wie schnell und unkompliziert dagegen scheinen sich die Eltern der beiden mit der neuen gesellschaftlichen Situation abgefunden zu haben. Judejahn selbst, einst Sonderbevollmächtigter Hitlers, ist wohl zur Zeit noch in Geschäften eines arabischen Herrschers unterwegs, doch sieht er schon den Augenblick kommen, wo er zurückkehren kann nach Westdeutschland, das ihm den Weg nach oben noch einmal bereiten soll. Auch Pfaffrath, gewesener nazistischer Oberpräsident, sitzt schon wieder in dem weichen Oberbürgermeister-Sessel. Und alle wittern Morgenluft ...

Aus der räumlichen Distanz beobachten die jungen Menschen Wolfgang Koeppens, wie eine „demokratische" Entwicklung aller demokratischen Ideale spottet. Und sollte nicht Koeppen selber ohne räumliche Distanz gleichfalls mit Beunruhigung diesen fragwürdigen Zustand beobachten? Sein Roman „Der Tod in Rom" will eine Antwort sein. Sie dient ihm zur Selbstverständigung, zum Zurechtfinden in einer fremdgewordenen Umwelt. Ein Zitat mag das belegen:

„Adolf: ‚Gut, du willst für dich leben. Du meinst, deinen Weg gefunden zu haben. Das genügt dir, aber warum bist du dann so unversöhnlich? Mit dem gleichen Recht könnten auch unsere Eltern sagen, sie hätten ihr Leben gelebt, seien ihren Weg gegangen, es hätte ihnen Spaß gemacht.' Siegfried: ‚Das werden sie auch sagen.' Adolf: ‚Aber du billigst ihr Leben doch nicht?' Siegfried: ‚Nein, weil sie andere durch ihre Auffassungen und mit ihren Auffassungen gequält haben, weil sie mir eine militärische Erziehung aufbrummten, weil sie einen Krieg anfingen, weil sie Leid brachten, weil sie unendlich zerstörten, weil sie aus unserer Heimat ein Land der Intoleranz, der Dummheit, des Größenwahns, des Zuchthauses, des Richtblocks und des Galgens machten. Weil sie Menschen getötet haben oder behaglich in ihren Häusern blieben, obwohl sie wußten, daß Menschen getötet wurden.' Adolf: ‚Und glaubst du, das kann nicht wiederkommen?' Siegfried: ‚Und ob ich das glaube! In Tag- und Nachtträumen sehe ich die Braunlinge und die nationale Dummheit marschieren. Und darum will ich mein Leben leben, solange der nationalistische Gott noch entkräftet ist und mich nicht hindern kann. Es ist meine einzige ‚Chance'.' Adolf: ‚Und warum versuchst du nicht, eine dir so verhängnisvoll erscheinende Entwicklung zu bekämpfen?' Siegfried: ‚Wie soll ich sie bekämpfen?' Adolf: ‚Versuche die Menschen zu ändern!' Siegfried: ‚Sie sind nicht zu ändern.' ‚Und deine Musik? Willst du mit deiner Musik nicht die Welt ändern?' Siegfried sagte: ‚Nein. Du bist ein Phantast.' Aber Adolf blieb hartnäckig und fragte beharrlich: ‚Warum machst du Musik, warum komponierst du?' Siegfried: ‚Ich weiß es nicht.'"

So erweist sich am Ende wieder einmal die Flucht aus der Realität als simple Angst vor dem Leben in gesellschaftlicher Bindung, und auch der Musik, der Kunst überhaupt, wird eine Beziehung zum Du, zum Mit-Menschen versagt. Nur einmal fühlt sich Siegfried Pfaffrath zu den Menschen hingezogen, wie immer und überall mit einem Gefühl des Zwiespalts: „... sie sind auch keine Götter!" Er suchte Götter, nur nicht die Menschen. Und so enthüllt diese Jugend auf beklemmende Weise die Vereinzelung und Inkonsequenz ihres Denkens.

Sie verlassen Deutschland, wo ihre Lebensaufgabe wäre, und gehen den Weg ins Abseitige, in die Einsamkeit. Das ist das Ende von Wolfgang Koeppens fraglos ehrlich gemeintem Protest gegen Restauration und Faschismus: der pessimistische, resignierende Verzicht auf gesellschaftliche Aktivität.

Manfred Heidicke

Wanderung durch Georgien

Hugo Huppert hat sich vor allem als Nachdichter des lyrischen Werkes von Majakowski einen bedeutenden literarischen Namen bei uns erworben. Mit seinem Gedichtband „Georgischer Wanderstab" („Ein Buch west-östlicher Zeitgedichte" — Volk und Welt Verlag) erscheint Huppert nun selbst als eigenständiger Dichter. Eine Reise durch das traditionsreiche und vom blühenden Leben erfüllte ferne Georgien inspirierte den Autor zu diesem Werk, in dem Vergangenheit und Gegenwart dieser reichen Sowjetrepublik in farbenglühenden poetischen Bildern erstehen.

Im Zwiespalt der Gefühle

[illegible]

„Und ich bin zufrieden, daß ich Ihnen diese Zeitung gezeigt habe", sagte Lawrezki, während er ihr folgte. „Ich habe mich schon daran gewöhnt, nichts vor Ihnen zu verbergen, und ich hoffe, daß Sie mir das mit gleichem Vertrauen vergelten."

„Das hoffen Sie?" meinte Lisa und blieb wieder stehen. „In diesem Fall müßte ich eigentlich ... nein! Das ist unmöglich ..."

„Was ist unmöglich? Reden Sie, reden Sie."

„Nein, wahrhaftig, mich dünkt, als dürfte ich es nicht ... Trotzdem, was ist halbe Offenheit?" fügte sie hinzu und sah ihn lächelnd an. „Hören Sie! Ich habe heute einen Brief erhalten."

„Von Panschin?" „Ja, von ihm ... Woher wissen Sie es ...?" „Er hält um Ihre Hand an?" „Ja", erwiderte Lisa und blickte Lawrezki offen und ernst in die Augen.

„Nun, und was haben Sie ihm geantwortet?" fragte er nach einer Weile.

„Ich weiß nicht, was ich ihm antworten soll", erwiderte sie und löste ihre über die Brust verschränkten Arme.

„Wie? Aber Sie haben ihn doch lieb?"

„Er gefällt mir; ich halte ihn für einen guten Menschen."

„Sie sind also nicht in ihn verliebt?" „Nein. Ist denn das notwendig?" „Wie?" „Er gefällt Mamachen", bemerkte Lisa. „Er ist gut; ich habe nichts gegen ihn." „Und doch schwanken Sie?" „Ja ... und vielleicht sind Ihre Worte die Ursache. Erinnern Sie sich daran, was Sie mir vorgestern sagten? Aber diese Schwäche ..."

„O mein Kind!" unterbrach Lawrezki sie, und seine Stimme zitterte. „Streuen Sie sich nicht selbst Sand in die Augen, nennen Sie

曼弗雷德·海迪克，《沃尔夫冈·克彭的〈死于罗马〉：关于一位看得到真相却看不到道路的青年的小说》。载于《柏林报》（东柏林），1995 年 6 月 18 日。

在他看来不仅是“对联邦德国法西斯复辟的准确展示”，而且也是“资产阶级民主对抗暴力统治的美好愿望的破产宣言”。[1]

正是由于此类评价大多视《死于罗马》是对西德社会的批判、对复辟和法西斯主义的抗议，才使该书在民主德国的出版成为可能。如果看到 1957 年和 1958 年在各种报纸和杂志上，特别是在《周日》周刊上逐渐激化的辩论，此书的出版也并非理所当然。

1957 年 9 月 22 日，《周日》周刊发表了一篇维尔纳·伊尔贝格的文章，题为《关于出版社从业与实践的辩护》，文章一开始就谈道：“这有点多了，过去一段时间内已经出版了三本书，都因为其中的色情内容遭到攻击。当然，没有人认为色情与不受约束的性行为是值得推荐的，但由于这种现象是当下腐朽社会本质的一部分，它在文学中的出现是无法避免的。我们必须严肃地提出一个问题，这些被指控的书籍是否应该出现在我们的国家。遭到责问的是布龙宁的《芭芭拉·拉马拉》、萨特的《一位工厂主的童年》与克彭的《死于罗马》。”在批评了布龙宁和萨特之后，伊尔贝格转而谈到克彭，认为《死于罗马》“值得感谢”，因为这本书是“易北河

1 Ebd., S. 46.

另一边的文学中民主躁动的一个证据”，而且这本书表达了“对复辟和新的战争趋势的反对”。他认为该书的弱点在于“做作的‘内心独白’”以及齐格弗里德时不时地“过渡到第一人称的叙述方式”。最后，他谈到了对“色情”的评价问题，这三位作者都以此作为“腐朽社会的标志”，只有在克彭的书中，“对于所描述的事物有着明显的思辨上的否定”。伊尔贝格总结道：“对他，我们也不可能期待更多。他准确展示了他所看到的东西，这也为该书创造了令人信服的诚实氛围。”[1]

在这篇为克彭辩护的文章发表之后，《世界舞台》杂志上也发表了夏洛特·鲍姆加滕的一篇文章。鲍姆加滕是当时波茨坦（巴伯尔斯贝格）的政治与法学学院文学与语言研究所所长，而且最近她本人也成了小说中的一个人物。[2]她发表的文章题为《我们出版部门的和平共存现象：具体以克彭为例》。在这篇文章中，她似乎至少是间接地对伊尔贝格的文章进行了回应，同时也提出了明确的政治框架。这篇文章也是对民主德国出版社的出版决定

1 Werner Ilberg: *Drei Bücher zwischen Ja und Nein. Plädoyer zur Praxis und zu den Praktiken der Verlage.* In: *Sonntag* v. 22. September 1957.

2 此处是指尤金·鲁格（Eugen Ruge）2011 年所发表的小说《在火光逐渐消失的年代》（*In Zeiten des abnehmenden Lichtes*），夏洛特是故事中的人物之一。

及对《死于罗马》的出版的批判："在波兰和匈牙利事件之后，在对手加强措施通过软化与腐化的方式渗透民主德国的背景之下，关于国家在文化教育功能方面的讨论在德国统一社会党的第 30 届及 32 届全体大会上占据了显著的位置。"[1] 这意味着，就对《死于罗马》的评价来说，小说和作者不再仅仅"通过对军国主义和法西斯主义的主观态度"获得认可，而且也要看其对青年人的教育作用。而对于鲍姆加滕而言，这部小说的教育功能只能用腐化来形容，因为克彭的社会批评充斥了"堕落与腐朽"[2]。不仅如此，鲍姆加滕还认为克彭的小说"在某些地方甚至就是在为法西斯主义辩护"[3]，所以他就成了自己所反对的那些人："我们认为，作家如果不明确表达对犯罪的愤怒、对变态的愤慨、对嘲弄和蔑视劳动人民的厌恶，那么他就要对他声称要谴责的现象的滋生而负责（中略）。"[4]

鲍姆加滕的文章吹响了反对《死于罗马》的战斗号角："青少年教育工作者之所以要采取坚定的

1 Charlotte Baumgarten:*Erscheinungen der friedlichen Koexistenzin unserem Verlagswesen. Konkretisiert am Beispiel Koeppens*. In: *Die Weltbühne*. Berlin (Ost), Nr. 44 v. 30. Oktober 1957, S. 1398.

2 Ebd., S. 1401.

3 Ebd., S. 1402.

4 Ebd., S. 1401.

立场，反对克彭的作品在我国的传播，是因为他的小说，尤其是《死于罗马》，这部小说是嗜血和性狂热的混合，与美国黑帮文学有着共同之处。美国的经验已经无数次表明，这样的混合实际上并不能消除犯罪，反而会煽动犯罪。然而，在这部小说中，我们面对的不是单纯的犯罪。在这部小说中，狂欢与法西斯犯罪可怕地结合在了一起。”[1] 文章最后呼吁把这部小说列为禁书：“应该检查是否可以尽快停止《死于罗马》一书的发行。”[2]

尽管她所呼吁的并没有发生，但她的文章确实引发了《周日》周刊上的“颓废辩论”，文学研究者特露德·里希特也先后发表两篇文章，参与这一讨论。1957 年 11 月 24 日，她发表了一篇题为《关于〈死于罗马〉的原则及取向》的文章阐述了她的观点。她首先从小说的一个任意的场景谈起：齐格弗里德在去音乐会的路上，注意到传单是如何从一辆挂着红旗的过路货车上扔下来的。里希特用此来指责克彭缺乏对历史联系的洞察力，不具备把犹太扬的“腐朽堕落”与社会主义的必要性结合起来思考的能力，而社会主义正是战胜这种腐朽的历史工具：

---

1 Ebd., S. 1403.

2 Ebd., S. 1404.

“比如克彭没有认识到他所提到的共产主义传单散发者和法西斯的犹太扬之间的历史联系。也就是说，他让这两件事只是作为细节并列存在，却没有让这一整体的架构生出任何果实。这部寓言般的小说就是如此缺乏历史发展的振奋人心的气息。它是停滞不前的——是双脚陷入粪坑的特写。

“对深层背景认识的匮乏导致其对腐朽世界的描写是孤立封闭的。那么，道德上的谴责应该通过什么来表达呢？如果按照克彭的做法——显然是严肃认真的意见——那就只有一种可能性，就是对恶习进行最详细的描述。”[1]

尽管里希特的文章附有社论，说是“随着这篇文章的发表，我们就此也结束了对克彭《死于罗马》的讨论”[2]，但三周后，该周刊又发表了埃贡·京特的一篇文章。京特是作家，后来还成了电影导演，这个时候他偶尔也为德意志中部出版社承担编辑工作。京特的文章也附有社论：“为了把有关克彭的讨论引向关于颓废问题的根本性的讨论，我们在此发表一位作家对‘色情与颓废’这一问题的看法。”

---

1 Trude Richter: *Heiligt der Zweck jedes Mittel? Prinzipielles zum ›Tod in Rom‹ und zu seiner Tendenz*. In: *Sonntag* v. 24. November 1957.

2 Ebd.

京特单刀直入地点出问题的实质，他说："实事求是来讲，性交根本不是颓废的。它的描述也因此未必就一定是颓废的。举例来说，同性恋在事实上是颓废的。因此，对它进行描述未必就是健康的。不管是此处还是彼处，批评家对全书的分析都必须提供与作者观点、意图、偏好相关的信息。只有从全书出发，我们才可以对这样或那样的细节进行确认判断，决定我们应当对其予以肯定还是指责。"在京特看来，性细节的描述是合理的，如果其"在寓言体小说的背景下……是必不可少的……这一点适用于任何一种场景，不管其是情欲的场景、性场景或是其他性质的。性是生活中真实的一部分，为什么就应当对其区别对待呢？"京特只是在讨论海明威、萨特和西蒙娜·德·波伏瓦的小说时才谈到克彭，对他来说，《死于罗马》就是"这些东西不是出于艺术的需要，却得到了非常详细的描写，因而显得尴尬"[1]的例证。

然而，辩论并没有就此结束。1958 年 11 月，特露德·里希特凭借《关于"颓废文学"问题的补充》这篇文章再次发声，为她先前的文章辩护，并

1 Egon Günther: *Laokoon und die Kunst des Fortlassens*. In: *Sonntag* v. 15. Dezember 1957.

澄清“误解”。她同意埃贡·京特的观点，即性属于人类的本质，人类是“生理和心理的不可分割的统一体”。她的信条是“(中略)我们的着眼点是情欲的人性化”。这样一个着眼点，“在克彭对双腿泄殖腔的特写，也就是说没有反映任何人类问题的性描写中”[1]丝毫没有展现出来。

赫尔穆特·普赖斯勒也在《周日》周刊上表达了对《死于罗马》中的性描写的不满:“我反对对变态的详细描写。比如，我在读到克彭小说中的洗澡场景时以及与同性恋相关的场景时，我很怀疑作者之所以这样详细地描述，是因为这可以给他自己带来愉悦，因为我觉得他在这本书中花费如此多的笔墨描述这样的场景在文学意义上根本没有必要。”有趣的是，普赖斯勒甚至用一首“香颂”表达了他的这一观点。在这首押韵的歌中，他除了点名《死于罗马》之外，还对让-保罗·萨特的《一位工厂主的童年》及库尔齐奥·马拉巴特的《皮》提出批评:“一个写了/《一位工厂主的童年》，/还有一个把变态的《死于罗马》摆在我们面前。/还有第三个/用事前事后，/写了《皮》这篇胡言/很快又有谁/也来写一下《赛马场的自慰》篇。/大家都是

1 Trude Richter: *Vergleichen hilft erkennen. Ein Nachtrag zur Aussprache über die Dekadenzliteratur.* In: *Sonntag* v. 20. Juli 1958.

这么做的——他们说！——这是有的放矢，/ 用于揭露一切罪恶的根源 / 他们尽情描绘污秽的细节，/ 为了——据说是——用恶心掐断您的孽缘。我却忍不住以恶意揣度：/ 也许他们在这儿下笔如有神，其实就是 / 为了让他们自己快活？”[1]

最后库尔特·赫尔瓦特·巴尔发表了一篇文章，尝试将《死于罗马》从其被贬入的颓废泥潭中解放出来，他指出小说“对犹太扬普法拉特（原文如此！）在联邦共和国的生活做了现实主义的描述”，而且他还发现了犹太扬这个人物与弗朗茨·约瑟夫·施特劳斯之间的亲缘关系：“我辨认出，——可惜现在我们所有人都从犹太扬将军——克彭的小说人物——的重生中辨认出施特劳斯先生的身影。也许克彭以前就认识施特劳斯先生……”巴尔希望“不要剥夺克彭的现实主义的正当性，尽管他的现实主义不是社会主义的现实主义”[2]。

1977 年，莱比锡雷克拉姆出版社获准出版的袖珍版《死于罗马》终于让其恢复了名誉。出版社的出版审批程序中的专家意见是由前总编辑海因茨·切霍夫斯基撰写的，并由总编辑于尔根·特勒

1 Helmut Preissler: *Es geht um das Ausmaß*. In: *Sonntag* v. 15. September 1958.

2 Kurt Herwarth Ball: *In Schönheit sterben*? – *In Schönheit leben*! In: *Sonntag* v. 11. Februar 1958.

签字。专家意见是这么评价这部小说的："对于民主德国的读者来说，我们不仅可以借此了解 20 世纪 50 年代中期西德社会的历史状况，而且可以借此了解一位作者所持的批判立场。在这位作者所属的那一代人中，可能只有海因里希·伯尔和他一样，一直坚持反法西斯主义的立场。"[1]

除了民主德国在审查与文学批评方面所具有的文化政治与意识形态的特殊性之外，随着时间推移，对小说的敌意让位于对文学研究的兴趣，转向诸如对罗马的描述、互文性等主题，有的研究集中在对托马斯·曼的接受，音乐、艺术家形象和纳粹罪犯形象的相互对立，小说伦理及正视过去等主题上。还有三本研究《死于罗马》的专著分别从意象[2]、互文性[3]及"存在主义心理学"[4]的角度进行了研究。关

---

1 BArch Dr1/2210, p. 162.

2 Vgl. Gerhard Pinzhoffer: *Wolfgang Koeppens ›Tod in Rom‹. Entwurf einer Theorie literarischer Bildlichkeit aus anthropologischer Sicht.* Würzburg 1996.

3 Vgl. Lada Bormotov: *Eine Annäherung an die Wahrheit: Intertex tualität in Wolfgang Koeppens Roman ›Der Tod in Rom‹*. Frankfurt am Main u. a. 2008.

4 Thomas Richner: *Der Tod in Rom. Eine existentialpsychologische Analyse von Wolfgang Koeppens Roman.* Zürich u. München 1982.

于《死于罗马》的文章和论文不断涌现[1]，表明对这部小说的诠释还远远没有穷尽。

小说的接受历史还包括别的媒介形式如电影或广播剧对其进行的艺术改编。1965 年 4 月，出版商亨利·戈费茨与位于慕尼黑的卡罗电影有限公司公司签订了一份“沃尔夫冈·克彭的小说《死于罗马》的电影利用权合同”[2]，期限从 1965 年 4 月 1 日至 1965 年 9 月 30 日。在其后的几十年中，不少导演和制片人，包括埃伯哈德·费希纳、汉斯·阿比希[3]和好莱坞制片人保罗·科纳[4]，都对拍摄《死于罗马》的电影表现出了兴趣。但到目前为止，这部小说还没有被拍成电影。

---

1 Vgl. *Auswahlbibliographie*. In: *Wolfgang Koeppen. Neue Wege der Forschung*. Hg. v. Jürgen Egyptien. Darmstadt 2009, S. 224-236; Raffaele Louis: *Wolfgang Koeppen – Bibliografie 2006-2007 und Nachträge*. In: *Jahrbuch der Internationalen Wolfgang Koeppen Gesellschaft* 4, 2008, S. 247-269; ders.: *Wolfgang Koeppen – Bibliografie 2008-2010*. In: *Flandziu. Halbjahresblätter für Literatur der Moderne*. N.F., Jg. 3, Heft 1/2, Hamburg 2011, S. 255-269.

2 WKA 9743.

3 Vgl. hierzu: Wolfgang Koeppen an Helene Ritzerfeld. Brief v. 18. Januar 1980. (WKA 14528)

4 Vgl. hierzu: Wolfgang Koeppen an Siegfried Unseld. Brief v. 16. April 1973. In: *»Ich bitte um ein Wort ...« Wolfgang Koeppen – Siegfried Unseld. Der Briefwechsel*. Hg. von Alfred Estermann und Wolfgang Schopf. Frankfurt am Main 2006, S. 245.

2009 年，瓦尔特·阿德勒和莱昂哈德·科佩尔曼将《死于罗马》改编为广播剧，这也是根据整个三部曲改编的广播剧的一部分。[1]

出版史

1954 年秋，舍茨和戈费茨出版社出版印刷了《死于罗马》的第一版及未校正过的清样，后者其实与正式发行的第一版差别不大。1956 年，位于哈勒的德意志中部出版社出版了《死于罗马》，这是民主德国以授权版本的形式首度出版沃尔夫冈·克彭的小说。这个版本上标有“此书只允许在民主德国境内销售”的说明。另外还有一个“社会主义国家的版本”于 1977 年由位于莱比锡的雷克拉姆出版社作为万有文库第 679 册出版。

1963 年，该小说作为菲舍尔书库第 537 册在法兰克福和汉堡出版，1971 年作为德国袖珍书第 753 册由袖珍书出版社出版。沃尔夫冈·克彭转到苏尔坎普出版社后，他的所有作品在 1972 年后都由该出版社出版，《死于罗马》1975 年作为苏尔坎

1 Wolfgang Koeppen: *Der Tod in Rom*. Hörspiel. Gelesen von Ulrich Noethen, Felix von Manteuffel, Leslie Malton und weiteren. Regie: Walter Adler und Leonhard Koppelmann. München 2009.

普袖珍书第 241 册出版，1986 年又作为苏尔坎普书库第 914 册出版。1988 年，在瓦尔特·延斯及马塞尔·莱希–拉尼茨基的主持下，还在 20 世纪文库的框架内由德国出版商和书商协会出版了一个新的版本。之后在 2001 年，戈尔德曼出版社又推出了特别袖珍版，在苏尔坎普“百年小说”系列的袖珍版中列为第 3261 册。

三部小说《草中鸽》《温室》与《死于罗马》的合订本，有 1969 年戈费茨出版社出版的特别版、1972 年苏尔坎普出版社出版的特别版，以及 1983 年人民与世界出版社在获得苏尔坎普出版社授权后再版的特别版。1986 年，这三部小说还一起作为第 926 册收入了苏尔坎普书库。1986 年，这三部小说也同时出现在马塞尔·莱希–拉尼茨基与达格玛·冯–布里尔及汉斯–乌尔里希·特莱彻尔合作编辑出版的六卷版《文学全集》的第二卷中。这部文集的 2008 年新版补充了汉斯–乌尔里希·特莱彻尔写的后记，其中《草中鸽》和《温室》的文本在 2006 年出版的文集的基础上进行了修订。

《死于罗马》目前已被翻译成 20 种语言，因此成为克彭被翻译最多的小说。《草中鸽》共有 10 个译本，《温室》有 11 个译本。

1965年7月，沃尔夫冈·克彭因《死于罗马》获得了“巴伐利亚艺术院文学大奖”。评审团是这样解释授奖原因的：“《死于罗马》是一部末日小说。它从心理上极其深刻地描绘了一个德国家庭，这个家庭对不幸的德国历史，乃至对当代的流毒都负有罪责。”[1]

1 Zit. n. *Der Allgäuer* v. 13. Juli 1965. (WKA)